JN315905

本堂 明

夢ナキ季節ノ歌

近代日本文学における「浮遊」の諸相

影書房

はじめに

現代社会は簡単な出口を持っていない。それ故、その中で生きる人々には葛藤が生まれ、迷いや孤独も生じる。それらは時代の過渡期においては、なおさら先鋭化し典型化して現われてくるであろう。本書は、そうした過渡期の一つである一九二〇年前後（大正期から昭和初期にかけて）の精神史の一断面を主に述べたものである。主題としては、現在につながる現代都市が誕生し、そこにおいて初めて経験された、大都市における拡散と解体状況とその克服の方向性を、当時のいくつかの作品に即して述べている。

したがって、本書にあるのは迷いや孤独についての「一般理論」や、その「通史」でもなく、いわんやそれらを解消しようとする「処方箋」や、或いは、選挙のたびごとに、この世の諸問題全てを解消する救済者であるかのような、政治家の舌先から繰り出される万能薬のようなものでもない。即ち、個人がかかえる諸問題についてのインスタントな「対処」や、或いは、それらを文学史の心象風景に焼き直したり、心理的事実に還元したりするのではなく、かつてリュシアン・ゴルドマンが述べたように、経験が含んでいる内的な統一性と具体的な豊饒性を引き出す形で、社会関係と個人の内面構造を分析するものである。勿論、そうした「志」とそれが成功しているかどうかとは別問題であろう。

第一部において取り上げた佐藤春夫の『都会の憂鬱』には、伝統的な信条体系や観念から全て切り離され、どこへどう向き合うかも分らず、行き場もなく、主張すべき自己もなく、「重量と容積とのある影」(『都会の憂鬱』)にまで存在が縮小するその日暮らしをする主人公が描かれていた。都市において浮浪状況が展開する中、佐藤春夫の傑作『都会の憂鬱』はその解体感情の意識を典型的に形象化したのである。都市を彷徨するこれらの姿はどんな精神のあり方を告知していたか。大正期、解体と表現の喪失の時代にその「解体」を最も典型的に担った者たちの経験の構造を、初期佐藤を軸に考察している。おそらくそこには、大都市の中で原子化された個人の「孤独」を、そのことが初めて意識された、そうした経験を最初に形象化した画期性があった。

勿論、個別化した意識や苦悶するインテリゲンチャの姿だけならば、近代の歴史とともに他にもあるであろう。たとえば、明治期の二葉亭四迷の『浮雲』以来、枚挙にいとまもないのだ。或いは、そうした我と我が身との内面的に分裂した姿ならば、遠く平安時代の紫式部にすらその痕跡を見ることは可能であろう。『紫式部日記』を読めば、そこにあるのは人並みはずれた学才と豊かな感受性を共に併せ持つ一人の人間が、宮廷生活や役所組織に深い違和感を抱き、きらびやかな殿上人や女官に親近感を抱くよりも、たった今、輿をかついで、疲れたあまり地べたにひれ伏している「下人」に対して、「ああ、自分と同じだなあ」と親近感を抱き同一化する、それほどに宮廷社会との深い内面的亀裂感を抱いている姿なのであった。本書では、絶えず微分的な心理に還流するそうした方法はとっていない。そうした個別化した「意識」ならば、おそらくどの時代、どの場所にも遍在するであろう。しかし、佐藤の画期性は、現代都市が誕生し、その中で浮浪化し流民化する砂のような大衆が初めて生まれ、全てから切り離され原子化した個人の意識の在りようを典型化して取り出したことにある。

おそらくその時の経験が、インテリゲンチャによる第一次的形態だとすれば、二十世紀後半以降はその傾向が「全面化」し、第二次的形態として万人の底を貫き通す存在条件そのものとなったのだ。現在の我々には、ボンヤリとした感情としてしかわからないものが、佐藤の場合、おそらく最初の経験であるからこそ、ハッキリ意識的にとらえられたのである。そうした孤立し自閉した自我意識の諸相は、その後、どのような展開を見せ、また、その状況を克服しようとし、それらを乗り越えようとした試みにどのようなものがあったのか、本書の第一部は少なくともその端緒の一面を探ろうとしたものである。

第二部は、そうした「浮遊」の構造的起点を近世都市の中に探り、それらが近代の「銀ブラ」に至って典型化し集中的に表現される経過を、「仮象性」を軸にその意味連関を述べようとした。「銀ブラ発生前史」は、今から三十年ほど前、藤田省三先生の研究会で報告したものを書き直したものであり、次の「現代都市への転換」（銀ブラ発生後史）は近年書いたものであって、したがって論調や表現にズレが生じているが、しかし主題としては一貫性を持っている。即ち、第二部は、かつてあった伝統的・民俗的社会の諸要素が都市構造の中にどのように転化し、それらが仮象性として如何に都市に構造化されるか、近世から近代にかけての都市におけるそうした経験が何を意味していたか、その発生と展開の過程を述べている。同時にそれは、昨今の「情報」とか言葉だけの「記号」的理性批判をも意図している。

言わば、第二部は仮象性の構造化の過程を「浮遊」との関連で、「祭り」と「旅」をキーワードに考察し、その仮象性がやがて現代都市の中で「銀ブラ」世界として成立し、遂には「消費」の全面化と公的世界の衰滅に至るまでの過程を問題史的に構成したものであり、それに対して第一部は、「浮遊」の諸状況を近代日本の作家を軸に、都市における人間の浮遊、即ち不安定で解体的な精神状況を、そこにおける「憂鬱」や「浮浪」感覚、解体感情に焦点をあて、近代文学にそれがどう現われてくるかの視点から考察したものであると言えよう。

第三部は、藤田省三の現代社会に対する鋭い批評性をその精神史的特質との関連で述べている。藤田の志向するものを再定義することで、現代社会の精神史的構造を示し、ともすれば現代社会の圧倒的な諸力の下で流されがちになる、そうした自己をとらえなおす方法的定点、観測地点となればと考えている。もし藤田について知らない人は、まず「その精神の姿勢——理解の前提のために」から読んでほしい。私たちがどんな時代に生き、どれだけ感性の糸がすり切れ、いかに画一的・機械的なものに馴らされているか、そうした、人々を深々と貫ぬく状況を藤田の考えに即して述べている。

現在、世界経済は昏迷と不安の度合いを深め、社会的にも階級分化が進み、社会も人もすさむ中で、多くの人びとが呻吟している。一方で「大学は出たけれど」の時代が再来し（ただし戦前の方がはるかに大学生の就職率は低かったが、その一端はたとえば田宮虎彦の小説『足摺岬』や『絵本』『菊坂』に描かれている通りだが）、他方で働くことが人間の域を超え、人々は疲れ果て、日々の営みが重々しくのしかかっている。全ては、一路解体と拡散の時代に向っているように見える。そうして、生と精神の、理性と実存の、自律と他律のはざまで、一挙にその深淵を飛び越えようとする動きも出てくるかもしれない。しかし、手軽な「正解」などというものはどこにもないのであり、むしろ大切なことは「解答」などではなく、今を生きる生の「質」を問題にしてゆくことではなかろうか。そうした生の質を問うてゆくこと、それがこの本で取り上げた著者たちの試みたことでもあったのである。

二〇一一年五月

本堂　明

妻に感謝をこめて

夢ナキ季節ノ歌——近代日本文学における「浮遊」の諸相

目次

第一部　彷徨の文学——近代日本における「浮遊」の諸相

初期佐藤春夫・その側面

――「放心」と「蛮気」の構造について

1

「すべての作家を知るためには初期の作品に注目する事を忘れてはならない」（佐藤春夫『森鷗外のロマンティシズム』）。この言葉が佐藤春夫自身にもあてはまるならば、我々は真っ先に『西班牙《スペイン》犬の家』に注目しなければならない。

幻想的な小品『西班牙犬の家』は佐藤春夫の処女作である。「私はその道に沿うて犬について――景色を見るでもなく、考へるでもなく、ただぼんやりと空想に耽つて歩く。時々空を仰いで雲を見る。ひよいと道ばたの草の花が目につく」――犬の散歩というありふれた光景、そこからフラフラと雑木林の奥へと迷いこみ、いつのまにか一軒の洋館らしき家の前に出てしまう。訝《いぶか》しげにそっと中へ入ると、ついさっきまで人がいたかのように吸いかけの煙草から煙が立ちのぼり、読みかけの本が広げられ、傍らには一匹の毛の房々とした老いたる西班牙犬がいる。老犬、暖炉、椅子、水の湧き出る石の水盤……ひとわたり見回して、何やら得体の知れない謎めいた感覚にとらわれたまま、帰りがけにふと窓から中を再び覗いてみると、先程の老犬があくびをしたかと見えた瞬間に一人の初老の男に変わり、悠然と煙草をくわえたまま椅子に寄りかかり本を広げて見ている……一読すると洒落た感じがする上質な短編なのである。だが、その洒落た感じの奥底には同時に佐藤春夫の深いメランコリーが隠されていたのではあるまいか。救い難いほどの鬱々とした孤独や退屈の中にでもいない限り、誰が犬の変身譚のことなど思い浮かべるだろうか。それは、メランコリーの深さが洋館への彷徨という寸劇的翻案の形をとって、遂に一つの出口を見出したものであったのだ。

実際、その作品は、「ひとり田舎の家の長火鉢の片わきに寝ころんで私は、退屈のあまり書き出したのだ」（佐藤「思い出と感謝」）という作品であり、貧苦の中で反故にした原稿用紙の裏に細かい字で書き込まれ、しかも「正直にいふが私もあの小篇を自分で愛してゐる。あんなに無邪気に自分でうつとり楽しみながら筆をとれるといふやうなことは、何かのはずみで生涯に十ぺんとはないかも知れない」（同）と後年佐藤自身によって回想されている作品なのである。救い難い退屈の中にありながら、しかも、むしろその「退屈さ」を「うつとり楽しみながら」筆をとったというところに、佐藤の持つ繊細で洒落た感じや、メランコリックな彷徨感も共に全て出揃っている。その意味で『西班牙犬の家』は典型的な作品なのだ。

人は或いは、この作品を佐藤の詩的空想力の奔放さやロマンチシズムの系譜で考えるかもしれない。だがむしろ、この作品は探偵小説の方にこそ似ているであろう。犯罪が欠落しているだけで探偵小説の謎めいた構造はひと通り出揃っている。実際それは、犯人のいない探偵小説に一番近いのだ――迷路のような雑木林の奥へと引き込まれ、一軒の洋館には不思議な痕跡の数々が――水の湧き出る水盤のある部屋、吸いかけの煙草、読みかけの本、犬の訝しげな視線、謎めいた室内の雰囲気、そして未知の男……が出揃っている。こうした室内の痕跡を「観相」するところに推理小説は成り立つのであり、日用品や家具などのこの私生活上の痕跡こそは、大都市における人間の匿名性への補償として、人間が室内に引き入れ自己の存在を刻印した品々だったのである。その痕跡を追い求めて、匿名の大群衆の中から未知の男を探し出すのが探偵小説であった。その未知の男は大都市のヴェールの中を彷徨している。それは、ちょうど『西班牙犬の家』の主人公がフラフラと彷徨の果てに洋館に辿り着いたのと同じなのだ。実際、大都市のこの匿名性や彷徨感がなければ探偵小説も、そして、佐藤の『西班牙犬の家』も成立しなかったであろう（注・1）。探偵小説の構造と等価なこの彷徨という一点において『西班牙犬の家』は、大都市の匿名の経験そのものを刻印しているのである――佐藤のフラフラとした「退屈」でノンシャランとした生活が幻想的な結晶体の形をとって。

　こうして、ここにおける彷徨は、大都市の経験を深く放射するものとなっていた。大都市と群集の中に迷い込む匿名化の経験、その失われた個人の痕跡を探し求める視線とフラフラとうろつき回る遊歩の誕生、それの等価物としての探偵小説の登場（中央公論の滝田樗陰が探偵小説を作家に書かせるなど、探偵小説がこの時期に一斉に現われるのは偶然ではない）……だが、かつて伝統的な民俗社会にあった彷徨としての旅や成年式が、通過儀礼に伴う一定の意味をもった個人の再生の経験であったのに対し、個人の痕跡を消したこの大都市と群集の中での彷徨は、遂にその「正体」やら再生の経験に辿り着かない、成就することなき「試煉」の果てしない連続の過程そのものであったのだ。探偵小説と違って遂に「正体」が分からず、生の暗号が自己に閉ざされたままであるこの慰めのなさこそが佐藤春夫の立っていた地点であった。当時、佐藤の小説を読んだ広津和郎が「一体此作者の本体は何処にあるのだろう」という「不安」にかられた（広津『田園の憂鬱』の作者」参照）、と語っているのも頷けるであろう。そこには、大都市における彷徨とその不安と正体のなさが形を変えて転写されていたのであった。その意味でこの『西班牙犬の家』は単なるロマンチシズムのなせる作品だけであったのではなく、大都市の成立とそこにおける彷徨感を、メランコリーと繊細なる感覚を通して形象化した作品だったのである。ここにおける（そして探偵小説においても）主人公は彷徨そのものである。そうして、若き佐藤春夫こそはフラフラとさまよい出るその彷徨を一身に体現した存在であったのだ。

2

「何をするのもいやだ。書きかけの小説をつづけるのもいやだ。世界には何も書くことも、又、何をするといふやうなことも無いやうな気がする。さうしてぼんやり横になつて何か考えて居たい――これが私に時々起る病気である」（『退屈読本』）。これは、佐藤が自分のメランコリックな気分を「しやべるやうに」直接的に言い表わした箇所である。或いはこれは、「僕は実際、放心より外には完全な自己表現はないと考へてゐる」（「芥川龍之介を哭す」）と言い、「しやべるやうに書かう」（同）と言い放った佐藤にとっては、最も意に叶った表現であったかもしれない。中村光夫はこの「放心」という一語をとらえて、放心して表現できるくらいなら作家はいらない、などと見当違いの批判をしているが（中村『佐藤春夫論』）、むしろ、この「放心」という一語にこそ佐藤のメランコリックな気分と照応しあう表現上の核心が含まれていたのである。

「放心」とは何であろうか。それは時として、鬱々とした精神に固有の意識形態として生まれることがある。世界の中には「何をするといふやうなこともない」、しかもどこへどう向き合ったらよいのか分らない、そうした自分の居場所すらないところに「放心」は現われ出るのだ。この「方向も領域もない放心状態」（H・テレンバッハ）（注・2）こそは、世界が隅々に至るまで区画整理され、完成された機構にはもはや一分のスキもなく、その機械の如き自動回転だけが果てしなく続く、そうした制度化が貫徹した時代の真只中において佐藤の中に生まれたのであった。自らの望む場所がもはやこの世界の中にない、という「自失」の状態とも言えるであろう。

先駆的にはこうした状態は、明治末期に漱石や正宗白鳥などによって描かれていたところであった。「何故毎日の出来事、四方の境遇、何一つ自分を刺激し誘惑し虜《とりこ》にするものがないのであらう」。こうした「行場所に迷つた」人物（白鳥『何処へ』明治四十一年）、また、「何物をも肯定せず、何物をも求めない」（鷗外『灰燼』明治四十四年）「アンニユイを感じだした」（漱石『それから』明治四十二年）人物が、明治末期に一斉に描かれだしたのは偶然ではなかった。日露戦争が終り、対外的緊張感が一挙に雲散霧消した時、自己の中に焦点を形作るような社会的目標がどこにもないことに気づかされたのである。幕末維新期の混乱と価値真空の中から国家機構を作りあげてきた、集中度と切迫度をもった「立国」の叙事詩的時代が終り、全てが社会的位階秩序の中へと分類され序列化されるその機構の自動回転と、そこからの束の間の解放を求める一切の焦点を欠いた「風俗」への拡散の時代がそこに始まっていったのである。

事実、維新後五十年、国家機構は盤石の如くに蟠踞し、対外的独立を達成しただけではなく第一次世界大戦の「漁夫の利」による「高度成長」と共に産業社会が制覇し始めていた。高等教育が普及し、サラリーマンや出かせぎ労働者が大都市へと集中し、自動車や「銀ブラ」などの風俗が出始めた大正時代は現代都市への転換期であった。こうした忙しく回転する「実用」本位の社会の中で、「無益」な精神は行き場を失い始める。実利主義や処世術にもついてゆけず、さりとて国家や道徳儀礼に一体化できるわけでもなく、どこにも行き場も居場所もない、という「放心」こそは、むしろこの時代の典型的表現であり、佐藤春夫はそれを自覚的に担った者であったのだ。どのようなものであれ一切の国家的事業や集団形成には関心がなく、また、そうやって制度や秩序へと硬化してゆく観念を見捨てながら便々とその日暮らしをしてゆくのが佐藤だったのである。大学予科に在学五年にして一回しか進級しない、という「自堕落」な生活や女優の卵と同棲するという遊民的生活にもそれは端的に現われているであろう。そこにあっては、もはや国を頂点とする制度作りが問題なのではなかった。自分一個の鬱々とした人生が問題であったのだ。しかも充填すべき内容物はどこにもないのである。何かをやりたいとも思わないし、何かを書きたいとも思わない、行動意欲自体が起らないのだ。行動不能の自分。世界中が「産業」の鼓動と共に人々を実利主義や札束勘定、国家儀礼や集団主義へと根こそぎ巻きこみ、その果てしない無窮運動だけが唯一の「実在」であるかのような世界が続く時、言いかえれば、人間にとって意味のある「世界」はとっくに終っているのに、いまだその抜け殻のような機構的「世界」だけが延々と続く時、全ては「繰り返し」以上の意味はもたなくなり、全ては「陳腐」そのものと化すのだ。あらゆる積極的目標を欠いた、繰り返しとドンヅマリの世界。その中で、どうして「何かをやりたい」などという気が起るだろうか。その中で出来ることといったら、あらゆる業績主義や自己拡張的な「尊大さ《グレイトネス》」の追及を避けて、あるのかないのか分らない慎ましい自己へと注目することくらいのことであろう。だが、自己の内面へありったけの眼光を注いでも、そこには何もないのである。これが「放心」でなくて何であろう。このように、鬱々としてどうしていいか分らないからこそ「放心」状態になるし、その時の自分を自覚的にとらえるとどこへも行きつけないアイロニカルな意識だけが浮上してくるのであった。こうして、何かをしたいのだけれど何をしていいかわからず、しかも、何かに打ち込んでいる自分など本当の自分ではないと思われ、かといって〈自己とは何か〉についての〈徹底的考察〉など全く似つかわしくなく、結局ウツウツとしているしかない――その自分の状態を突き離して自覚的に書いたところに佐藤の初期短篇群が成立したのであった。

佐藤の初期の代表的作品『侘しすぎる』『厭世家の誕生日』『その日暮しをする人』『お絹とその兄弟』『一夜の宿』『旅びと』などには、妻と別れた男が、芸者をしているやはり別れた弟の女房をたずね歩き、束の間の会話のあとで再びあてどなく淋しく下宿へ引きあげる話や、村の土俗社会に生きている女の半生から浮かび上る、あてどない流浪の人生やら、台湾にまで流れてゆく女のわびしい流離感や、誕生日にどこへゆくあてもなく銀座を彷徨する男やらが登場し、各々が文字通り「その日暮し」をする有様が描かれていたのであった。『侘しすぎる』や『その日暮しをする人』や『一夜の宿』といった題名から窺えるように、そこには、都市であれ農村であれ、どこにも行き場のない淋しい男や女が登場し、孤独な二本の直線が一瞬交錯したあと彼方の暗闇に消え去るように、束の間の接触のあと別れる有様が描かれていたのである。

とりわけ、それらの作品群の中でも初期佐藤の最大傑作が『都会の憂鬱』であった。自伝的色彩の濃いこの作品には、立身出世は勿論のこと、芸術にも自分にも周囲にも何の感興も催すことのできない青年が、行き場のないまま室内を、或いは街頭を彷徨する様が描かれていた。「俺にはすることがないのだ。俺が楽しんで出来るやうなことが何もないのだ。……生きても居なければ死んでもゐない又目を覚しても居なければ眠つてもゐない彼」の姿が、その不遇の友人江森渚山の姿ともども、「重量と容積とのある影」（『都会の憂鬱』）にすぎないかの如くに描かれていたのである。何もしたくはないし、何をするのも価値がないように思われる……アイロニックな意識とは、こうして、何かに打ちこむことにも、その逆に自分に閉じこもることにも、そのどちらも本当のものとは思われず、いずれにも打ちこめない宙づりの状態――そうやって便々と生活している「生きている自分」と自分の「精神」のあり方とが分裂し、どちらにも行けずに、たえずその両極を同時に意識するところに生まれるのである。どちらにも行けないから、結局ウツウツとし、ボンヤリして「放心」するしかないのだ。どちらにも行けない、その時の自分を自覚的にとらえると、自分の存在に対しても自分の精神に対してもアイロニカルになる自分が発見されてくるだけなのである。しかも、こうして、何ものにも焦点を定められず、どこにどう向きあってよいのか分らないまま、生と精神とがアイロニックに「分裂」する亀裂感の真只中にあっては、当然、どちらに行っていいのか分らないからこそ「自己」を主張することなどありえないし、自信をもって展開すべき「我」などないから、そこに慎み深さもまた同時に生まれてくるのである。『都会の憂鬱』の佐藤にはメランコリーと共にこのアイロニーがあることによって、その「憂鬱《メランコリー》」のうちに「慎み深く」自己を表現し、また自分と同じような人々をも実に繊細に理解し、受けとめ、表現することができたのである。(注・3) 佐藤春夫の憂鬱と懶惰な感覚の底にはこの「抑制」が、即ち、野放図な自己主張や集団の自己讃歌といった「熱狂」への「抑止」と、自己の裡にかろうじて踏みとどまろうとする内面的自尊への姿勢とが共に秘められていたのである。また、アイロニカルな形であれ、こうした「抑制」をおぼろげにも内部に持っていたからこそ、どのような集団への同一化や「主義」への「凝固」も避けて、自覚的に宙ブラリンでいるしかなかったのであった。

こうした繊細なる感受力を内に秘めたまま、何ものにも関心をもてず、どこにも帰属できず、さながら宙吊りになったかのように、逃げ場すらない彼にとっては、「彷徨」それ自体が目的となってゆく他はないのである。強制的で単調な機械的労働からの「解放」が、カフェやシネマのやはり同じ刹那的で機械的反射的な「気晴らし」や娯楽にすぎない世界の中にあって、彼にはもはやどこにも逃げる場はなかったからだ。したがって彼は室内を、或いは街頭をさまよい歩くしかないのである。そこに繰り返し現われてくるのは、「人生のうちには彼の行くところは全くない」（『都会の憂鬱』）無対象性と、「いらいらしてひとりぼつち」でいる中で「いつも自分の精神状態の自脈を取つてゐるのである」（同）といった反省衝動だけなのであった。こうしてメランコリックな自己注視だけが時間の全てとなり、閉じこめられた「室内」空間こそが時間の容器と化してしまうのである。こうしたあてどない「彷徨」とは、言いかえれば何に打ち込むこともできず、自分の居場所がどこにもない、という永遠の瀕死状態のことであり、その「自我」の航跡とはどこにも内的焦点を見い出すことのない拡散の飛跡そのもの、即ち「放心」に他ならないのであった。（注・4）

3

国家機構が完成し、現代的風俗が出始めた瞬間に、佐藤春夫はどこにも行く場所がなく鬱々と、一見きわめて自堕落にノンシャランと生きてゆく。そして、何をしていいか分らないまま、自分の存在と自分の考えすらが「分裂」するこのアイロニカルで鬱々とした意識の持主は、同時に、機構にもぐりこむことや、そこでの「出世」や「評判」などを歯牙にもかけない人物であったのである。

そのことは、銀座をコールテンズボンに鼻眼鏡、それに山高帽というでたちで歩くというダンディぶりにも現われている。ダンディとは、機構化し均質化した社会や「大衆」を否定して、これに反旗をひるがえす、精神的貴族の服装上の表現形態に他ならないからだ。ダンディズムの先駆者であるボードレールがいみじくもとらえたように、ダンディとは「精神の貴族的優越の一象徴」（『近代生活の画家』多田道太郎訳）であり、その核心が「一種の自己崇拝」にある限り、佐藤もまた精神的貴族と呼ぶにふさわしい人物であったのだ。そうして、佐藤における服装形態に現われたこのダンディズムと彷徨するメランコリーの結合こそは、『西班牙犬の家』のあの洋館の出てくるしゃれた感じの作品構造と等価的であり「対応」していたのである。

このようなメランコリーや放心やダンディや、「世間」を無視し、或いは世間に見捨てられてゆく姿は、大正期にあって一人佐藤だけにとどまらない。折口信夫の『古代研究』の「追ひ書き」に出てくる淋しい人物「彦次郎さん」もまた、全てから見捨てられてゆく孤独者の姿なのであった。この、「遊民的喪失感」（廣末保）をもった折口の注目の仕方は、正宗白鳥の『入江のほとり』に出てくる淋しい人物への注目とも共通しているのだ。或いは、佐藤や折口や白鳥ばかりではなく、宇野浩二や萩原朔太郎や室生犀星もまたその出自において孤独の経験の中から出発している、と言えるであろう。この点に関連して、佐藤をはじめとし、この時期に輩出した文学者達について中野重治は次のように指摘しているのである。佐藤春夫は持って生まれた才能は非常に大きかったのに「怠けた」という感じ、室生犀星には「蛮気」があり、折口信夫には「謀叛気」がある、と（たとえば『座談会大正文学史』における中野の発言を参照されたい）。しかも、佐藤春夫のことを「怠け者」と評しつつ中野は「佐藤春夫の書いたものは、……全部読んだでしょう」（中野・平野謙の対談「評論の場合と小説の場合」、『新日本文学』一九五五年八月号）と、佐藤春夫の書いたものを全部読むほどに佐藤に注目していたのだ。佐藤の「怠け者」の中にある何が一体中野をかくも惹きつけたのか。その「怠け者」の中に含まれていたものと「蛮気」と「謀叛気」とは、共通した母胎から別々に結晶した、その結晶化作用の違いにすぎなかったのではあるまいか。したがって、我々は、異なった現われ方をした共通の中心となる結晶軸についてまず考えてみるべきであろう。

端的に言うならば、それは、孤独な落ちこぼれが物を考えるようになった時代のもつ面白さではなかったろうか。実際、彼等に共通しているのは、鷗外・漱石などの大知識人などと違って、ほとんどが「生意気な不良中学生」（佐藤春夫『青春期の自画像』）であったのをはじめ、学校の中退者か（朔太郎）、学校もろくに出ていないか（犀星）、自殺未遂をしたり落第したか（折口）、といった、制度からはじき出された連中であることと、彼等が皆、詩人として出発している、という点なのであった。しかも、その両者が関連し構造化されることによって、時代経験を統合する結晶軸が誕生したのである。世界を論理的に分節化する散文とは違って、詩は分節化以前の、「世界」に対する感覚そのものを直観的に把握し表現できる形式であった。言いかえれば、散文が世界を言語へと分節化するのに対し、詩は逆に言語自体の裡に「世界」を「等置」するのだ。したがって、それは、散文とは違い学校制度の中で習得される言語ではなかった。制度に頼らない彼等の生き方の直接性と混沌性は、詩の「直接性」の中でまずもってその表現形式を見い出したのである。即ち、彼等に共通する制度から切り離された孤独の経験が、最初の出口を見い出したのは詩という抒情的形式においてなのであった。しかも、後年、その孤独が同時に何らかの文学形式の誕生と結びつくという僥倖に浴す時代に彼等はいたのである。一人手探りで進むこの「孤独」こそが、彼等の揺籃器であった。実際、彼等は皆、脱落者、落ちこぼれ、不良青年であり、その一人ぼっちの経験から出発する他なかったのだ。一人であるからこそ物も考え、他人の痛みも分るような感受力が生まれもするのである。機構にどっぷりとつかり、ノーノーと食い続ける者には、こうして自らの問題を独力で考えてゆく姿勢は必要ないであろう。画一的機構の制度的照準に全てを照らし合わせて考えればよいからだ。また、逆に、制度的枠組や外的規律が外されたとたんに、全ての規律を無視し、ひたすら自己の欲望の「放出」だけを「解放」と考えている者にも、こうした考える姿勢はそもそも不要であろう。そうした制度による画一的「複製」

と欲望の放恣的「拡散」とにはさまれながら、独力で自己の方位と自由を感じうる領域を手探りで探していったのが彼等であった。機構的世界に対してばかりではない。彼等は「主義に酔へず、読書に酔へず、酒に酔へず、女に酔へず、己れの才智にも酔へぬ身を、独りで」(『何処へ』)生きなければならなかったのだ。時代の機構、風俗、思潮、それら全ての制度的世界と対立し、異和感を感じながら、自己の世界を形成しなければならなかったのである。

当然、全ての、そうした自明な制度的文法からはずれた者は、「危険思想を帯びた不良少年」(佐藤春夫)と目されねばならなかったであろう。時には家からつまはじきにされ、制度の中での「出世」やら「評判」を歯牙にもかけない彼等こそは「不良」精神の体現者であった。制度に忠実なところには「位階勲等」やら「席次」やら「評価」への配慮は生まれても、この不良精神は生まれえない。それは、たとえば、『都会の憂鬱』にあっては、「怠学」を故里の父親からせめられ、自分を理解して同棲しているはずの女との間にも齟齬をきたし、心を開く友人などウソッパチに思われ、かと言って当今の「文学」に心惹かれているわけでもなく、自分ですら自分をもてあましている主人公の姿として描かれていたのであった。こうして、実業にも、教育や学問にも、生活にも、何ものにも関心をもてない人間が出始め、他にどのようなひきつけられるものをも持たないからこそ、彼等は自らの生き方の中から摑みだしてきた「文学」へと自ずとひき寄せられていった人々であったのだ。一人ぼっちで、どうしようもなく、世の中に反抗したいのだが何をしてよいか分らない人間が詩や小説へと惹かれることによって、そこに「文学青年」なるものが誕生し、またそうした不良どもがゾロゾロと集まって「不逞なる三文文士」として文壇に続々と登場したのである。彼等は目的意識的に、或いは学問的に「文学」を目ざしていたのではなく、どこにも行き場がなくて、或る者は「藁をもつかむような気持で」、或る者は「この一筋につながる」ようにして、また或る者は自然と気がついたら小説に行きついていた、という風にして、結果として文学に行きつかざるをえなかったのであり、そうした時代が明治末から大正にかけての時代であった。文学史的に見た大正時代の特質は、自然主義から私小説へ、という教科書的分類ではなく、どこにも行きようのないこれらの「孤独者」のもつ「不良精神」によって「文学」が担われたことにあった。日本の現代文学はここに誕生したのである[注・5]。

しかも、そうした彼等が担った「文学」の「形式」は短篇なのであった。漱石・鷗外のような「文豪」や、自然主義的作品の「大長編」ではなく、物語形式や心境告白や身辺雑事風のルポタージュ形式や自意識に焦点をあてた実験的作品などが、この時代に続々と登場してきたのであった。あたかも、あらゆる中心を失ない、全ての体系化が不可能なために、「断片」の方こそが生気を帯び、その「断片」を総動員する形で表現を試みようとするかのような非体系的形式が方々に生まれたのである（佐藤春夫自身も実に多様な小説形式で書き、その上、今日の不条理演劇を予告するような戯曲までも書いているのである）。「短篇形式の本質は、一言にして言えば、ある運命の一刻のきわめて具象的な力による人生の表現である」（ルカーチ『魂と形式』川村二郎訳）。それは、長篇小説のように「いっさいを包括する独自の完結した宇宙」（同）を持たずに、「人生の一瞬」を「具象的に」形成する形式であった。「不良」精神の持主達は、「独自の完結した宇宙」に住めないが故に、あたかも俳句を引き伸したかの如くにその「一瞬」を描くことが出来たのである。言いかえれば、もはや、巧みに作られた作品「構成」や、一見それと分る自然主義風の「描写」では、人間の経験やら、その中にひそむ真なるものに迫ることが出来ないのであった。「只日々世界の色は褪せ行き、幾万の響動《どよめき》は葦や尾花の戦《そよ》ぐと同じく、無意義に聞えるやうになつた。自分の心が老いたのか、地球其れ自身が老い果てて、何等の清新の気も宿さなくなつたのであらうか」（『何処へ』）。

どこにも内的焦点を感じられない中心の解体と表現の喪失の時代。彼等はそうした時代をよぎったのだ。その「解体」を最も典型的に担い、その「一瞬」を「短篇」へと結晶しながら。

4

こうした「不良精神」の文脈の中で、佐藤の傑作『都会の憂鬱』は現われたのであった。言うまでもなく、この時代の知的関心は、軍備拡張やら「大国」としてのナショナリズム、或いは大正デモクラシーであり、個人的には「投機」やら「成金」趣味へと向けられていた。そうした「政局」やら「景気」を含めて、徳富蘇峰の言う「国家的元気」（『大正政局史論』）こそがこの時代の、否、これからあとの時代でさえも主流であったのだ。職もなく、女にも見捨てられかけている三文文士の卵を主人公にした小説など、単に朽ち果てるべき脱落者精神の現われと見なされて当然であったかもしれない。だが、この小さな、ウツウツとしたろくでなしの主人公の方こそが、大正デモクラシーの表面的大状況を超えた、ささやかな、しかし断固として意味のある「経験」を担っていたのである。大正デモクラシーにも、国威発揚にも、金利生活にも、投機にも、進軍ラッパにも無縁な全く受身の人生、そうした大問題や政局に背を向けていた孤独者の中にこそ、物を考える人間や感受力豊かな人間がひそんでいたのである。世間から期待される国家有為の人物になることも、情愛に溺れこむことも、学芸の世界にひたりこむことも、そのいずれの世界からもはじき出され、どの世界にも懐疑の眼を向けざるをえない徹底した孤独に陥る姿が彼等の裡にはあった。だが、その「孤独」の中でこそ、自己の中にみちみちてくるものを手探りでさぐる「内省」やら、滑稽なる齟齬感をもってズレてゆく周囲への「観察」やら、同じような人々への「共感」やらが生みだされたのである。しかも、自分一箇のその孤独な運命の星を頼りに生きてゆく時に、はじめて人は、この「意識」の一点でもって「世界」に向きあっている自分をそこに発見するのだ。所与の制度の中で、既にあらかじめ為すべきことが決っている人間にとっては、こうした「意識」自体がまず生じないであろう。だが、どこにも頼るべき体系もなく、場所もない時、人は、「世界」を向うに回して、自己の中にある意識のその微細な一点でもって自分を支え、且つ、そうやって支えている自分自身をも発見するのである。そうした「意識」への注目があるからこそ、ここに初めて一群の「自己を取材として書かんとする」「人生批評家」（佐藤「イヒ・ロオマンのこと」、『退屈読本』所収）が出て来もしたのである。言うまでもなく、こうした、「国家的元気」自体に興味も関心すらもない者は、「落ちこぼれ」であり脱落者であるかもしれない。だが、そのなりふりかまわない孤独な意識の中にこそ、機構社会やその生みだす価値に頼らない彼等自身の生きる姿勢がこめられていたのである。これが、「怠け者」佐藤や犀星の「蛮気」や折口の「謀叛気」を根底において支えていたものであった。したがって、彼等は、お互いに共通の、生きる姿勢の裡に含まれているものへの注目があるからこそ、互いに「理解」することもまた可能だったのである。晩年ではあるが、佐藤春夫は、室生犀星が亡くなった際に、次のような追悼文を寄せている。

「彼の詩は情熱的で純粋なさうして色情の匂ひのおびただしい、すべての実感を世俗を憚らない思ひ切つた強い表現を持つたもので、その独自の表現は原始人のやうな生気といふよりも蛮気に満ちたものであつた。この詩精神と蛮気のある表現とは、後年詩から散文に移つて後も生涯一貫したものであつた」（中野重治『室生犀星』所収）。

室生犀星のこの「蛮気」は、幼少の頃からの貧苦の中で培われたもので、高校——大学といった制度通過型の予定調和的な序列的秩序と対極をなすものであった。勿論、ここにおける「蛮気」とは単純に「野蛮である」ことではない。次の芥川論を読まれたい。

「芥川は日月辰星の出来上つた後の天地をばかり知つてゐて、まだ天地《あめつち》も別れない混沌の頃の美といふものを理解せぬ人であつたらしい。いい芸術のなかには必ずあり、無くてはならない原始的な心、蛮気とも云ふべきものが彼には欠けてゐた。……一行のボードレエルは人生よりも貴いといふ大正時代の芸術至上主義者たる彼でありながら、ボードレエルの詩美のみを知つてその底にあるあの原始森林の気——蛮気に気づかないのは全く惜しいやうなものである」（佐藤春夫『近代日本文学の展望』）。

　佐藤春夫の芥川論を引用したのは、芥川批判をここで展開したいためではない。（そんなことをしても芥川への通俗的理解を助長するだけであろう）。ここにおける「蛮気」の用例に注目してもらうためである。佐藤春夫が言うところの「蛮気」とは、「混沌」であり「原始的な心」なのであった。それは、制度的分類表のどこへなりとも秩序づけられることのない名辞以前の経験、言葉の発生地点そのもののことなのである。言いかえれば、「世界や歴史の意味をその生れ出ようとしている状態において捉えようとする」（メルロ＝ポンティ）志向であり、そうした「内奥の沈黙の核」へと向う「名づけえぬもの」への注目なのであった。系統的・明示的に示される何ものかではなく、時には懶惰なものとして、時には謀叛気としてしか語れない何ものかであり、佐藤が言うところの「原始森林の気」なのである。

　しかも、この「原始森林の気」とは、この世にふんぞりかえっている「位階秩序」や「制度」や「歴史」への拒否感覚でもあった。全てが機構化され、官僚化された社会にあっては、それらへの対抗は、しばしばあらゆる「歴史」感覚を一気に飛びこえた「原始」感覚や、「論理」に対抗する「気分」、「機械」的定型性に対する「生気」への注目となり、それは、この時代の最も現代的運動であったダダイズムの「力の限り混沌《カオス》を獲得する」（フーゴ・バル『時代からの逃走

――ダダ創立者の日記――』土肥美夫・近藤公一訳）志向に最もよく典型化されてゆくであろう。そうした「混沌」へと通じる「怠け者」「蛮気」「謀叛気」こそは、この根本的主題の変奏だったのであり、この時代の支配的・制度的文法に対する対抗文化として、何ほどか共通した地盤の上に立っていたのである。全てが整序され、それぞれの分野が「純化」されて「分類」され尽した時代に、全く逆に自己の混沌としたものの中にあるもの、そこから今まさに言葉として身を起してゆくもの、その初発の地点にあるものへの注目がそこで起ったのであった。その意味で、「蛮気」とは制度的世界として定型化された「文明国の都会人」（佐藤、前掲書）の対極にある世界であった。即ち、彼等の出発点は、「体系」や制度化された学校教育の整序された明示的文法や制度的語彙の中にあったのではなく、「蛮気」としてしか表現されない自らの中にある混沌としたものの名辞化への志向の裡にあったのである。また、論理的分節語と違ったこの「混沌」こそが、彼等をしてその自己表現形式として詩人たらしめていたものであったのだ。佐藤春夫について言えば、佐藤の「古めかしい」詩のもつ古代性と近代的感覚の奇妙な混淆、人間が植物にメタモルフォーゼする『のん・しやらん記録』における「変態」感覚や、人間と植物の「境界」の突破、詩的であってしかも説話的な文体、ファンタジーの自在さとリアルな感覚との「交錯」、こうした佐藤の一義化できない特徴は全てこの「蛮気」＝混沌性と「原始」感覚の中に胚胎していたのだ（ついでに言えば、その後、「近代性」の対極にある「野蛮」に満ちた「総力戦国家」が登場した時、佐藤春夫が「頌歌」を作ったのはこの論理的文脈の中においてではなかったか）。

この「蛮気」の意味を際立たせるために、その対極にあるものをあげるとすれば、それが芥川に典型化されるような「楷書の文学」（佐藤、前掲書）なのであった。そこにあるのは、「形式美」であり、「感興感動」によってではなく、「ブッキッシュ」に「文字を経営する」（同前）姿勢なのである。

「芥川君があまりに都会人過ぎて、自己を露骨に語る野蛮に耐へない心情に同情すると同時に、芥川君は窮屈なチヨツキを着て居て、肩が凝りやしないかと思つたことがよくある。……ともかくも、芥川君があの楷書体の文体から脱却したところが見たいものだ」（佐藤「秋風一夕話」、『退屈読本』所収）。

この「楷書体の文体」とか「文字を経営する」姿勢は、単に美意識上の問題や、一人芥川の文学形式上の問題としてばかりではなく、むしろ、この「知性で組み立てて、神経で書く」（佐藤）自意識のあり方こそは、この時代に通底する制度的文法の文学的形態での現われではなかったろうか（その意味で、それは確かに、「新しさ」と画期性を含んでいたのであり、それは評価されるべきであると思うが）。「混沌」ではなく、政治・経済・文学……と全ての領域で己が姿を「純化」した形式が現われた時、「あの精巧にして俊敏で最新式な……小形な……文学」（佐藤『近代日本文学の展望』）は、制度化された機構社会の論理的射影物であり、機構社会が自律した瞬間に現われる論理的「完結性」への意志を持った「形式美」の文学的形態での対応物であったのだ。そうした「楷書体での文体」に対して、佐藤春夫自身が「しやべるやうに書かう」と自覚的に対置した、その根底にあるものは「蛮気」、即ち「混沌」への注目以外の何ものでもないし、また、佐藤は、制度化以前の「原始的な心」に注目するからこそ制度的文法の、定型性を強いるあらゆる現代的経験の重圧に対し、身を翻すように、生き方においても書くものにおいても身をかわすのである。「日本近代文学史」のことしか頭にない者には、文学を文学以外のものと結びつけることを「逸脱」と感ずるかもしれない。だが、大切なことは、大学の学部のどこかへと位置づけるような分類による仕分けではなく、異なった領域における同一の経験の発見、或いは、構造的対応性の発見であり、更にはそのことを通じて、人間経験の深層への眼が開かれ、表面化されえない、教義化されえない、そして、言語化されえない沈黙の垂直の次元への深い理解が生みだされることではあるまいか。同時代の「制度的言語」は官僚機構の中にだけではなく、その論理的等価物を、役所機構とは正反対の分野に「射影」することもまたありうるのだ。この時代の最大の批評家である佐藤春夫の、「蛮気」なる表現にうかがえるのは、表面上の芥川批判をこえた、この時代の生みだすものに対する鋭敏な反応なのである。「蛮気」の一語は、制度化された日本文学史をこえた深い射程を持っているのだ。即ち、「楷書体の文体」は芥川にとどまらず、大正期の都市化や高等教育の普及という事態とも見合っていたのである。極めて人工的で線が細く、学校で習い覚えた字だけを書こうとするこの「楷書体の文体」という美的な人工性への批判が、今日につながる都市化がはじめて出現した大正時代に、その原初的状況が出現したとたんに佐藤春夫によって批判的にとらえられたのである。

実際、全てを突き放し、制度や機構的なるものを見放している佐藤にとっては、その制度から生まれた「楷書体の文体」は胡散臭く見えるのだ。(注・6)むしろ、「体系」や学校教育の制度化された文体ではなく、「蛮気」という「野生の思考」に含まれているものの中に自らの端初をなす深い出発点が見えてくるはずである。そうして、「文字を経営する」「形式美」とは対極的に、制度に頼らない「蛮気」ある生き方の中に、そのたやすく秩序づけられない「混沌」の中から、自らの深い出発点を見い出したのが彼等に共通する姿勢であったのだ。言うまでもなく、それは、「不良」としての生き方であった。そのことは、佐藤春夫自身にもあてはまるであろう。佐藤の、年少の頃の「学校騒動」に見せた「不良」性や、大逆事件に対する後年まで変らない憤り（共に佐藤『わんぱく時代』参照）に端的に学校教育以外のものによって立つ佐藤自身の「蛮気」が見てとれるはずである。その、制度へと秩序づけられることない「不良」としての、その自己決定のあり方の中にこそ意味あるものが隠されているのである。佐藤の、制度を突き放した「見放された眼」や「ノンシャラン」とした生き方こそは、この「蛮気」を含んだ不良精神の等価物であったのである。どこへとも一体化できず、その不安定で孤独なノンシャランとした状態を断固として受け入れて自分一個の人生をつつましく生きてゆくこと――不良精神とは機構や制度、教科書や体系によってではなく、自らの中にそうした自己決定の判断形式を持っている精神の少数派としてのあり方のことであった。若き佐藤春夫は、この「不良精神」に含まれているアイロニーやかかえこまざるをえないメランコリーによって癒されることのない存在の異和感をたえず感じ続けながらも、同時にこの世の道徳やら絶対的多数派に皮肉な視線を投げ返し、そうしたものたちの対極にある「小さな者」の中に流れるアイロニカルな調べにたえず耳を傾けていったのであった（初期短篇群の他にも昭和初期の『陳述』や戦後の『女人焚死』を参照せよ）。

少数派が感じ続けるこのアイロニーこそが、『非政治的人間の考察』の著者がいみじくも言い当てたように、もはや現代では残部僅少となった自己に対する慎み深さのモトであり、それ故に、あらゆる反省力を欠いて絶えず膨張をし続ける現代文明への抵抗素ともなるのである。（注・7）この、アイロニカルな自己限定の精神の中には、この時代の「帝国」日本と化したあらゆる膨張主義的「意欲」や目まぐるしく動き回る「活動性」に対する「距離」と、それらへの熱狂的「参加」に対する「自制」とが共に含まれていたのであった。大きさや有名さや目新しさがたえず価値として支配する現代社会の中にあって、こうして何かをしないという「拒否」、小さくあり続けるという「自尊」、たやすく無媒介に自己を表現することへの「抑制」、熱狂的なるものに対する「距離」、それらの姿勢を保ち続けることは、それ自体で、何かをすることよりも何層倍かの価値への選択眼と反省能力と意志とを必要とするであろう。また、こうした自己抑制の根拠を内側に持たず、自らの社会に対する自己批判力ある感受性を失う時、「新しさ」への追随精神と「流行」による目標形成にたやすく流されることは見てとりやすいことである。そうした、この世の大勢の動きとは逆に、少なくともこの時代の佐藤春夫の姿勢の中には、今なお我々の内奥に触れながら、しかも、「勢力圏」への志向とは対極的な精神の営みが結晶化されていたのである。鬱々としながら、虚偽と化した秩序に同化することのない、「蛮気」やノンシャランというその不良性の自己意識の決定のあり方の中にこそ、かろうじて意味あるものは隠されていたのであった。この世との和解などありえず、時にはウツウツと、宙ブラリンに、だが、自己拡張を含むあらゆる熱狂への「抑制」の姿勢を崩さずに生きたのが、若き佐藤春夫であったのだ。制度化されることのない室生の「蛮気」を評価しながら、自らも懶惰にノンシャランと生きた佐藤春夫は、そのようにさりげなく語りかけているのではあるまいか。

5

佐藤にあっては、この「蛮気」があったからこそ、即ち、「全て」を突き放していたからこそ、単に初期短篇群や『都会の憂鬱』のようなメランコリックな作品だけではなく、「物語」風のものやドキュメンタリー風の作品など、あらゆる形式の作品が書けたのではあるまいか。単なる自己注視だけであれば、「心境小説」に終始したことであろう。事実、佐藤の場合、ある種の固定点に向って目標一直線風に単純な割り切り方ができる人物ではなかった。実に多様な作品形式がその都度書けたのである。あらゆる形式が書ける、という「無形式」の裡にいたのであり、おそらくそれは「ノンシャラン」の作品版であったのかもしれない。ノンシャランとして、どのような一点凝視、「真実一路」ふうの評価もすり抜けてしまうのである。その意味で、これが佐藤春夫だ、という「正体性《アイデンティティー》」はないのだ。しかも、その正体性のなさと何でも書ける相対主義とは一対のものとして対応していたのである。そもそも佐藤は、正体などというものはない、そういうものはないのだ、という所から出発していた。『都会の憂鬱』や初期の短篇群は、単に世捨て人ふうの「ニヒリズム」を表現していたのではなく、どこへどう向いたらよいのか分らない「放心」とメランコリーのうちに徹底して全てを突き放したからこそ、どのようなものでもその都度書ける、という形でまさに「正体性のなさ」と何でも書ける「相対主義」とが相関連するに至った、その意味での出発点をなした作品群であったのだ。事実、正体性がないこと＝この世の「力」を否定するところから、或いは、「実在性」にこだわらないところから、早くも初期のうちから中国の古典を空想力豊かにふくらませた『星』のような「物語」もまた書けたのであるし、実在的な「時代」自体を蹴とばしていたからこそダダイズムが「輸入」された時代に最も「古風」な擬古体の詩が書けたのである。言いかえれば、佐藤の擬古体の詩は、単純に「古い」とは言えないのである。実際、佐藤の擬古体の詩を萩原朔太郎は十年古い、と評したが、それに対し佐藤は、十年古いのは君の詩で「僕のものは恐らくアアネスト・ダウスンとともに千八百九十年代のものであらう。多分三四十年以上以前のものであらう。僕自身はそのつもりである。それ故、僕は貴君が僕の詩を目して今日のものでないと言はれたのに一向不服はない。さうして貴君が揚言されるよりももつと古いだらうといふ自覚を持つてゐる。——注意していただきたいのはこの点だ」（「僕の詩に就て」、『退屈読本』所収）と答えていたのである。確かに、シュールやダダの全盛時代に佐藤の擬古体の詩は「古い」かもしれない。だが、それは、山本健吉が評したように

「古風」だからではなく、徹頭徹尾「反時代的」だったからなのである。時代の重力の中で最も反時代的に実在の「力」を否定したからこそ、あらゆる形式の中にもぐりこむこともまたできたのである。実在性の否定という点では浪漫主義者に見え、擬古体の詩や日本古典への回帰という点では伝統主義者に見え、自然主義の否定という点では「物語」や一見私小説風のものも書け……といいたあんばいに実にありとあらゆるレッテルを貼ることが可能であるのだ。おそらく、その正体は正体性自体の否定の裡にあった。そうして、佐藤にあっては、自分ですら自分を突き放していたからこそ、また、その「蛮気」があればこそ、何でも書けた、と言えるのである。佐藤という「場」にあっては、そもそも「正体」という実体概念自体が蒸発している。もはや自分は何者でもないこと、自分という実体はないこと、そのことを佐藤ほど痛切に感じた者はいなかったのではあるまいか。徹底的な相対主義のあやうい世界に佐藤はいたのである。既に魂は関係自身と化し、もはや「私」という「人間」はいない（花田清輝）、その意味で、存在の、或いは前世の余韻のように、存在の「影」としてそれらの作品群は成り立っているのである（その点で佐藤は唯一日本古典の「幽玄なるもの」に惹かれていたことは事実であろう――初期の「風流論」から晩年の「兼好と長明と」に至るまで）。或いは佐藤にとっての作品とは、それ自体が「彷徨」の文学的形態であったかもしれない。したがって、どれか一つの作品をとりあげて佐藤を論ずることは意味をなさない。たえず作品全体が問題なのである。全体、言いかえれば、生きる姿勢自体が一つの「表現」そのものでもあったと言えるのだ。

したがって、佐藤に対立する者は、「生きる姿勢」自体を通して全面的に対決を迫られることになる。自分の「正体」を問い直さねばならないからである。だがどんな人間も「正体」などはないのだ、ということ自体もまた佐藤が既に論証済みのことなのだ。だが、およそ、正体を問うことは、ちょうど、「鏡よ鏡よ……」といった、鏡に向って画一的な自画像を描き続けるドードーめぐりと同じなのではあるまいか。そうした自己回帰的な循環を断ち切って、自己の「正体」が明らかにされるのは、じつは、「他者」との関係においてなのである。およそ人は、対立物との関係において初めて物事への生き生きとした知覚が生動し始めるのであり、現在の自明性とは異質な対立物に出会う時（その主観的形態は「驚き」であるが）、その時、「問題」との関係で「知覚」が生動し、思考もまた動き始めるのである。そうした方向を教えたのはマルクス主義であった。また、その方向を歩んだ者の「典型」は、他ならぬ中野重治であった。佐藤は、自己の方向喪失感、彷徨感を痛烈に自覚したからこそ、人一倍、その寄る辺なさの中で自己の「実体」を欲したことであろうし、事実、それは「歌」や「古典」へと打ち込んだ半生の軌跡の中に読みとることができるであろう。その「歌」がやがて「国歌」に歩調を合わせかねなかったのに対し、中野は「歌のわかれ」を通じて「歌」のように抒情的に対象へと自己を重ね合わせてゆく自己発見の道ではなく、自らの抒情的精神を嚙み殺しながら「凶暴なものに立ちむかい」、その「対立物」との関係の中で自己の基盤を反省的につかみだしてくるのである。そこにあっては、「存在と思惟との、意識と生活との差異を非常に苦痛に感ずる」（マルクス『聖家族』）その自己の苦痛は、同時に同じ「社会的矛盾の苦痛」（古在由重『現代哲学』）を担う人々への共感の深さと、その苦痛をもたらすものへの批判とを含みながら、一つの批判的理性へと自己を飛躍的に高めたのであった。言わば、自己の正体は「他者」との関係において、対立物への抵抗の、その「運動」過程自体の中で問いかけられ、明らかにされてゆくものとなったのである。即ち、マルクス主義とは（戦後におけるレヴィ・ストロースの「構造主義」もまた別の形態においてそうなのだが）二十世紀における「他者」の発見形式であったのだ。その「他者」なしには、実は我々の「正体性」もまたないこと、その「相互的諸関係」の中に含まれる相互照明の「実践」過程こそが、主体自身の存在根拠を示すものであることをマルクス主義は教えたのである。それは、「意識と生活との差異」に宿る自己の「苦痛」を根源としながら、対立物との相互的「関係」の中で「自己」を相対化してゆく方法であり、単なる脱落者精神から生まれる自己の個別性の「確認」にとどまらない、やがては「国家」制度をも根本的に超えてゆく「蛮気」の理論的形態でもあったのだ。

（注・1）『西班牙犬の家』とこうした探偵小説との類推があながち突飛でもないことは、次の証言からもうかがえる。「……探偵小説を書けさうな人と言つて滝田氏が探した時、谷崎が『僕がひとり知つてゐる』とだけいふと、滝田氏は『佐藤氏でせう』と言つたさうだ。それが私が何一つ滝田氏などの目にふれさうなものを書いた覚えのない頃であるだけに、私は滝田氏に対して知己の感を抱く」（「思ひ出と感謝」、『退屈読本』所収）。なお、E・ブロッホ「探偵小説の哲学的考察」、W・ベンヤミン「ボードレール」、参照。

（注・2）「メランコリックな世界＝内＝存在においては、世界内存在は、純粋な現存、つまり方向も領域もない放心状態によって、けっきょく点的なものの任意性によって特徴づけられた空間性のうちに現われる」（テレンバッハ『メランコリー』木村敏訳）。どこへも行きようがないから、結局、場所のない「点」のごとくに収縮せざるをえないこの方向喪失感こそは、全てが既成化した時代に大規模に現われるであろう（時代的には明治末から大正、人生の上では三十代後半以後に）。全てが既成化し、行為は繰り返しになり、全てが見慣れたものとなる時、未来への展望も過去への意味づけも消え、「純粋な現存」＝「点」のごとき意識だけが現われる。しかも我々を取り囲む「世界」に持続するものはと言えば、集団内部における儀式の粉飾に満ちた「展望なき団結」と、外側へ向けられた自分本位の集団エゴイズム（言いかえれば「社会的自閉性」と対外的「膨張主義」とがセットになった状態）にすぎないとすれば、我々にはもはや進むべき「方向」も「領域」も失せているのである。どこにも居場所がないとすれば、その時、「存在」は、あたかも影のように写しだされた抽象物と化してしまうであろう。存在の影と化した存在、言わば存在の絶対的抽象化、佐藤春夫自身の言葉を使えば「重量と容積とのある影」（『都会の憂鬱』）にすぎなくなるのだ。

（注・3）世界には「何をするといふやうなことも無い」、実際、会社や役所や学校から与えられる「目標」など、実現したところで大したものではない。およそ、それらは「意味を失なった『目的』の連鎖」（アーレント）にすぎないであろう。しかも、その全体的秩序に否応なしに組みこまれ、そこから離れて生きることはできないのである。言わば自分の思った通りには生きられないし、いやいやながら働かざるをえない、そうやって「生きていること」と自分の「精神」の在り方とが分裂しているところからアイロニカルな態度が発生する。

　だがその、どっちつかずでどうしていいのか分らないところから生まれるアイロニーは否定的なものとは限らないし、そのアイロニーを自覚するところから生まれる「慎しさ」について、トーマス・マンは次のように「生と精神」との緊張関係として、積極的にとらえているのである。

「イロニーとは、つねに両方の側に対するイロニーである。それは、生に対しても精神に対しても向けられる。そして、このことがイロニーから大仰な身ぶりを奪い、憂愁《メランコリー》と慎みをあたえる。芸術もまた、それがイロニー的であるかぎりは、憂愁をおび、慎みぶかい」（トーマス・マン『非政治的人間の考察』前田敬作・山口知三訳）。

　どちらにも打ちこめず、どうしていいか分らないからアイロニカルな意識が浮上してくるのだが、同時に、そのアイロニーがあるからこそ生と精神の「両方の側に対する」懐疑が生まれ、仕事をも、自分をも、相対化することができるようになるのだ。或いは、仕事にも、自分にも、どちらにもゆかない、この自己限定化があるからこそ、両方に対する「慎み深さ」が生まれ、決して野放図に自己主張することなどありえないし、時にはそこから、仕事にしろ自分にしろ何かに「打ちこむ」などということが実にトンチンカンなことに思えてくる喜劇的感覚もまた生まれてくるのである（小説とはそうした喜劇性や相対性の中から、或いは何らかの絶対主義的＝全体主義的観念ではないものから生まれてくるものであることについては、ミラン・クンデラの傑作『小説の精神』を参照のこと。なお、アイロニーや「本物」については、ライオネル・トリリンク『〈誠実〉と〈ほんもの〉』参照）。

（注・４）「目を覚してもゐなければ眠つてもゐない」「一たい今は春だつたかしら秋だつたか

しら」(『都会の憂鬱』)という無時間性は「憂愁《メランコリー》」自体の時間の質を表わしていると同時に、おそらく現代世界の機械的・画一的「時間割」に対する懶惰なる抵抗形態でもあったのだ。予測し、計算することのできない、それ故、計画されえないこのエアポケットのごとき「放心」は、画一社会に対する人間の、身体の最も深い次元から湧き起こる予期せざる「自然」的抵抗であった。

また、こうした夜と昼、春と秋との時間の境界がぼやける無時間性と、『西班牙犬の家』における動物と人とが交錯し変身する不思議な物語や夢と現《うつつ》とのはざまにある世界とは、ちょうど印象派の絵のように全ての輪郭がぼやけ、主体と客体との間も含め全ての境界が曖昧となる「混沌」とした世界の訪れを告知している点においても「対応」しているであろう。国家機構が完成し、「国境」や「部署」や「分類学」が敢然と区画整理された段階で、「混沌」へと向った形での「時代からの逃走」（フーゴ・バル）が起ったのであった。あらゆる抵抗感を欠いた明晰なる「分類」の中にもはや自由はありえないこと、そうして、意味があるものは制度へと収縮する「国境」や「部署」などの中にはないことを、佐藤は自らの生きる姿勢を通じて身をもって示しているのである。

(注・5) 我々は、アナーキストや私小説作家といった「分類」よりも、まず共通のその孤独の経験にこそ注目してゆくべきであろう。実際、この時代は、たとえば川崎長太郎と壺井繁治が雑誌『赤と黒』に肩を並べて書く、といった時代だったのである。さらには、このどこにも行きようがない、という共通の経験があることにおいて、たとえば、後年、室生犀星は中野重治を「理解」もし「援助」もするようになったのである。彼等は決して「主義」や「教義」によって一致していたわけではなかった。おそらく、同様に、こうしたウツウツたる孤独の経験を分ち持つことにおいて、佐藤春夫は同時代人魯迅の『故郷』や『孤独者』を翻訳したのである。だが、こうした、あらゆることに何の関心も持たないただの「ニヒリズム」や孤独は、自らの裡に内的葛藤や、したがって苦痛を含まないかぎり、内面的空虚そのものに外側から「目標」が与えられることでたちまち律儀な「働き」主義へと転化しやすいのだ。それは、何も戦前の例にとどまらない（会社に見られる集団主義や号令主義を想起せよ）。今や万人が「空虚」感覚を共有している時代にあって、その質的差異は重要である。

（注・6）かつてあった、イキイキとしたものが全て機構や制度の中に吸収され尽し、セメント化されてしまった時代にあっては、最もイキイキしたものは、制度の中で体系的に展開されるよりも「即興」的形態をとらざるをえないであろう。佐藤の『退屈読本』は、そうした現実の「断片」をとらえた「即興」精神の産物である。言うまでもなくそれは、「楷書体の文体」などではなく、ゾロッとした着流しスタイルであちこちを「漫歩」したものであったのだ（「彷徨」の文章的形態と言ってもよいであろう）。分類され尽した「体系的なるもの」に何がしかの真実感があるのではなく、たとえばダダイスト新吉こと高橋新吉を評価したように、「論理井然や形態完美や情意透徹よりは」（佐藤「高橋新吉のこと」、『退屈読本』所収、以下同じ）ウツウツとした「困憊と疲労と真実と自暴自棄と飄逸と」がこんがらがった「混沌」や「瞬間」や「意味のないこと」や燦然たる「かけら」や「暗示」の中にこそ「見せびらかさない真実感」があるのであった。国家制度や現代都市が成立したとたんに現われる彷徨感の真只中、制度の目的や思想上の教義や美的体系からも見放されてどうしていいか分らない連中の感覚の「かけら」にこそかろうじて「燦然とする」（佐藤）ものが含まれていたのだ。言うまでもなくそれは、体系はもたないが対象に対し瞬間瞬間で迫真的《ヴィヴィッド》に反応する精神のあり方のことであり、単に刹那的な感覚反射的「享楽」とは異なるものであった。同じ「即興」精神や「断片」性であっても、二種類あるのだ。後者は、今日、コマーシャリズムの中で横行し、ひとつの「支配」的地位にすらついているのである（なお、セメント化された「調和的表面」に、「中断」やら「断片」の引用などのモンタージュを通して、再度、想像力をかきたたせようとする二十世紀初頭の試みについてはE・ブロッホ『この時代の遺産』参照）。

（注・7）　ここにおける「慎み深さ」とは何か。慎み深さとは即ち抑制のことであった。その「抑制」とは何であろうか。人は、ほうっておけば絶えず他人より優越し、称賛されたいと思うものであるし、また、優越することにおいて他者に「寛容」を示したりすることもあるのだが、同時にこのとどまることを知らない「権力への不断のやみがたい欲求」（ホッブズ『リヴァイアサン』）のために「人はさらに多くの力や手段を獲得」（同）する欲求に「死に至るまで」（同）つき動かされてしまうものであるのだ。誰でもほうっておけばそうした「欲求」の自然的傾斜に身を任せてしまうであろうし、また、そうした他者への優越の無限競争に陥らないためには、せめて自己規制が、即ち「抑制」が必要とされるのである。

夢ナキ季節ノ歌

——逸見猶吉「ある日無音をわびて」をめぐって

1

ぺこぺこな自転車にまたがつて
大渡橋をわたつて
秩父颪に吹きまくられて
落日がきんきんして
危険なウヰスキで舌がべろべろで
寒いたんぼに淫売がよろけて
暗くて暗くて
低い屋根に鴉がわらつて
びんびんと硝子が破れてしまふて

上州の空はちひさく凍つて
心平の顔がみえなくて
ぺこぺこな自転車にまたがつて
コンクリに乞食がねそべつて
煙草が欲しくつて欲しくつて
だんだん暗くて暗くて

——逸見猶吉「ある日無音をわびて」

一九三〇年前後（昭和初期）に生き、草野心平と共に『歴程』を創刊したこの詩の作者逸見猶吉は、文学史家を除いては既に忘れ去られた詩人であろう。そうして、文学史家ですら、たいていは逸見の代表作「ウルトラマリン」をあげるにとどめるだけなのである。しかし、その文学史上の位置はともかく、また、一時代の記念碑である「ウルトラマリン」についてもともかく、それらの全てを超えてこの「ある日無音をわびて」という何気ない、見過ごされても当然な小さな詩に心惹かれるものを感ずるのである。

端的に言えば、私はこの詩の中にある一種のくたびれきった感じが好きなのだ。寒々とした風景の中を、友人草野心平に会いに、べろべろに酔っ払いながらも自転車をこいでゆき、その中に淫売や鴉や乞食を点描している、その姿勢の中に含まれているものや、何気ない情景に一種の心惹かれるものを感じるのである。

この詩にある大渡橋は、前橋に行くために渡らねばならない長い橋である。利根川にかかる二キロもあろうかという延々と長い橋なのだが、萩原朔太郎にも「大渡橋」と題した詩があり、その詩の最後に大渡橋の地誌について萩原自らが解説している。

「大渡橋《おおわたりばし》は前橋の北部、利根川の上流に架したり。鉄橋にして長さ半哩にもわたるべし。前橋より橋を渡りて、群馬郡のさびしき村落に出ず。目をやればその尽くる果てを知らず。冬の日空に輝きて、無限にかなしき橋なり」（萩原朔太郎「郷土望景詩の後に」）。

「目をやればその尽くる果てを知らず」「無限にかなしき橋なり」といったところから、この橋の茫漠とした寒々とした情景が浮かび上がってくるかもしれない。この橋を逸見猶吉は友人草野心平に、「ある日無音をわびて」会いに渡って行くのである。寒風吹きすさぶ中をウィスキーで酔っ払いながら、ぺこぺこな自転車にまたがって会いに行くのだ。途中、田んぼに淫売がコケるのを見、低い屋根に鴉が笑うのを見、コンクリに乞食が寝そべっているのをチラリと見ながら渡って行くのである。一見、何の変哲もない詩であろう。

実際、この詩には、甘い抒情があるわけでもなく、難解な抽象詩であるわけでもなく、しかも、当時のプロレタリア詩のように全く勇ましくもない、そうしたあらゆる意味で「さっそうさ」を否定した詩であるのだ。第一行目の「ぺこぺこな自転車にまたがつて」という姿だけでも勇ましいどころかユーモラスであるとともに、くたびれかかった酔っ払い男を想像させるのに十分であろう。しかも、「大渡橋をわたつて／秩父颪に吹きまくられて／落日がきんきんして」という韻をふんだ繰り返しは、全てが過ぎ去ってゆく「現在完了」の独特の音調をこの詩に与え、たたみかけるそのリフレインの中で「ぺこぺこな自転車」とともに全てを横目でチラッ、チラッ、と見ながら、全ての存在風景を通り過ぎてゆく作者の姿を髣髴とさせている。言わば、個々の情景があたかも映像のカットをつなげる映画的手法を想起させる形で、「何々して何々して」という現在時制の中で並列されてゆくのだ。映画と同じような「同時性」の言語的形態と言ってもよいかもしれない。映画ならカメラ・ワークで済ませられるところを、言語でもってさりげなく、通り過ぎて行く情景のカットとカットをモンタージュしているのである。たとえば、「ぺこぺこな自転車にまたがって」「秩父颪に吹きまくられて」という動きのある寒々とした画像やら、映画で言うカメラを引いてゆく「上州の空はちひさく凍」る冬の夕暮れの画像やら、そこには、動きと静止、内的感覚と外的情景への転換という映画同様の素早い場面転換へのセンス、そして、現実の断片を切り込む鋭角的な意識が、言語表現のその同時性の中に感じられるのである。最後に、おそらく、「心平の顔がみえなくて」とあるので、会えないまま再び引き返し、「だんだん暗くて暗くて」と、暮れ行く風景の中、映画で言えば暗闇の中に溶暗するようにかき消えるのだ。

或いは、そうした映画との並行性ばかりでなく、「落日がきんきんして」という一行には、目で見たものを音の感覚に置き換えてゆく抜群の詩的感覚が感じられるであろう。言わば、音による色彩表現と言ってもよいのだ。音による色彩表現という点で、かつてウィリアム・エンプソンは、ある盲人が、「赤」とはどんな色か分からず、「真紅色の本質を長い間探究した結果、この色はトランペットの響きを最もよく表現している」と気づいた「盲人の発見」について述べていたのだが、そこでは「赤」という「視覚的なるもの」が「トランペットの響き」という「聴覚的なるもの」に見事に置き換えられていた。この詩においても逸見猶吉は「落日がきんきんして」という一行で、「視覚的なるもの」を「聴覚的なるもの」に鮮やかに置き換えて表現しているのである。こうしたさりげない詩的表現を含んだ小さな詩がこの「ある日無音をわびて」であった。(注・1)

こうして、作者は次々と「大渡橋」やら「寒いたんぼ」やら「鴉」やらコンクリに寝そべる「乞食」やらをよぎってゆく。しかも、まるで全てが無関係であるかのように横目でチラリと見ながら。そして、その通り過ぎて行く中に一貫しているものは、もう何もしたくはないし、何の意欲もなくただ「ぺこぺこな自転車にまたがつて」次々と通り過ぎ、見てゆくだけ、という気分なのである。即ち、ここで鮮やかに切り取られているのは「鴉」やガチャンと割れる「硝子」や「乞食」ばかりでなく、ひとつの過ぎ去ってゆく「気分」なのではあるまいか。「気分」といってもバカにしてはならない。人間はたえず「気分づけられてあるもの」としかありえない存在であるし、そうした一時代の「気分」を表現するところに何よりも詩の核心が隠されているのではなかろうか。

「気分」といい、「映画的手法」といい、詩の「解釈と鑑賞」からあまりにはずれていると思われるかもしれない。しかし、ここで詩について語ろうというのではないし、またその資格があるとも思っていないのだ。ただ、詩が世界に投げかけている言葉、そのリズム、その志向するところのもの、その詩的凝縮において達せられた底から響いてくる時代経験の深いリズムに興味があるのだ。なぜなら、詩はそれ自体のうちに教義化されることのない時代の雰囲気や世界の知覚を凝縮し、そのことによって時代の最も敏感なアンテナとして一つの時代の抒情的経験を統合することが出来るからである。またそうやって、世界の感じ方といった、世界の基底に通ずる見えざる「知覚」を組織することにおいて、詩は理論や教義以前にいち早く世界についての抒情的予告をもたらす。端的に言うならば、詩とは時代経験の知覚上の統合的焦点を結晶化しうる文学形式なのだ。(注・2)

言い換えれば、理論や教義や思想体系が人間の首から上の頭脳、中でも前頭葉に集約される「思考」活動であるとすれば、詩や歌は頭で「作り出される」ものではなくむしろ首から下、人間の身体性の中から生まれ出てくる。その身体と外界の境界面をなす「知覚」には、時代や社会の最も奥深い感覚構造が、即ち社会的無意識が凝縮されているのではあるまいか。詩とは時代の最も敏感なインデックスなのだ。したがって詩や歌が変わることは、人々がその中で生き、感じている時代経験が、その社会的身体性が変わることを意味している。詩とはそうした意味で時代の経験や知覚を根底から組織する形式なのだ。(注・3)

逸見と同時代を生き、自身も詩人であった伊藤信吉は「大正十一、二年ころから昭和五年のはじめにかけての数年間は、めざましいほどの詩の変革期であった」(『現代詩人全集』第六巻「解説」）と述べているが、詩におけるその過渡期はどのような時代経験を詩自体のうちに凝縮していたのだろうか。我々は、言葉の結晶構造にこめられている世界の基底へと通ずる知覚の変容と抒情的性質をこそ吟味すべきであろう。そうして、逸見の詩「ある日無音をわびて」の、酔っ払って「ぺこぺこな自転車にまたがつて」通り過ぎてゆく、このくたびれきった「現在完了」の形式に含まれている時代経験はどのようなものであったろうか。或いは、この「空洞感覚」を生み出した当時の社会学的状況とは、一体どのようなものであったろうか。

2

ここで逸見の略歴について簡単に触れておく。

逸見猶吉（本名・大野四郎）は、一九〇七年（明治四〇年）栃木県谷中村に生まれ、翌年全村立ち退きにより一家を挙げて東京府下へ移る。中学時代より絵や詩作に親しみ、一九二六年（大正一五年・昭和元年）早稲田大学政治経済学部に入学。一九二八年、二十歳にして草野心平編集の謄写版雑誌『学校』に「ウルトラマリン」を発表。一九三五年（昭和一〇年）草野心平、土方定一、高橋新吉、中原中也らと詩誌『歴程』を創刊。その後、満州へ渡り、会社勤めをする一方、文芸誌を発行したり、アルセーニエフ著・長谷川四郎訳『デルスウ・ウザーラ』の装丁を手がけるなどをした。敗戦後一九四六年（昭和二一年）、妻子と共に長春にて病死。これが日本のランボーとも称された逸見の短い一生であった。

逸見の代表作は「ウルトラマリン」とされている。それは次のような書き出しで始まっている。

ソノ時オレハ歩イテキタ　ソノ時
外套ハ枝ニ吊ラレテアツタカ　白樺ノヂツニ白イ
ソレダケガケワシイ　冬ノマン中デ　野ツ原デ
ソレガ如何シタ　ソレガ如何シタトオレハ吠エタ
《血ヲナガス北方　ココイラ　グングン密度ノ深クナル
北方　ドコカラモ離レテ　荒涼タルウルトラマリンノ底ノ方ヘ――》
――「報告（ウルトラマリン第一）」部分

一読して「晦渋暗鬱」で抽象的な詩である。「ある日無音をわびて」とは、一見すると何の関係もないように見受けられる。だがはたしてそうであろうか。

苦痛ニヤラレ　ヤガテ霙トナル冷タイ風ニ晒サレテ
アラユル地点カラ標的ニサレタオレダ
アノ凶暴ナ羽搏キ　ソレガ最後ノ幻覚デアツタラウカ
弾創ハスデニ弾創トシテ生キテユクノカ

（中略）
アア　夢ノイツサイノ後退スル中ニ
――「報告（ウルトラマリン第一）」部分

伊藤信吉は、逸見の詩について「これは傷ついた生命であり、傷つくことに生の意識を支える態度である」（『現代日本詩人全集』解説）と評している。確かにこの詩にあるのは、「アラユル地点カラ標的ニサレタオレダ」という身動きならぬ苦渋であり、「弾創ハスデニ弾創トシテ生キテユクノカ」という痛ましい傷痕の自覚であった。この苦渋と「弾創」の自覚に刺し貫かれた「大キナ苦痛ノ割レ目」（「報告（ウルトラマリン第一）」）にたたずむ姿勢こそが、逸見の詩に一貫していたものなのであった。この「自虐の牙をもってなにものかに嚙みつく精神の激しさ」（伊藤信吉）の中で、どこへも進むことも出来ずに、「ドコカラモ離レテ」（「報告（ウルトラマリン第一）」）立ち尽くしたまま目を見開いている者の姿がそこにあった。

殺到スルインヘルノ　地上ノ露ハナル無際限
（中略）
夏秋モムザンニ絶タレ
天ニ流出スル　夢ナキ季節ノ歌ヲ堰イテハナントイフコノ身ノ激シイ　蹂躙デアラウコトカ

――「冬ノ吃水」部分

機械ノ一点ニ常ニレイゼント狙ハレテアルモノ
アア世界ヲ充塡スル非情ノ眼ヨ
君ハ見ルカ　君自身ノ狂愚ヲ蹴落スコトガ出来ルカ

――「死ト現象（ウルトラマリン第三）」部分

この「世界ヲ充塡スル非情ノ眼」に射すくめられ、追い詰められた幻惑といい、「インヘルノ」（地獄）に刺し貫かれた意識といい、「夢ノイッサイノ後退スル中」「明日」やら「目標」やらを感じえずに「弾創」をかかえたまま立ち尽くすしかない、そうした荒涼とした「気分」が自意識の底に切迫した言葉の数々となってここに記されていないであろうか。そうして、この切迫した自意識の営みを荒々しい詩的表現へと結晶したところに逸見の詩の特徴があったのである。しかも、それは一人逸見のみにとどまらず、伊藤信吉が言うところの「現代人のうけた傷手の消えることのない苦渋」（同前）をも表現していたのである。そこには、自分が何ものかに寸断された意識、瞬間ごとに細分化され、どこにも安住できない、その亀裂感こそが唯一の実在と化す時代が訪れていた。

逸見猶吉は明治四十年（一九〇七）の生まれであったが、既にその時代は幕末維新の混乱期のあとで、とにもかくにも「近代国家」の制度をこしらえあげ、続く日露戦争の勝利は欧米列強に伍する「大国」的外観を与え、それまでの対外的緊張感を一挙に解除したのであった。かくて「立国」の時代は終わり「風俗」の時代が始まっていた。明治末期には既に次のような態度が一般化していた。

「今の青年はあまりに意気地なし、其頭を悩ましむるものは学校卒業後の就職難也。其胸を躍らす者は海老茶袴の煽りとリボンの翻めき也。復た眉を昂げて功名を語らず、唯クラブ洗粉に其ニキビの顔を磨くは忘れず、復た肩を聳やかして天下の英雄を罵らず、唯コスメチックに頭髪を光らすは忘れず」（田岡嶺雲『明治叛臣伝』序文、明治四十二年）。

「コスメチックに頭髪を光らす」風俗や、就職に飽くなき関心を寄せるこうした態度は、今まさに混沌の中から制度を創り出そうという制度創出期（たとえば幕末維新期、昭和二十年の敗戦直後など）の持つ解放性と自由、価値の真空と混乱の中から方向を決しようとする切迫度をもった熟慮と熱意、そうした集中力をもった緊張感ある過渡期とは正反対の時代に生まれる姿勢であろう。

幕末維新や敗戦直後などの過渡期、転形期とは、安定した体制ならばガッシリと組み込まれている個々の要素がバラバラに分解し、飛散し、各々が自己運動し始める時代であった。しかし明治末には社会の各組織、集団、部局は、どの個々の部分をとってみても、創造が問題となるのではなく、セメント化した所与の位階秩序が確固たるものとなり、そうしたガンジガラメにされた状況の中で、ジタバタする「煩悶」や、そうした自分を見つめ返す「自我」問題が登場する。「コスメチックに頭髪を光らす」ような「風俗」現象の反面では、主に知識階級にとって、たとえば『近世における『我』の自覚史』といった表題のように、或いは『三太郎の日記』のように絶えず「我」が問題となる時代であったのだ。言い換えれば、「人間全体」への統合感覚や「社会」全体が意識の中心となるのではなく、出世であろうが、自分一個の問題であろうが、微分化された「自意識」から全てを眺める「葛藤」が中心となるのだ。国家や制度へと集中化される共通の緊張感などは雲散霧消し、一方で、出来上がった制度や機構の中でどうやって「出世」するか、或いは、出来合いの風俗の中でどう楽しむか、といった、実利主義や風俗への関心が全社会を覆い、他方では「自我」へと関心が集中してゆくに至るのである(勿論、貧困をはじめ「社会問題」は深く広くこの時代の基底に存在しており、そうした「社会」へと目を向ける形で「自我」意識を再度対象化し、社会的相互性の中に自分を投げ込んでものを見、そうやって精神的な統合的焦点を形作ることを教えたのはマルクス主義だけであった)。

この「緊張解除」はさらに第一次世界大戦の「漁夫の利」と資本主義経済の急膨張による「好況」により一気に加速され、その傾向は「高等教育」の普及とサラリーマンの登場に見られる都市における早熟的な「大衆社会」の成立と対応しながら、この国に現代都市を誕生させてゆく。

だが同時に、この全社会的な「緊張解除」は、精神的焦点の拡散とどこへも逃れることの出来ない息苦しさをもたらした。即ち、完璧に制度が出来上がり、その機構上の自動回転だけが全社会を覆う時代にあっては、その身動きならぬ繰り返しの中で息苦しさだけが、それ故、既成化した制度に何の内面的焦点を感ずることも出来ずに、自分がもはや制度と一体化できないその亀裂感だけが鋭く意識に浮上してくるのである。たとえば、この時代、資本主義経済の発達と共に急速に生み出された「職工」たちはどのような生活を送っていたのか。「朝早く起きて工場に出て夜遅く帰つて睡つて起きて工場に出る――この機械的な生活」（当時の「友愛会」機関紙『労働及産業』一九一七年四月号）、こうした「機械的生活」の中で全ては規格化され、作業工程と化すところでは、全員が機構部局の部品と化すしかないであろう。内なる焦点は、表面をなぞるだけの日々の散文的生活の中で解体するしかないのだ。この、自分が生きていない、という感じ、或いは、どうにも身動きのとれない逃亡不能性、「場違い」な場所に置かれている「痛み」に似た感覚、「自由」への漠然たるあこがれ……等々が内面をひたすようになる。そうして、逸見の処女作「ウルトラマリン」は、そうした時代状況の真っ只中で生まれたのであった。

――「大外套」部分

不器用な音階を繰り返し繰り返し、入り江に向かつて降りてゆく。歯と歯のあひだの寒烈。裏がへしの低い太陽。……孤独に値しないものを孤独として、なんと世界は諧謔のない笑ひばかりだ。

……何者に対つてか、嗤へ、長年漂泊にあらび千切れた胸の底に捉へやうとする、生きがたい、夢の燔祭。……神々といふあの手から離れてここに麻のやうな疲れが横たはる。

——「ナマ」部分

コノ重々シイ空間ニ懸垂スルモノ　充血スル顔ヨ
ナントイフ極度ノ貧困デアラウカ
傾ムク黒イ汽車ノ一隅　ソコニハナンノ夢モナイノダ

——「死と現象（ウルトラマリン第三）」部分

「裏がへしの低い太陽」の寒々とした画像、「生きがたい」「麻のやうな疲れ」、「ソコニハナンノ夢モナイ」時代と社会が逸見の前に巨大な手を広げていた。この事態は逸見の生きていた昭和初期の社会学的状況の中に観察することができるであろう。詩は社会状況の直接の「反映」ではないが、しかし、逸見の詩を貫いている時代の深いリズムを聞き取るためには、この時代と社会のもたらした感覚構造を理解することが必要であろう。

3

逸見の「ウルトラマリン」は一九二八年（昭和三年）、二十歳の時の作品であった。実際、逸見が少年期から青年期を過ごした一九二〇〜三〇年代（大正から昭和初期）はどのような時代だったのか。

この時代は政局史的には桂・西園寺内閣の元老政治から、政争を経て政友会・民政党の対立時代に至る時代だが、この間、一九一八年（大正七年）にはシベリア出兵が、そして日本社会を根底から揺るがした米騒動があり、第一次世界大戦後の「バブル経済」がはじけて「成金」時代が終わりを告げ、反動恐慌に見舞われるとともに、明治末から引き続く小作争議や炭鉱暴動、さらには「職工」らによる労働争議がかつてない高まりを見せていた。簡単に言えば、天皇制国家は明治以来、それら「社会問題」の発生とともにかつてない動揺にさらされ、人々は「混迷」と「不安」の深まる時代状況の中にいた。日清・日露戦争によりとにもかくにも対外的独立を果たし、明治以来の国家建設が目標に到達するとともに、国内の「内実」が「社会問題」として露呈してきたのだ。そうした「社会問題」に対し、一九二〇年（大正九年）には内務省に社会局が誕生し、またそうした「社会対策」事業とは別個に「社会問題」をより焦点深度深く根底から考え抜く一群の社会主義運動も滔々と湧き起こっていた。しかし時代の表層はどうであったろうか。「成金」時代の終焉とともに起こった恐慌や多発する小作争議、労働争議の中で「不安」をかかえながらも、大都市では早熟的な大衆社会状況の中で束の間の「解放」を求める動きが表層を覆っていた。

既に早く明治末には三越、白木屋などのデパートが出来、東京市の人口は二百万人を越え、シネマの流行とともに一九二五年（大正一四年）にはラジオ放送も始まっていた。即ち、逸見が鋭く感受した社会の機構化に伴う息苦しい事態の出現と対応する形で、大都市にあってはそれからの解放を求める束の間の「気晴らし」が深く、広く展開し始めていた。震災後、ビルが林立し始め、省線電車で通うサラリーマンがひしめきあい、巷には円本や円タクがあふれ、ラジオからはすりきれたレコードの流行歌がひっきりなしに流れて、映画とともに人々を時々の流行やその場限りの刹那的享楽へと駆り立てていったのである。不安定感漂う時代の中、人々はそれ故に「気散じ」のために漂うようにその場限りのものの中でさまよい始める。おそらく、こうした時代を象徴的に集約する言葉が「銀ブラ」だったのだ。こうして、それらの大都市の文化は、息苦しい状況からの束の間の「解放」を求めさせる形で、今日の原初的状況とも言える「消費」と刹那的な感覚構造を構造化し始め、人々を「精神的その日暮し」へと推し進めて行ったのである。『昨日』もなければ『明日』もない。あるものはただ人工的刺激によって強く感覚に印象される刹那があるばかりである」といった大宅壮一の言う「集団ニヒリズム」（大宅壮一『モダン層とモダン相』、昭和五年）の登場であった。(注・4)

農家の次男三男は職を求めて都会へと集り、吹き寄せられるようにして集った大都市の中で、伝統社会から切り離され、帰属すべき場所も目標もそこでの何の中心点も感ずることができないまま、また、孤独に浮遊する根こぎにされた不安と方向喪失感をかかえたまま、その「自由」の中で刹那的に乱舞するしかないのであった。目まぐるしい流行やら刺激やら、その表面上の華やかな舞台を下から支えているのは、投げやりでその場限りのこうした感情構造なのである。言い換えるならば、大都市の経験を特徴づけているものは、全てが行きずりの関係であるところからくる一瞥の印象の積み重ねであり、信号や工場に典型的に見られる反射的な機械的リズムの繰返し――それ故に無意識の層に深く食い込んで人々を「調教」してやまない――、そして「群集」という事実なのであった。流行社会、広告社会に典型的に見られるその場限りの一回的・刹那的「体験」がうず高く山をなし、思考も感覚もその場限りの「秒の群」の中へと解体するのである(例えば、川端康成が『感情装飾』で描いた短編群の一角一角は、その現われであった)。

こうして手を広げた機構社会の中で、人間は一片の断片となって無方向に漂い始め、首尾一貫した人格などというものは感情の中で拡散し、時間の中で寸断され始める。こうした都市のもつ「仮象性」＝見せかけに対し、たえず「ほんもの」としての価値を担わされてきたのが「郷土」であり、農本主義であり、或いは帝国日本の「神聖性」であり、その神聖性を体現している諸組織であり、その集団目的に向けた「一心一向」の誠実主義や号令なのであった。「ほんもの」はそうした組織目標に実体的に体現されている。そこでは集団価値が唯一「ほんもの」であり、「個人」はその集団価値を分有している場合のみ価値として認められた。集団を「機能」として見ることではなく、集団への所属価値だけが問題とされ、集団と「倫理」とがたやすく連動する。やがて「国民精神総動員」「総力戦国家」の掛け声とともに「翼賛」の嵐が日本社会の末端にまで貫徹し、こうして解体状況を外的形式の規格化、画一化によって強制的に秩序づけ、乗り切ろうとする社会の機構化が進行する（それは今日にまで至る会社や学校における号令主義に典型的に観察されるであろう）。

このようにして人々は一方における機構上の強制的セメント化と他方におけるその日暮し的拡散へと分断され、その循環の中で「もうどうしようもない」から時々の刹那的エゴイズムにますます身を任せる形で、いよいよもって「当座」主義の生活形態の中にのめりこんでゆく。一九二九年の世界恐慌と一九三一年に始まる東北地方の冷害がこれに追い討ちをかけ、日本社会の根幹をゆるがしながらファシズム体制を進行させ、行き場のないあてどなさが広がってゆく。「酒は涙か溜息か」がはやる所以であった。そこでは、人々の生活形態は、形式としての組織目標と実質としての私的欲望とに内面的に分極し、行動様式の基調は時々の私的衝動にたえず還元されてゆくしかないのだ（天皇制国家における形式的機構化と実質的欲望への内面的分極化の過程については、藤田省三『天皇制国家の支配原理』を参照）。

こうして、万人の底にエゴイズムが貫徹し、自我の積極的目標を欠いて瞬間ごとの私的衝動だけが唯一の「実在」と化す時、満員電車の雰囲気のようにあてなくひしめきあう都市社会の中に蒸留物のように残り、沈殿してくるものは、群集する他者に対する無方向な憎しみと心理的駆け引き、といった時々の感情の渦だけなのである（たとえば、この満員電車の「雰囲気」については中野重治『空想家とシナリオ』や草野心平『日本砂漠』の「地下鉄挽歌」を参照のこと）。逸見の詩にしばしば「暴力」のイメージが介在するのも、その現われではあるまいか。

酔フタメニ何ガ在ル
暴力ガ在ル　冬ガ在ル　売淫ガ在ル
ミンナ悪シキ絶望ヲ投ゲルモノニ限リ
悪シク呼ビカケルモノニ限リ
アア　レイタンナ風ガ渡タリ
オレノ肉体ハイマ非常ニ決闘ヲ映シテヰル

——「兇牙利的（ウルトラマリン第二）」部分

凄イ暴力ハナイカ
自分ヲ視ルコノ瞬間ハ恐ロシイ
ソレハ苦痛ヨリモ絶対デアル　風ニ靡ヒテ何処へ往ク
原因ノアル処ニ生キテ逆転セザル妄想ヲ深メテ生ノ荒々シイ殺到ノ底へ

——「死ト現象（ウルトラマリン第三）」部分

方向性を失ったいわれのない憎悪、誰もが互いに「クソッタレ」と思う時代になった。こうして、人間はもはや何らかの実体であるのではなく、不断の瞬間の中でうつろいゆく瞬間的一回性へと細分化され、憎しみとエゴイズムの中で流れうごめくものにすぎなくなる。言い換えるならば、この巨大な心理的滞留を帯びた都市社会に貫徹するものは、既に方向をもつ何らかの実体ではなく、無方向の感情の爆発であり、全ての局面にわたって時間体験は瞬間の持つ一回性へと解体するしかないのであった。また、映画の持つ「断片」のつなぎあわせや瞬間性の組み合わせによる時間構成は、こうした都市の持つ時間体験と親和的であり、逸見猶吉の何の変哲もない詩「ある日無音をわびて」に見られる意図せざる映画との等価性も、こうした社会学的状況と「対応」していたのである。

実際、逸見の生きていた時代状況の中にあっては、このことは文学作品だけにとどまらない。首尾一貫していると自称している「翼賛」的体制は、たとえどのような機構であれ、体系であれ、組織であれ、その秩序は虚偽と化すであろう。これほどのバラバラの社会にあって、何らかの形でうまく「体系」づけたり、組織的「統合」をはかろうと「接着」を試みることは所詮無理があり、誰しも心中深くその継ぎ目が「見えて」しまう時代となったのである。都市社会にあってはこうして「制度」は「融解」する（京極純一『政治意識の分析』）。そこには外形はあっても、人々の統合的焦点が一切欠けており、「苦痛ノ割レ目」によって二度と再び何かと一体化できるということはもはやないからだ。逆から言えば、かろうじて糊のように情緒でもって、時々の秩序が貼り合わされているだけなのである。そうした具体的「秩序」が虚偽であるならば、一体性や首尾一貫性を自称している現実の予定調和性や機械的秩序に対し、予測しえない方向やら矢印を刻印する形で楔を打ち込み、その詩的言語の中で一体性を解体し、眼前に見えるが如くにその内面風景を晒すべきである、とする方向が当然生まれてくるであろう。二十世紀に入ってダダイズムやシュールレアリスムが成立した根拠はそこにあったし、或いは、エリオットやオーデンの詩に典型的に見られる「不毛さ」への意識と「孤独」もまたそこに生まれた。逸見もまたそうした精神的波動を受けた言語の建築士であった。したがって、逸見の詩にあるのは、抒情でもなければ叙事性でもなく、粉砕された現実の断面や瞬間が次々ととらえられてゆく流動の中で「オレノヤリキレナイ」「夢ナキ季節ノ歌」(「冬ノ吃水」)を歌うことなのであった。そこに、逸見の詩的言語の数々が生み出されたのであった。そして、この、刃先の上で踊りを踊るような鋭い自意識と、消えることのない傷手こそは、一人逸見猶吉にとどまらず現代に生きる者の意識を鋭角的に凝縮したものであったのである。

4

こうして逸見のいくつかの詩と社会学的状況との「対応」を見てきたが、ようやく冒頭の「ある日無音をわびて」に戻るべき地点にきたようだ。だが、「ウルトラマリン」をはじめ、逸見の詩の多くとこの「ある日無音をわびて」とはあまりにもイメージがかけ離れている、という印象を受けるかもしれない。一方は荒々しい苦渋にみちた「地獄はまさしく脚下にある」(ランボー『地獄の季節』)ような意識であり、他方は酔っ払い男の彷徨といった感のある詩であるからだ。

両者は一見正反対の印象を与えている。

だが、これまで見てきたように、瞬間の中で寸断され自分が流れうごめくものにすぎなくなるような、そうした二十世紀に訪れた現代的状況の下では、自分が本当には何を欲しているのか、また、どう進むべきか、その中心点・焦点をどこにも感ずることが出来なくなり、全てを拡散と憂鬱と倦怠の相の下に見る無機的「観察」がはじめて表面化するようにもなるのではあるまいか。否応なしに組み込まれた生活の強制的成り行きの中で、身動きもできず、何をすることもないいま、時には自虐的に、時に無関心に、自分の周囲にある全てのものを「観察」する眼がそこにはじめて誕生するのである（この時代に小説の世界でそうした「無気力さ」や「無力感」を「観察」し「物語作者」として表現したのが宇野浩二であり、いささか悲喜劇的に表現したのが近松秋江であろう）。

即ち、こうして全てにわたって中心点が崩壊しているからこそ、拡散している自己の「観察」（「ウルトラマリン」）と無方向に眼前にある対象を見る「観察」（「ある日無音をわびて」）とが同時に現われてくるのだ。逸見の出世作「ウルトラマリン」はそうした細片化された自我の、北方の荒涼とした風土を「借景」とした「観察」なのであった。それに対し、「ある日無音をわびて」は、あたかもありのままの情景を活写した「自然主義的作品」と見られないこともないが、むしろ「ウルトラマリン」同様、全て通り過ぎてゆくものの無方向な「観察」である点において、両者は対応しているのである。「ウルトラマリン」が解体感情の無方向な爆発であるとすれば、

「ある日無音をわびて」は一定の情景にそった無機的な断片の「観察」であって、両者は時間の中に流動し、寸断され、こなごなに分裂し細分化されている点ではむしろ同じなのだ。そこに表現された、一刻一刻と流れ去りつつある自分や、方向を失った不安や、どこにも連続性をもたないその「一瞬」、その「情景」を、あたかも眼前にある機械的現実に対する象徴的破壊であるかのように詩的形態の裡に提出しようとしたところに、逸見をはじめとするこの時代の詩人の画期性があったのである。瞬間の裂け目の中に落ちてゆく、その深淵を見入る視角がそこに産声をあげていたのであった。

と同時に、「ある日無音をわびて」には冒頭に述べたように一種の、自分や人や物に対する億劫さが感じられないであろうか。「乞食」も「鴉」も「淫売」も全てを通り過ぎて行く、横目でチラリと見るだけという、空洞の中を通り過ぎてゆくような感覚があるのだ。すっかりセメント化された社会の中で、何をすることも出来ず、もう仕事も、本も、学芸会の延長のようなマスコミも、およそ過剰で無意味なこと全てに本当は何の関心も興味も持てなくなり、何もやりたくはないし、ただ通り過ぎチラリと見るだけ、という、そうした一つの「気分」もまたそこに鮮やかにとらえられているのではあるまいか。全てが既成化し、どこへどう進むことも出来ず、全てが二番煎じにしかすぎない古ぼけた世界に住んでいるかのような矮小さ、全てが出尽くした空虚さ、その中で行動意欲自体が起こらない行動不能性、そうした象徴的「気分」が「暗くて暗くて」秩父颪が吹きまくる夕暮れの中を、「上州の小さく凍った空」に囲まれながら、全ての音や風景を通り過ぎて行く、そのただ通り過ぎて行くだけ、という感じの中にとらえられているのだ。「歴史の暮れ方」という、時代と人間の「黄昏時」に対する感覚がその詩には充満している。全てが空っぽになってしまった空洞感覚と言ってよいかもしれない。

このような断片化された瞬間的一回性への感覚と、全てをよぎり通り過ぎて行く無行動症とが、逸見の詩の、その自意識のまわりに光彩の如く微光を発しているのであった。言い換えるならば、それらは形を変えた現実の拒否の感情なのだ。そして、歴史の中にも、体系の中にも、日常生活にも、どこにも連続することの出来ないこのこなごなに分裂した意識こそはむしろ生の根源的な姿をなすものであり、その深淵を覗き見た波動が逸見の詩に鋭い残響となって刻印され、現在まで響いているのである。これが、草野心平とともに『歴程』を創刊した逸見猶吉の内面風景であったのではなかろうか。そして、逸見猶吉を貫いていたこの「意識」の在り方は、同時に、草野心平をはじめとするこの時代に誕生した現代詩人たちの多くに「共通」する何ものかであったのである。

5

たとえば、逸見が会いにいった前橋時代（一九二八～三〇）の草野心平はどのような詩を作っていただろうか。

風邪には風・赤城颪にむかつてブンブンブランコをふつて暖をとつた。
（中略）
そこら中にみなぎつてゐるもの。
はじきれそうなもの。
沈んでゐるもの。
固いもの。
んんとしたもの。
（中略）
雪の赤城は立派だと思つた。
まつすぐに行け。
風邪には風。
痔にはブラン。
胃には沢庵。
あらゆる病共に対しては渦巻く熱烈で対陣するのだ。
グングン歩るく。
腹の底から暖があがる。
利根川にツップして水を飲む。ドグドグ飲む。

——草野心平「風邪には風」部分

龍海院の鳩ぽつぽから豆腐屋の喇叭まで。
六十一のおばあさんは三人の孫のおもりをする。
汗のかいた銅貨でコンニャクの煮込みおでんを買つてやる。
自分の着物で鼻をかんでやる。

（中略）

おばあさんの骨の出たあばら。
しなびた乳房。碁盤目皺の額。
梅毒が肛門を二つにした。彼女はもと或る田舎町の淫売婦であつた。
ある男にひかされ。子供がなく。養女をもらつた。
夫に死なれ。養子に堀さんをもらつた。
浪転と貧困と餓鬼つ子。

（中略）

六畳。二畳半。二畳。八人の家族が楽しい夕餉をとる。
堀さんは又夕刊の配達に出掛けてゆく。
おむつの洗濯。流し元のガチャガチャ。読本の勉強。お針。乳呑み子の泣き声。

そして子供たちは眠る。
堀さんは九時にかへつてくる。
キミちゃんは久留馬の優等生。
としちゃんは桃井の優等生。
堀さんはキミちゃんを女学校へ行かせたい。
キミちゃんも行きたい。
行かれない。金がない。

――草野心平「前橋紅雲町五十六番地の一角」部分

この、長屋暮らしの貧しい一家を描いた「前橋紅雲町五十六番地の一角」をはじめ、草野心平の初期詩集『明日《アシタ》は天気だ』には、素朴で平凡な光景を活写した傑作が多い。大正から昭和初期にかけて「狂躁や散乱や叫喚」(伊藤信吉『逆流の中の歌――詩的アナキズムの回想』)を生み出した現代詩の中で七十年の歳月を経て、今なお、詩的精神の素晴らしさを感じさせているのは、草野心平や逸見猶吉らアナキズム系詩人の、一見何の変哲もないそれら初期の素朴な詩なのである。

草野心平の詩にある、風邪をひいたら風にむかい、胃の悪い時には沢庵をバリバリと食って、「あらゆる病共」に対して「渦巻く熱烈」でもって「対陣」するその詩的精神の裡に含まれていたものと、逸見の、「ぺこぺこな自転車」にまたがって淫売や鴉や割れた硝子をよぎっていった時の、その詩が生まれた瞬間の精神とは、はたして正反対の精神の在り方なのであろうか。一方は「元気」であり、他方はくたびれきって、しょぼくれた姿をさらしているだけなのであろうか。

両者に共通し、時には「ぺこぺこな自転車にまたがつて」滑稽に、時には「大股に。元気に。ガッキガッキ歩いた。」（草野心平「広東を去る直前」）、その表現を支えていたのは、内に含まれている「んんとした」潜在的な力の感じ、言い換えれば、この生きづらい時代と社会の中を「私はかく生きている」という感じなのである。この、何かに逆らいつつ「かく生きている」感じを伊藤信吉は端的に「詩的アナキズム」と名づけた。それは、教義や思想体系としてのアナキズムではなかった。国家を頂点として全てが機構の部局へと囲い込まれ、産業社会の無窮運動へと引きずり込まれる息苦しい社会の中で、札束勘定をしたいわけでも、出世したいわけでもなく、むしろ、そうした実利本位の生き方に対する「逆流の精神」（伊藤信吉、前掲）によってかろうじて自分の立場を示す「情操としてのアナキズム」（同）であり、「内的感覚」としてのアナキズムなのであった。それは、役所や企業や学校が「大義名分」として掲げる、「お家大事」や「集団本位」のあらゆる「お役に立つ」生き方とは対極的な「無用の人」（萩原朔太郎）としての生き方であった。「世界の紛れ者」としての、無国籍の、言わば余計者である「いぼがへる」（草野心平『第百階級』）としての生き方であり、彼らは「第百階級」（即ち、どの階級でもない）へと逃走したのだ。第四階級（労働者階級）以下の「第百階級」として、その無国籍性と根無し草性、そしてコスモポリタニズムとを一身に体現したのである。彼らは、この世のどこにも定位置を持たない異邦人なのであった。

言い換えれば、現代都市やその産業社会の諸活動が誕生した瞬間に、彼らは息苦しさを感じはじめ、そうした現代社会の圧力からの社会的逃走という主題を担っていたのである。関東大震災前後（一九二三）にいっせいに登場したこの国の現代詩を形作った一群の詩人たち、萩原恭次郎や高橋新吉、金子光晴や小野十三郎等々は、多かれ少なかれそうした共通の特徴をもって、この時代に対する抒情的叛乱を起こしたのだ（注・5）。

念のために言えば、彼らのこのコスモポリタニズムは、単なる「外国」経験だけを意味しない。このコスモポリタニズム、無国籍性は、同時に階級を横断的に「越境」してゆく「横議横行」性をも含んでいた。端的に言えば、草野心平「前橋紅雲町五十六番地の一角」などに見られるように、当時の貧民への「共感」が彼らにはあり、実際、当時のプロレタリア詩以上にそうした人々の生活を活写していたのである。期せずして、彼らの詩は、この時代の国家と社会に対する詩的形態における象徴的叛乱となっていたのである。

そうして、自らをも「出世」とか「評判」とかの個人的形態をとった膨張主義から引き剥がすかのように、世間的には、「放埒」で「貧乏」な生活を送るという、「自発的プロレタリア」となっていた。或いは、集団主義を拒絶するかのように仲間同士ですら喧嘩を繰り返していた。即ち、ここにある、貧民へ仲間としてのありったけの眼光を注ぐ眼と、自らの貧乏と、集団へ凝固することを拒む喧嘩、という諸特徴がこの自然発生的アナキズムの内的構成体であったのだ。

「トタン屋根の薄暗い長屋の六畳」の「おむつの満艦飾の下」（草野「子供に。」）で詩を書き、ようやくありついた新聞社の校正係の仕事では「天皇陛下」を「天皇階下」と印刷する滑稽な失敗をしでかし、東京へ出ては屋台の焼鳥屋をやり、或いは、カミさんの着物を売り払ってはその日の米を買い、時には夜逃げならぬ昼逃げを堂々とやる生活をしていたのだ。しかし草野心平は「春らんまんのやうに歩いて」（同、「無題」）ゆく。徹底した貧乏と談論風発と酒と喧嘩という「激情形式」が彼らの人生の形式であった。いささか小さいけれども、彼らは現代詩の「英雄時代」を生きていたのだ。そして、戦場や舞台ならぬ実際の生活と行動の中で大立ち回りをやっていたのである。

こうした貧乏の中、草野心平の雑誌『銅鑼』や『学校』、そして詩集『明日《アシタ》は天気だ』などは、謄写版のガリ版で刷られたのであった。出版産業の生み出す書物が単なる流行の広告塔と化しているのに比べ、この時代の最も意味あるメディアは即興的なメディアとしての謄写版であった。彼らは小説家のように、「文壇」という劇場の舞台俳優なのではなく、むしろ人が行き交う路上の大道芸人に近い存在であり、その大道芸人的手法で人生を横切っていったのだ。おそらく、根無し草、コスモポリタンをこの国で代表していたのは作家や評論家ではなく、彼ら一群の詩人たちの方であった。彼らは言わばどのような集団にも属さない無国籍人であり、忙しく働くことが至上価値となっている産業社会の現代的圧力の中で、「国内亡命」している存在であったのだ。

その立場は、「孤独」などという言葉できれいに一括できるのではなく、今ここにこうして生きていることが何やらそぐわないという感じ、一人ぼっちでウツウツとしてどうしようもない、という感じをいだきながら彼らは生きていた。草野心平は十八歳の年に、「とにかく日本の国を離れたい」（草野心平『凸凹の道――対話による自伝』）一念で中国広東省にある嶺南大学へ単身行ってしまう。後に吉田一穂が「草野心平が支那亡命の際にたずさえ来たった『銅鑼』は……云々」（『詩と詩論』）と述べているように、それは一種の「亡命」であった。その後も草野心平は、昭和十五年に南京政府に招かれ、この国での「生活」や「秩序」から逃げるように南京や上海へと渡っていった。

当時の上海にしろ大連にしろ、その他の瀋陽（奉天）や或いは長春（新京）にしろ、いずれも国際都市であった。上海には外国租界があり、大連や瀋陽はロシア人や後藤新平によって建設された植民都市であった。本国にいたのでは実現できなかった計画的な都市建設がなされ、整然たる街並みの美しさや異国情緒は今に至るまで残されている。外国の軍隊と役所が置かれ、都市建設に伴う職を求めて人々が集り、その無国籍性がさらに人を呼び寄せていった。「雑多な風俗の混淆や、世界の屑、ながれものの落ちてあつまるところとしてのやくざな魅力で衆目を寄せ」（金子光晴『どくろ杯』）ていたのであった。おそらく、当時の日本のジメジメ、ゴチャゴチャした諸都市では考えられない、美しさとモダンさと活気とインターナショナリズムがそこにはあったであろう。多くの作家たちが中国へ行った所以である（横光利一『上海』にしろ、高見順『いやな感じ』にしろ、残念ながらその都市状況を十分にはとらえていない。そしてまた、この「国際都市」「植民都市」の精神史や経験が研究されたという話も寡聞にして聞かない）。

或る意味で、そうした人種混交地帯は、草野心平や逸見猶吉にとっては世界の中の避難所であった。世界の中に場をもたず、この世で「難破」し「漂流」するように転々と生活してきた彼らのような自主的難民（displaced persons 文字通り「居場所のない人間」）・自発的プロレタリアにとっては、かろうじての「自由」と食い扶持が確保される場所であった。だが国際都市というこの人種的混交地帯の中の自由は、同時に帝国主義的拡張が産んだ副産物でもあった。彼らの自由は、中国における日本帝国主義に保護されての「自由」であったのである。実際は、実体的な「解放区」やら「逃げ場」などはどこにもなかったのだ。

彼らの詩的アナキズムや「否定」精神は、この生きづらい時代と社会からの非政治的「逃走」という行為自体に意味があるのであって、いささかも実体的な「場所」を意味するものではなかった。逸見や草野はどこにも組み込まれまいとするこの時代の「浮浪ニヒリズム」を誰よりも体現し、典型化していた。一方で閉鎖的集団への「埋没」や人間関係やら出世意識への「固着」を突き放すと同時に、他方でごまかしようのない「内的ニヒリズム」との葛藤が絶えず存在していた。おそらく何らかの「超越」は、対立項があり、やむをえず貼り付けられている場所との葛藤や制約意識があることによって初めて可能となるのである。そこには、やむをえず制約を受け続けている状況との葛藤があり、自らも含まれているその場を何とか突き放して客観的にとらえようとする視点獲得へのあがきや迷いや努力があり、流されまいとする意志や自らを支えているものの「発見」やそれらを守ろうとする自覚的意識が生まれ、或いは疲れ果て、全てがもはやどうでもいいという感情の揺り戻しがあり、といった諸々の諸力が働く「力の場」があり、そうした諸力がぶつかりあう「精神の運動」があることによって初めて閉鎖的凝固に陥らずに、しかもその過程自体が感受力の振幅に広がりと深まりとをもたらし、「停滞」を突き破る内的充実が時に果実のようにもたらされもする。そうした生と精神との間に緊張関係があり、分裂があるからこそ、実際にはありえないフィクション（作品）への結晶作用が生まれもするのだ。言い換えれば「形式」へのアイロニカルな力がそこに初めて生まれるのだ。「矛盾」のもたらす緊張の生産性がここにある。自らの裡に、そして自らの生活に含まれる葛藤こそは批評的精神の酵母なのだ。

かろうじて、それらは精神の中に「作品」として、或いは「姿勢」として結実するだけであり、したがって外界や状況からの内面的世界の「独立」によってからくも維持されうるものであった。たとえどこかに住みつくとしても、それはあくまでも「仮の宿」であったろう。だが、この内面的世界の独立が、国際都市の「自由さ」や「インターナショナリズム」とズルズルベッタリに地続きにつながってしまう時、彼らの自然発生的な「否定」精神は対立項を失って、時々の「交友」やら自らの「芸術意識」に洗練をかけるだけに終始するようになるのではあるまいか。自己の実体化、或いは集団や地位への一体化が起こる場合には、自らや自らの置かれている場所への批判的想像力は失われる。事実、彼らのこのインターナショナリズムは、皮肉なことに日本帝国主義の「外縁」をなす「版図」とピッタリと重なってしまったのである。満州へ渡った逸見猶吉が「翼賛詩」を書き、戦後のある時期以降の『歴程』が迫力を失ったのも、この「自足」と関連しているのではあるまいか。「精神」は状況との対決なしには生まれないのだ。何よりも、彼らの詩の面白さも、その内的否定力の面白さであったはずである。どこにも拠り所のない不安定感と孤独を背後に感じ、そしてまた、どこにも居場所のない人間がものを見る、そのズレやら、悲劇やら、ユーモアに面白さがあったのである。

「ぺこぺこの自転車に」またがって、あらゆる「颯爽さ」を否定しながら時代の「空洞」を駆け抜けてゆく逸見猶吉の冒頭の詩は何よりもそのことを教えていたのではなかったろうか。「集団」や「理念」や「時代の趨勢」やらに自己を「溶解」させることのない徹底した孤独の裡にありながら、乞食やら鴉やら淫売やら全てを片目でチラリと見て通り過ぎて行く姿がそこに鮮やかに切り取られていたはずであった。逸見猶吉は「夢ナキ季節」の圏内を通り過ぎ、「無限にかなしき橋」(萩原朔太郎)を単身渡って行ったのだ。そこにはおそらく、現代的なるものへの転形期を駆け抜けて行く一つの精神の姿が映し出されていたであろう。のがれがたい時代と社会の重圧から、身を引き剝がすかのように橋という一つの「境界」を越えて行くその姿には、おそらく「酔い」や「疲れ」もあったであろう。それはまた、この二十世紀の暮れ方の中、「道は始まった。しかし旅は終わった」(ルカーチ)という延長戦への徒労感をも先駆的に予告するものも含んでいたことであろう。そうした混沌とした可能性を含んでいたその批判的想像力や「否定」精神の在り方は、はたして単なる歴史的に「限界」を持った一回的なものであったろうか。それとも未来に向けた可能性を暗示するものであったろうか。そしてその後、それは、どのように受け継がれていったのであろうか。最後にその概略を「補論」の形でふれておく。

〔補論〕

その後の「詩的アナキズム」の屈折と展開について概略を述べておく。

関東大震災前後に出てきた現代詩人たちの登場は、一種の「やりきれなさ」に対する自然的「反応」であり、自然発生的なものであった。そして、この自然発生性は、日常の因習・しがらみがくっついている言葉の構成法・統語法の破壊へと彼らの注意を向けさせた。これが彼らの詩的表現上の特徴としてあげられるであろう。日常の表面を覆っている、ありきたりの意識以前の「無意識」への注目や、ダダイズムやシュールレアリスムの影響を受けた実験詩が数多く生まれた所以である。それらは、日常という「繰り返し」や自明性を「中断」する効果や、あらゆる啓示力を失った宗教なき時代における一種の「非宗教的啓示力」（ベンヤミン）を確かにもたらしもした。だが、その「中断」は単なる「衝撃《ショック》」を与えたにすぎなかったのも事実である。彼らの「否定」精神は、言語表現と生活形態上のそれだけにとどまり、詩作の上でも生活の上でもその「繰り返し」に、即ち、彼ら自身の「自動化」に終始したのである。

一方で、アナキストは、マルクス主義者のように正統な教本どおりの詩ではない形で、貧民の生活を詩に活写もできた。しかし、アナキストは、良くも悪しくも個人主義者であった。他者への共感を核にした内面への深化は、それ故に「普遍化」はそれ以上にはなしえなかったのも事実である。即ち、彼らの「発話」は「社会的相互関係の反映」であり、そうした「社会的相互関係」が「発話の構造を——それも、いわば内部から——全面的に規定している」（バフチン）こと、そうした生成の社会的力学を自ら自覚的に見出さなければ、自らの「実体化」は避けられないであろう。彼らが体現した「浮浪ニヒリズム」を根底から焦点深度深くとらえる社会的形式が模索されねばならなかった。

この時代にアナキスト的心情を有しながら、同時に自らの身の置き所のなさ、やるせなさを、この時代の貧民の姿と重ね合わせる形で作品を作り出したもう一つの流れがあった。たとえば、次の萩原朔太郎の詩はどうであろうか。

郵便局の窓口で
僕は故郷への手紙を書いた。
鴉のやうに零落して
靴も運命もすり切れちやつた。
煤煙は空に曇つて
けふもまだ職業は見つからない。

父上よ
何が人生について残つて居るのか。
僕はかなしい虚無感から
貧しい財布の底をかぞへてみた。
すべての人生を銅貨にかへて
道路の敷石に叩きつけた。

——萩原朔太郎「郵便局の窓口で」部分

ここに描かれている姿は萩原朔太郎自身であるとともに、この時代の貧しい職工や失業者の姿でもあった。むしろ、この時代の、吹き寄せられるようにして都会に集り、劣悪な労働環境と生活状態に置かれていた貧民の「典型」を描いたと言ってもいいのだ。萩原朔太郎自身は、社会的には一個の寄食者であり、遊民であったが（ただし父親が亡くなってからは事情が異なるが）、膨大な萩原朔太郎の詩の中から自らの萩原朔太郎論でこの詩を引用するのが室生犀星なのであった（室生犀星『我が愛する詩人の伝記』参照）。室生犀星自身も一種の「社会的捨て子」として、幼少期から社会の底辺を這い回るようにして生きてきたのだが、その犀星がその詩に注目するのである。そうして、室生犀星自身も抒情詩から出発しながら、共感をもって社会的底辺の一角一角を詩的結晶へと描き出していったのである。たとえば室生犀星の詩のいくつか（「海」とか「安息日」「救えない人々」「寂しき印度人」など）には、娼婦、屑屋、職工、バナナ売りのインド人などへの共感があり、室生の中にあるその共感がやがて中野重治たちを惹きつけ、『驢馬』へと参集してゆくのである。そこから、自分一個の感情のゆらめきを「芸術的」に仕上げたり、「自我」の光彩を描いたり「個性」の審美化を行なうのとは対極的に、他者や社会構造への理解を通路とした否定精神が再生してゆく。言わば、現実を否定する詩的アナキズムの感情は自我の袋小路に閉じ籠もるのではなく、もう一つの通路を見出したのである。

僕らは仕事をせねばならぬ
そのために相談をせねばならぬ
然るに僕らが相談をすると
おまわりが来て眼や鼻をたたく
そこで僕らは二階をかえた
露地や抜け裏を考慮して

——中野重治「夜明け前のさよなら」部分

紡績女工とは何か

会社　工場　煙突　寄宿舎とは何か
そこで彼女たちが濡れ手拭のように搾られるとは何か
——中野重治「汽車　三」部分

「濡れ手拭のように」搾られる無産者のことを考えるだけで「おまわりが来て眼や鼻をたたく」時代の中で、否定を言語面や自然発生性だけでなく、社会と相関する形で自らをも根底からとらえ直す詩的精神がここに立ち現われている。社会への意識の集中が必ずしも詩的表現の革命と結びつくわけではないが、しかし、自分一個の「やりきれなさ」の円周をなぞるのとは違う否定精神の飛躍があった。

こうして、一方で、現実を咀嚼し、それらを内側から読み解くことなしには否定しえない、とするマルクス主義が登場する。だが、このマルクス主義も、あるべき綱領へと自己を一致させる一種の予定調和の神話体系への所属しかもたらさなかったのも事実である。世界を一気に「説明」できる体系にあっては、理論的整合性や内的一貫性だけが大切なのであって、実在の世界との「出会い」がことごとく拒まれているが故に、一切の「経験」する能力が奪われてしまう。しかもその「体系」は「党」が所有しているのだから、「党」への距離と所属主義が全ての価値の尺度となってしまう。こうした価値の「独占」が起こるところでは、絶対的価値はたえず中心部から「流出」してくるだけだから、「真なるもの」が下から構成されてくるとか、過程の中で

「発見」されることはありえなくなる。したがって間違いへの寛容が失われるばかりでなく、正義感と一体になった人間ほど残酷になれるものはないから、「間違い」は発見的契機としてではなく全体的な価値の「選別」次元の問題となって、「矯正」や絶えざる「自己批判」の対象となるという形でその論理的円環は閉じられるのである。(注・6)

中野重治の詩「無政府主義者」に出てくる「間違った言葉と卑しげな野次」を飛ばす「ごろつきに似」たアナキストへの批判には、この時代の「正統」左翼とアナキストとの不毛な「対立」が——中野重治のその態度も含めて——悲しげに転写されている。『歌のわかれ』から『むらぎも』に至るまでの作品に見られるように、最も教条的で機械的な「世界観主義」への違和感をいだいていた中野重治が、そしてアナキズム的心情へ人一倍「理解」のあった中野が、同時にアナキストの最大の批判者となってゆくのであった。アナキズムの裡にあった最も良い要素は評価されることなく全否定された。こうして「否定」精神の歴史は一巡した。(注・7)

だが、この時代の名もない職工や屑屋や腰弁生活者や朝鮮人や……といった、時代の重圧を一身に受けていた人々への注目をもっていたマルクス主義の功績を忘れるべきではないであろう。己れの欲求の充足や表現上の「芸術意識」しか頭になかった連中が、「自我」意識の小部屋で自家中毒を起こしていったのに比べ、或いは、膨張主義の個人的形態としての「額縁」に飾られるような出世をはたしたのに比べ、そこには少なくとも存在としての「他者」の苦しみへの感受を通した「自己」と「時代」を相対化する視点が、即ち、自己を「抑制」する視点が生まれていた。

実は、この「他者の認識」なしには、自己の感受力を深みに向かって開拓することも、解放することも出来ないのだ。即ち、「自我」という実体があるのではなく、自己は絶えず他の物なり人なりとの「関係」の中でしかとらえられないこともまた確かなのだ。だが、この「関係」が恐ろしく衰弱しているのも現代の特徴の一つである。また、この「関係」の希薄な時代でこそ、対象への自己の「溶解」や集団への「一体感」といった拡散、或いは、その逆に閉鎖的「自己」意識の消費に向かう傾向もいよいよ出てくるであろう。「成熟」に必要である自己や他者に対する批判的想像力が育ちにくい時代なのだ。そうした時代状況の中で、我々が見てきた一九三〇年前後の詩人たちの「否定」精神の軌跡は、一つの過去形でありながら批判的想像力の生きた形を含むことにおいて、絶えずその時々の「現在」を超え出る可能性を含んでいたのではなかろうか。言い換えれば、過ぎ去りしもののうちにのみ、かろうじて我々の「今」を支える大切な何かが隠されているのだ。

即ち、時代を画する作品とは過去の中に完結しているのではなく、我々の時代の経験に向かって未完結に開かれている。たとえそれが詩的形式、小説、或いは哲学的形式であろうが、作品の裡に含まれている批判的想像力やその結晶構造は、異なった時代に生き、相似形をなす精神を内にかかえた人々に向かって、再びその精神の矢印がどうあるべきかを教えてやまないのである。かつて生きた人々の、事物に向かって見開かれた目は、今を生きる私たちの目に――時に投げやりに外れ、時に自己完結的に閉鎖的に閉じこもろうとする目に――、あらためて事柄への開放的態度と自らを支える思考の方位についての感覚を呼び覚ましてくれる。それは、最も親しい友人が語りかけてくれる際の、深みのある声で、自らの裡に閉じ込められた感覚が再び物事へと開かれてゆく際の鮮烈な瞬間を想起させる。そうした物事の「想起」やその「記憶」を通して人間社会を支える何ものかは持続してゆく。少なくとも問題を時代のパースペクティブの中で相対化し、一時化し、局地化することによって、問題に耐え抜く思慮と力量とを与えてくれる。「記憶《メモリー》と深さは同一である、というよりもむしろ、想起《リメンバランス》がなければ人間にとって深さは存在しないからである」（ハンナ・アーレント『過去と未来の間』引田隆也・齋藤純一訳）。その連綿たる「記憶」こそが、かろうじて人間の内実を形作り、人を内側から支えてゆくものとなるのではあるまいか。

（注・1）この「盲人の発見」については、ウィリアム・エンプソン『曖昧の七つの型』（岩崎宗治訳）を参照のこと。我々が見慣れている「真紅」の色が「トランペットの響き」と等価なものとして表現される時、見慣れている「真紅」の色への感覚が一新されると同時に、我々の内的感覚もまた更新されるのを経験しないであろうか。或いは、逸見猶吉や草野心平とともに『歴程』の同人であった中原中也の詩では「汚れちまった悲しみに」といった人口に膾炙した有名な詩よりも、「月は空にメダルのやうに／街角に建物はオルガンのやうに」といった詩の方がはるかに詩的飛躍力を感じさせるのではあるまいか。このように、普段あまりに当たり前で見慣れているもの、見過ごされているものが、予想外の比較軸の中で対照され、日常の感覚との「断絶」と

「落差」の中で、あらためて対象を発見し直すところに詩の働きがあるのであろう。即ち、「同音異義」がしばしば単なる語呂合わせや駄洒落に終わるとすれば、詩における「異音同義」は違ったものの中に類似性や対応性を発見するものであり、それこそが詩的なるものの核心にあるものなのであった（アリストテレス『詩学』参照）。したがって、ここにあるのは、新たな「俗なるもの」や「対象」を発見した、とか、それらを「写実的に」描写したとかの問題ではない。「対象の新しさ」ではなく、ありふれたものでありながら、異なったものの間の照応という新たな相互性が詩の構成自体の中に生み出されており、その「力動的状況」（トゥイニャーノフ『詩的言語とは何か――ロシア・フォルマリズムの詩的理論――』水野忠夫・大西祥子訳）がこれらの詩を生き生きとさせているのだ。

なお、二十世紀的形態で、別の文脈ではあるが、異なったものの間の「関係づけ」や「綜合」を意識したのは、カンディンスキーである。カンディンスキーの本は単なる芸術関係の本ではなく、この時代や生き方を考える人にとっては今でも大切な何かが含まれている。また、プロレタリア詩という言い方をしたが、「プロレタリア詩」なる範疇が成り立つのかどうか、既にウィリアム・エンプソンが『牧歌の諸類型』（柴田稔彦訳）の中で疑義をはさんでいるが、ここでは「通念」にしたがって使用した。

（注・2）　語りつくされた言語的表面ではなく、何が語られていないか、その沈黙の部分への注目が必要なのである。語りつくされた表面は単なる記号の集積であり、その表面の区画造成は平坦で等質的な世界の操作に終始するだけであろう。だが、言葉に深さの次元を与えるのは言語化されえない沈黙の垂直の次元なのだ。言葉は、本来語りえないものと接することによってのみ、語りうることをはじめて表現しうるのである。その時、言葉は状況を組み伏せる命名性と諸事実の概括力とを持ち、また、それ故にその端的さの中に、経験と感受力の見えざる諸次元を統合する重層性を感じさせながら、沈黙の中から屹立する。本来、詩人とは、そうした言語化されえない知覚、教義化されえない世界、深さをもった沈黙の領域の組織者なのであった。したがって、そこにおける詩的言語として表面化されているものは、教義化された平面的記号ではなく、沈黙と可視化との、知覚上の深さと言語的表情との、完結への内的衝動と流動への外的志向との、その相互性をもった運動過程の集中点なのである。

（注・3）ちなみにプラトンがその『国家』で詩人を国家の敵と見做したのは、国家が人間を統合する形式であるのに対し、詩が別の形で人々の経験を統合し、詩人や、それに連なる原始社会を代表するシャーマンなどが時代経験の、そして人々の知覚の、或いは経験の組織者であるからであろう。詩人が人々の経験の組織者として活動する場合、「賢人」により合理的に構想された国家の一元的「統合」は不可能となってしまう。プラトンは無意識にそのことを洞察し、詩人を排除したのだ。いみじくもバフチンが述べたように「詩作品は言葉に表わされざる社会的評価の凝《コン》縮器《デンサー》」（「生活の言葉と詩の言葉」斎藤俊雄訳）であるのだ。「コンデンサー」のように詩は時代の社会的磁場を強力に凝縮し表現へと転換する。言い換えれば、一つの時代に生きる人々の世界体験を集中的に集約し表現している「知覚」の変容をこそ詩的形式は凝縮する。

（注・4）こうしたやすらぐことのない「先験的な寄る辺なさ」（ルカーチ『小説の理論』大久保健治訳）が万人の運命となった時代は、同時にニヒリズムが安直になりかねない時代でもあるのだ。内的虚無感との葛藤がないところでは、外側から「目標」が与えられたとたんに、たやすくその目標に動員されかねないのである。盲目的目標追随主義と虚無感覚とは両立しうる。むしろ内的虚無感が強ければ強いほど、一気に盲目的な「行動主義」へと転化しかねないのだ。目標形成が時々の流行や勢いあるものにある、という循環がそこに生まれる。「宗教」であれ、「理論体系」であれ、或いは「大東亜戦争」という「聖戦」意識であれ、たやすく「真実一路」風にイカれるのもそうした文脈からであろう。

（注・5）たとえばこの時代に「反抗」はどのような形をとっていただろうか。一九二〇年代初頭から三〇年代（明治末から大正、昭和初期）にかけて、社会的「反抗」は炭鉱暴動、労働争議として頻発していた。造船、製鉄、鉱山、軍工廠などの職工、渡り職人、流れ者の大群は、その粗野で荒くれた活力を都市の生活に持ち込み、「暴動」へと連なるアナーキーな雰囲気を醸し出していた。そうした時代のルンペンプロレタリアートの生態を活写し典型化している作品が宮島資夫『坑夫』と宮地嘉六『放浪者富蔵』であった。

宮島資夫『坑夫』（一九一六年・大正五）は、炭坑暴動やどこにも行き場のない怒りや、根のない寄る辺なさが描かれ、遂には仲間に殺されてしまう一人の坑夫を主人公に描いた作品である。宮地嘉六『放浪者富蔵』（一九二〇年・大正九）は、東京の造船所を首になった職工が、あてどなく東海道を下り、途中旅芸人と一緒になったり、職工仲間を渡り歩きながら、やがて生まれ故郷の佐賀に戻りながらも、そこからも飛び出さざるをえない「渡り職工」の姿を描いた作品であった。両者に共通するのは、この時代に一般的であった放浪する職工の姿であり、逃亡や流浪を重ね流民化する人々のもつ「浮浪ニヒリズム」であった。この時代に大杉栄などのアナーキズムが体現したのは、こうした根無し草となった都市プロレタリアートの意識なのだ（勿論、ここにあってアナーキズムとは教義としてのそれではなく、時代の精神的焦点を形作る世界への態度、志向性についてである）。

勿論、草野心平は職工ではなかった。むしろ生活のために、あらゆる仕事につくという意識的浮浪を重ね、自ら進んで転職者となることによって、いずれの集団に対しても無所属である自覚的放浪者であろうとしたのだ。実際、草野心平は十八歳で一人で中国に渡り、金子光晴も単身洋行した。

（注・6）この時代の「運動」に参加していた一人の詩人は、「一切が概念化され、通念化され、題目をとなえればすむようなもの」となり、「ただスタンプのようなものが、臆面もなく押されてゆく」状況を回想している（菅原克己『遠い城――ある時代と人の思い出のために――』）。そうした「題目をとなえればすむようなもの」に対して、菅原は、「ぼくは、愛、おどろき、喜び、悲しみという、何か人間の最初の出発点みたいなものを、再び考えなければならなかった。そうだ、行きづまったときには、最初に戻る必要がある」と書いているが、「行きづまった」状況や時代にあっては、最初の大元の経験に立ち返ることが「再生」のためには必要なのだ。実際大切なことは「概念」自体ではなく「経験」の方であり、「名前」にすぎないものではなく「物」の方である。言葉が「物」と遊離する状況に際して、「大本に立ち返る」ことの方法的意義については、「『野ざらし紀行』についての覚書き」を参照されたい（『藤田省三著作集　第五巻精神史的考察』所収）。

また、同時代を生きていたあるイギリスの知識人は当時のマルクス主義の思考様式について次のように述べていたが、それはこの国の同じ「運動」にもあてはまると見て間違いない。即ち、

「未来」の「無階級社会」へ向けた階級闘争の勝利という「歴史の自動作用」を信じることは、「良心の闘争」として倫理化され、時々の判断はその「革命に賛成の行動と、反対の行動」に絶えず二分化されると同時に、その「行動規範」は現実の「党」に一体化されているので、その「大義」の前では「生活は抽象的なもの」となり、たとえ何らかの「犠牲」が生じたとしても「正義が強要する避けがたい犠牲」となってしまう（スティーブン・スペンダー『躓いた神』海老塚敏男訳）。このように価値の一義的系列化は、「党」に向かっての認識命題と道徳的命題との一体化をもたらすから、「党」は道徳的価値の中心点となり、「倫理の過剰と論理の不毛」（中岡哲郎『現代における思想と行動』）が一般化する。かくて「自由な連合」ではなく、組織上も言語上も「指導」と「統制」を計る強迫的な言語の使用が、そして経験的にものを考えることではなく、時に応じて急進主義と大衆迎合主義の「指令」が機械的に繰り返されてくることが避けられなくなるのである。

そうして、「戦術・戦略」のことしか頭にない連中は、絶えず目の前の人々や、そうした人たちとのやりとりの中に含まれる経験を顧みることなく、したがってそうした「過程」自体に含まれる豊かさや楽しみを享受することなく、予定表どおりに「一刀両断」するだけであるのは、何も過去の一時代の「革命」運動だけの現象だけでないことは、現下の「経営」戦略やら、その他の諸々の「業界」の「運動」に携わる人々においても同様であることは論を待たない。即ち、絶えず最終「目標」や究極的「意味」を問うことは、ちょうど新幹線で途中の駅を全て飛ばし、途中で出会うものを顧みずに、目標一直線に行くことと同じであろう。しかし、我々の人生で意味があることは、そうやって途中で出会うものや人、事柄により何かに気づいたり発見したりすること自体の中にあるのであって、新幹線同様の「中間カットの交通形態」（高取正男『民俗のこころ』）をそのまま精神の世界に流入させることは、「経験」の胎盤自体を流産させるだけなのだ。

（注・7）なお、この時代の詩に即した問題の一端については、西杉夫『プロレタリア詩の達成と崩壊』を参照のこと。

小熊秀雄・その断面

――解体期における健康さへの意志

1

ここに、我々の食卓をかざる何気ない秋刀魚《さんま》の逃亡譚を扱った童話がある。秋刀魚は既に焼かれて皿の上に載っている。しかし秋刀魚は、「ああ、海が恋しくなつた、青い水が見たくなつた、白い帆前船《ほまえせん》をながめたい」と何としても海へ戻りたい一心で、猫や溝鼠、野良犬や烏に次々と運んでもらい、代わりに自分の肉や目玉をくれてやり、最後は骨だけとなって海へ辿り着く。目も見えず骨だけになった秋刀魚は、海の中を盛んに泳ぎ回ったあげく、幾日かたって砂浜へ打ち上げられ、やがて砂に埋もれてしまう……。一九四〇年（昭和十五年）に亡くなった詩人小熊秀雄の書いた童話『焼かれた魚』は、哀切さの中にユーモアを含み、面白さの中に切実さを秘め、非現実的な話でありながら現実感を与えている点で、現在の大量生産される「童話」などと違った、格段の質的深さを備えた作品なのである。五十年の歳月を感じさせないこの作品の迫力の元は、おそらく、作品自身の形象化の力の中に、小熊を支えていた精神的核心部分が蒸留され抽象物のように埋め込まれているからであろう。実際、ありとあらゆる肉体的装飾を欠いて最後には「骨」だけになって泳ぐ魚のイメージは、それ自身、言わば抽象画のような印象を与えているのだ。抽象画の、省略を含み単純無類な線に構造を圧縮した世界に相対する時に、「驚き」とともに「読み」が試されるのと同様に、この、童話の抽象画である『焼かれた魚』の形象の底に含まれている思惟像を我々は読みとらねばならない。勿論、この童話の主題は、単に「失うことによって得る」といった一般的教訓や道徳的説教にないことは言うまでもない。おそらく、この作品の底にあるものは、苦難の過程が含みもつ試練と克服の諸次元や、その中に結晶する精神的深みへと達する経験を説話的軽やかさの中に表現したものなのであろう。しかし、この童話には「苦痛」はあってもそれに伴う「暗さ」は些かもない。むしろ、「骨」へと純化されてゆく「道行き」自体に質的切断を経てゆく飛躍感すら感じさせているのである。その点で、この、肉体を失って海を目指す魚のイメージや、或いは骨だけになって泳ぐ魚のイメージに対応する小熊自身の詩は、おそらく「現実の砥石」ではあるまいか。

始末にをへない存在は
自由の意志だ、
手を切られたら足で書かうさ

足を切られたら口で書かうさ
口をふさがれたら
尻の穴で歌はうよ。

――「現実の砥石」部分

この「自由」は、現在の、満ち溢れる商品を次々に消費したり、全てを対象物として利用し尽くす滑らかな「使用」感覚しかない、そうした「自由」などでは勿論ない。そこではこの世は手前勝手な「物件目録」と化し、自由の概念は「消費」の自由へと縮小するほかない。そうした、予定表にそった一方的対象として処理する自動的工程とは対極的に、ここで言う「自由」の根底にあるものは、齟齬や失敗や没落から始まる経験や、敗北のもつ創造的要素を我が物とする過程であり、教訓めいた秩序へと統合される世界よりも混沌を通して獲得される世界にこそ関心があるのだ。それは、計算し尽くされた我が身の安定「成長」などではなく、予期せぬ出来事やその「驚き」や混沌の中から初めてはじまる「飛躍」の経験であり、その中に含まれている自らを支えてゆく再生の胎盤の自律性を、所与の自然的状況とはハッキリと区別された「自由」のもつ意志的性質として表明しているのである。弱小劣敗の真っ只中にあってなお精神的自律を些かも失わず、『焼かれた魚』における「骨」になる道行きや「海」という遠いものを見続ける眼差しそのものと化し、芯へと結晶する過程が、ここでは「自由の意志」としていささかユーモラスで快活な形で表現されている。実際、小熊は幼少以来、北海道や樺太を転々とし、小学校を終えてからも、養鶏場番人、炭焼き手伝い、鰊漁場労働、農夫、昆布採取、伐木人夫、製紙工場職工……と社会の底辺を転々とする生活を送り、東京へ出てからも、道端の木っ端を集めて飯を炊き、家賃未納でアパートを追い立てられ、電気を止められながら蠟燭の下で詩を書く、という生活を送っていた。しかも小熊は、戦争国家への傾斜が強まり、あらゆる「運動」が解体し、「酒は涙か溜息か」といったあてどのないその日暮し的浮浪感覚が支配的となり始めた一九三〇〜三一年(昭和五、六年)頃からその文学上の生涯を出発させ、一九四〇年(昭和十五年)に貧窮の裡に三十九歳で病死したのである。小熊はこうした公的にも私的にも「惨苦は四季に」(『蝦夷』)めぐってくる季節の中で、「絶望」に陥ったり、無気力な「気散じ」に走ったりせず、全く反対に、そうした国家制度に便乗して内面的対立項をなくしてゆく状況への批評性を失うことなく、「自由の意志」をひっさげ、叙事詩や風刺詩、童話や漫画台本、評論や絵、などの作品を書き続けたのであった。

小熊が端的に担っていたのは、全てが摩滅してゆく状況下で、なお自分を支えてゆくその生き方であった。『焼かれた魚』や「現実の砥石」には、一方は童話形式において、他方は詩形式において、その課題や経験の幾分かが結晶核として含まれていたのである。言わば『焼かれた魚』における「骨」とは、「現実の砥石」における再生力を秘めた「自由の意志」であり、その経験の芯のことなのであった。「骨」とは苦難の経験に含まれる結晶核の視覚的形態、或いは視覚的等価物なのだ。小熊にあっては、『焼かれた魚』と「自由の意志」に端的に見られたように、苦難への注目とそれを咀嚼し一つの力へと転化する経験とが一対のものとして対応していたのである。

公的世界が啓示力を失い、私的領域も消費の関数にすぎなくなった世界の中で、小熊は何に注目し、どのように自分を支えていったのであろうか。我々は、更に小熊のその「自由の意志」や「精神的骨格」を作品に即して抽出しなければならない。

2

小熊の特徴である「苦痛」への注目と「ユーモア」との関連が、最も良く生かされている作品の一つに『移民通信』がある。困窮化した農民を満蒙開拓団として送り出す日本の植民政策を痛烈に笑いとばした作品『移民通信』は、これまで単なる「抵抗詩」や一時代の記念碑として軽く扱われ、文学史のカレンダーでは風刺的作品として位置づけられてきた。だが『移民通信』は、それほど簡単な作品なのだろうか。

この詩の主人公はルンペンである。かつての古典ギリシャや中世の英雄叙事詩の主人公が避けがたい運命と格闘する英雄的個人であるのに対し、小熊の主人公はしばしばルンペンや名もない兵士（『プラムバコ中隊』）、アイヌ（『飛ぶ橇』）や朝鮮人の老婆（『長《じゃん》長《じゃん》秋《ちゅう》夜《や》』）であった。小熊がまず注目するのは、社会的苦痛を一身に背負っている当時におけるそうした「典型」的人物であった。だが、『移民通信』におけるルンペンは、単に悲劇的人物であるだけなのではない。しかも、古典的叙事詩が戦乱による運命の急転や個人の没落などの悲劇を描いたのに対し、『移民通信』では小熊はルンペンの悲喜劇的葛藤をユーモラスに描いたのである。それは、まるで、英雄的個人も不可能になった現代という時代の中で、無機化した「時代そのもの」の悲喜劇的性格をルンペンの姿を通して描いたかのようである。むしろ、主人公は個人であるよりも「時代そのもの」と言った方が正確であるかもしれない。したがってそこでは、抒情詩におけるように内面やその孤独を描くのではなく、ちょうど映画におけると同様、行為の描写や外形的行為の連関を通して時代像自体が我々に提示されてゆくのである。

日本のルンペン諸君に向つて
移民団第一信をぶつ放す
残飯の栄養カロリーについて
橋の下で議論した、親愛なる友よ。

——『移民通信』部分

これが『移民通信』の書き出しであった。花鳥風月の詩などでは勿論なく、移民団に組織され、満州へと送り込まれたルンペンから日本のルンペンへ向けられた通信の形をとって、植民政策自体が笑いのめされてゆくのであった。まず、ルンペンはどのようにして移民団へと組織されてゆくのであろうか。

おれのやうに上着から、シャツ、股引、
褌まで新しい奴に着換へるなんて
てめい等は一生かかつてもできまい、
今頃は、お前は相変わらずオンボロ、ザンボロ、
長いボロのお引きずり
ワカメの行列だ、

――『移民通信』部分

このルンペンのイメージは直接的には、一九二九年の大恐慌や一九三一年（昭和六年）の冷害による東北地方の大飢饉によって大打撃を受けた小作農や貧民であろう。しかし、この作品はそうした下層細民による悲劇仕立ての形や、「正義」と一体化して「向こう側」にいる国家機構を批判している、といった一方的「悲劇」や原理的「批判」によって帳尻あわせをする形での一方的批判なのではなかった。むしろ、どちらかと言えば滑稽に引きずられてゆく過程としてここでは描かれているのである。しばしば風刺作家が位階勲等に満ちた同時代人の衣を剥ぎ取り、裸体

化することによって批判の矢を放つのに対し、ここではその手法を逆にして、「オンボロ、ザンボロ」のルンペンが、「カーキ服」を着込み国家機構の末端へと「上昇」してゆく過程として描かれ、その「ボロ着」と「カーキ服」との衣装の視覚的対象の裡に両者の絶対的な距離を素早く喚起し、その埋め合わせることの出来ない絶対的距離をめぐって後のドタバタ劇が展開するのである。実際、戦争経済によって一時的「好況」が作り出され、総力戦国家への転換によって機構的合理化が社会の末端まで初めて貫徹し、多くの人が制服を着込み、体制の臨時「政治局員」へと組織されたのである。小熊はルンペンや貧民に気休めの同情をして一方的悲劇に仕立てたりするのではなく、「ボロ着」と「制服組」との間にある絶対的「距離」の中にドタバタ劇を展開させ、ルンペンであれ誰であれ否応なしに全てを巻き込んでゆく全体主義への批判をその「距離」自体の中で同時に展開してみせるのだ。しかも、ボロと制服との両者の間の距離は同時に、小熊自身の対象に対する批判的距離となって一方的同情などではなく、否応なしに巻き込まれてゆく過程自体への批判的思考力、及び、自分もまたその「対岸」にはいないことへの批判的自覚を小熊の中に保ったのである。

実際、小熊が民衆をプラスのイメージだけでとらえていない点は、この作品の一介の浮浪者が、名誉や出世という形で、自分を大きく見せようと思ったとたんに、そのエゴイズムが自己拡大の通路を通って国家的規模でのナショナリズムへと「転化」する、そうしたドタバタ劇として仕立てられていることにも現われている。政治的用語を一切使わずに、ナショナリズムの私的形態が自己拡大のエゴイズムに他ならず、そのエゴイズムと国家的局面でのナショナリズムとの連動性を、一介の浮浪者個人の運命に即して明らかにしたのがこの『移民通信』でもあったのである。誰でも権力と責任を負わされれば「仕事熱心」になるのであり、かくて「カーキ服」を着たルンペンは、

俺は今じや、もうルンペンじやない
お前と俺とは人間のケタがちがつてしまつた、

――『移民通信』部分

と思い込むようになるのだ。この「浮浪者」や、或いは、「曠野に無数に散在する」「根こそぎ」にされた草である「プラムバコ」のように、生活の根拠を喪失した根無し草であればあるほど「額を訓示で撫でられて／後頭部を命令で殴られたやうに」(『プラムバコ中隊』)画一的に吸い上げられてしまう。そうして、しまいには自分を大きく見せるあらゆる傾向を持ち始め、そこに人を押し分け、かき分けてゆく「前進性」が生まれてゆくのを小熊は見落としてはいない。このように小熊の「ルンペン」のイメージ自体、「開拓移民」だけに還元できない多義的なふくらみをもって造型されており、どのような形にしろ「一方的批判」をそこで行なっているのではなく、「ボロ着」から「制服」への「転化」の距離の裡に、自他に対する批判的思考力を保ち喜劇的ド

ラマを展開してみせるのである。その意味で、ここでの「ルンペン」は単一のイメージでないばかりか、そのイメージ自体の中に同時に否応なしに巻き込まれてゆく「帝国臣民」全体が込められているのであり、更に、逆から言えば、東洋の「帝国日本」の「臣民」自体を、事もあろうにボロを引きずる物欲しげな「ルンペン」に見立て、その「運命の急転」を喜劇的叙事性の裡にまとめあげている点こそが面白いのである。このように「ルンペン」のイメージ自体、多義的であったのである。

こうして「制服」を着たルンペンは、次にどのようにして東京駅から送り出されたか。

俺達が出発の時、
東京駅は、万歳、万歳、万歳だ、
引率者が、俺達をホームに
並べておいて、かう演説した、
　光栄ある移民諸君――。
　政府は、何故に
　ルンペン各位に、
わざわざ、御武装を願つたか、
失業者、山野に満ちる時、

何故に諸君が、
特に選ばれて、
生命線に乗出すか、
それが、所謂、
所謂、それが、
それが、つまり、
政府の真意のあるところで
あるのであります――。

――『移民通信』部分

この「演説」を聞いてすっかり感激したルンペンの一人「八公」は、一歩前へのりだし、

――お、、旦那、わしは、いささか代表
いたしまして、はい、左様でござります、
へい、お有り難う御座ります。

――『移民通信』部分

と演説しだし、すっかり人気者となり、更に連絡船の中でも
――諸君、いささか代表いたしまして、
諸君は名誉であります、
などと船室に立ち上がつて、しやべつたりした。

――『移民通信』部分

のである。ここにあるのは、勿論、内容空疎なる機械的言語のパロディーなのであるが、それが堂々とした「旦那」による演説と、その残り滓の芯だけを真似た「ルンペン」による演説との対照や、リズムにのったその反復強調によってヨリ一層戯画的な効果を上げている。このように「制服」や「演説」によって、「おれは――何て名誉といふものは、嬉しいもんだらう、／シラミがたかつたやうに心臓が／カユクなるもんだと思つたね。」という「名誉が天から降つてくる」世界がルンペンに訪れた。ここにあるのも、シラミがたかっているかの如き心臓の隔靴搔痒の感じと、一瞬のうちに「シラミ」と「名誉」を同時的イメージの裡に置き対照化し平準化する手法である。こうした対照によるルンペンの道化ぶりは、「それが、所謂、／所謂、それが／それが、つまり」という「演説」や、さらに、「旗を振つたり、徽章を貰つたり、／バンザイを叫んだり、／官費で旅行をしたり／なんて陽気なもんだ、」という「名誉といふ奴」によって作り上げられ

ている「国家」の機械的定型性との対比の中で鮮やかに描かれていた。「笑い」とは端的に言えば物事の特徴の極端化から生まれるものに他ならないのだが、その対象の本質を端的にデフォルメしていればいるほど、ヨリ一層爆発的な笑いを生ずることになる。実際、道徳的説教によって聖化されている国家機構とは、こうしたギョウギョウしい「名誉」や「演説」や位階勲等によって「構成」されている以外の何ものでもないのだ。小熊におけるユーモアは、そうした「作り上げられた」体系や「出来上がった」完結性を、その虚偽意識の核となる一片の中心的な結節点をパロディー化（「名誉」「演説」）することによって、虚構にしかすぎない「構成」自体をひっくり返してゆくところに生まれていた。言わば、虚偽的体系の全比重がかかっている象徴的核心を衝くことによって体系自体を瓦解させるのだ。虚偽意識の持つ「体系」性や「構成」的性質と、小熊の「ユーモア」とは、むしろ対応しながら現われていた、と言うべきであろう。こうして、位階勲等によってゴテゴテと飾られ、秩序づけられた組織的デコレーションを、ルンペンの素朴な「俗語」をアイロニカルに使用し対照させることにおいて、即ち、小熊の言う「人間のナイーブなもの」を「唯一の諷刺の武器」（『諷刺詩の場合』）としながら、その対照において「構成」の持つ虚偽的性質を逆転して暴いてみせ、そうやって対象の核心に的中する時、「真実にふれた瞬間」の「笑い」（『ユーモア作家論』）が生み出されていったのである。風刺とは真実を言い当てることに他ならないのだ。そうして、ここでは「ルンペン」は、そうした内容空疎なる国家の尊大ぶりを引きずり落とすためにこそ登場し、多義的イメージの幅をさらに広げているのである。

こうして、ルンペンの「俗語」との相互照明の中で、一義的で角質化した機械的言語が国家的なるものの「典型」として浮き彫りにされ、その二つの言説形式間のチグハグとした展開の中で、ルンペン自身の道化的宿命が語られていった点にこの詩の面白さがあった。内容上の日本社会批判は、同時に「ユーモラスな文体の本質的要素」としての言説形式間の「諸境界におけるこの多様な戯れ」(バフチン)という「形式」と不可分に結びついていたのであり、「ルンペン」イメージの多義性と、官僚言語の戯画化と、両者の交互的引用による両者の境界の転倒、という何重にも折り込まれた多層性が、言葉の表現の層と言葉の深層での意味を見え隠れさせながら、単なる直接的政治的批判を超えた豊かな多声性を響かせ、中野重治が指摘した「何とも愉快な、何ともおもしろい」バラードを成立させたのである。「ボロ着」と「制服」、「俗語」と「演説」、或いは、「移民団」という他律的強制の場と、その中に置かれた独立自営の「ルンペン諸君」の自律性とのズレが、お互いに相容れない二つの場を往き来するドタバタ劇と化したチグハグとした交互作用として描かれ、その二つの場の絶対的「距離」の中で貫徹する「場違い」感こそがこの詩の本当の主題を形作っていた。そうして最後に、この「場違い」感は、ルンペンの「八公」が自分はこうだと思った見込み違いに気がつく形で、「名誉も糞も、へつたくれも、／要らなくなつたんだらう」、遂に輸送船から海へドブンと飛び込み、この物語は終わるのである。このように『移民通信』に終始一貫しているものは、「ルンペン諸君」が国家的政策に巻き込まれてゆく、その巻き込まれ方のチグハグさや、自分の思い込みが場違いになってゆくその道化的失敗のもつ面白さなのであった。小熊は、ルンペンイメージの中に含まれている無産者への共感を持ちながらも、否応なしに巻き込まれてゆくその滑稽さと、いい加減になればなるほどいよいよ「儀式」化し「形式」化する権力とのチグハグとした相互関係として、言い換えれば、根無し草的拡散現象への批判と全体主義への批判を、この二つのチグハグとした葛藤を通して展開してみせるのだ。言わば、そのチグハグさ自体にこそ、この時代の諸特徴が刻印されているのである。そこでは、社会性がこの詩形式自体の中に流れ込み、この『移民通信』をして一つの時代経験の象徴的集約とせしめていたのである。

それでは、小熊の詩形式自体の中にとらえられた、「形式」と「内実」とが分離し、チグハグと展開する「世界」とはどのようなものであったろうか。

3

この『移民通信』で、一介の浮浪者が海へ飛び込んでしまうチグハグな悲喜劇は、単に一人の人間の持つ滑稽さを表現しているだけではなく、むしろ、そのチグハグさは、この時代状況を象徴的に表現しているものとなっていたのであった。

明治末から大正期にかけての社会的特質の一つは、制度や機構が社会的に完成し、明治の立国期のように全社会の関心を結集しながら制度を作り上げてゆく、そうした叙事的「事件」や「出来事」がもはやなくなり、全てが機構内の「手続き」に還元され、その結果、機構の回転やその中での「処世」が人々の関心の中心となってゆくところにあった。しかも、大正末から昭和初期にかけて、カフェやシネマ、レコードやラジオ、銀ブラ、などに代表される早熟的な大衆社会の成立は、「高等教育」の普及と結びつくことによって、身動きのならない秩序からの束の間の「浮浪」を求める根無し草のような「サラリーマン」を生み出していた。そこに、一方で「理想も道徳も感激もない」（大宅壮一『モダン層とモダン相』）ばかりか「昨日」もなければ「明日」もなく「刺激」の周りを回転するだけの刹那主義と、他方で小規模権力体の中で人脈の増殖や人事などによる「力」への凝縮性や関心が生まれていった。即ち、「会社」や「役所」は言うに及ばず、文芸界などの「芸林」や果ては「女給」に至るまで「社を結び党を立て」集団へと凝縮する「団結をもって安全となす」傾向が、「昭和になってから新たに見るところの景況」（永井荷風）となったのである。この「団結」主義は、小熊の言う「トラホーム」の眼のように「消費の粒が／まつかにただれて列」（『銀座』）び、「靴屋と服屋の見本」（『銀座所感』）のような男女が通る「銀座」世界の出現と並行していた。

かくて、団結主義と浮浪感覚は同時に現われてくるのであった。即ち、身動きのならない「現在」の中で、既成性だけが「世界」だとなってくることは、全ての評価や尺度が積極的な目標との関連においてではなく、向こうにいるよりはここにいた方が苦痛やマイナスが少ない、というだけの「負《マイナス》」の加減によってかろうじてこの「世界」につなぎとめられてくることを意味する。そうして否応なしにその場所につなぎとめられている分だけ放浪性へのあこがれが、即ち「浮浪の衝動」（辻潤）が万人の胸を貫徹するようにもなるのだ。しかも「逃げ場」がなくてかろうじて「ここ」にいるわけだから、逆に全員が潜在的「亡命」者のように、「今・ここ」にいる役割との不一致という点で「ミス・キャスト」の感覚を持ち、その「場違い」の感覚が上から下まで全員の内面に浸透することになる（自分の心の在り処が次々と皮をむくように分離する、その典型を描いたのが広津和郎の『神経病時代』であり、今や全員が我が身の「存在」と「心の在り処」の分裂を意識し始める時代となった）（注・1）。こうして、「どこにも行きようがないからここにいる」ことによって、全員が「今・ここ」で「何か面白いことはないか」と囁きあう時代となり、その行き着くところは、一方で現在の利権への「保守」性を持ちながら、他方で目先の「変化」や享楽を享受してやまない、という受動性との共存を生み出してゆく。そうした、一方の「保守」性と他方の「変身」願望との両極の同時性は、現在における刹那主義の「亢進」と、列島内をうろつき回る移動願望（「銀ブラ」や「シネマ」——映画はパノフスキーの言うようにカメラの動きとともに視覚を通して観客を流動させる——そして当時の歌謡曲における「旅愁もの」「股旅もの」の流行）の充満となってゆく。小権力体の中で「評判」や利権の配分にあずかるだけの団結主義や凝縮性によってかろうじて糊の如く組織に貼り付けられながら、しかし内実は個々人徹底してバラバラで刹那的である、という現代における典型的局面は、おそらく、「昨日」も「明日」もないので「どこにも行きようがないからここにいる」拘束と、そこからの反射としての「浮浪」を同時にかかえている、こうした昭和初期の精神史的過程と「対応」しているのだ。

こうして、「団結」主義と「浮浪」感覚とが、同時に不可分に現われてくるところにこの時代の特質があった。しかも、「浮浪」感覚は窮屈な組織からの反射としてだけ現われてくるのではない。刹那主義における浮浪の契機と、団体主義における儀式の契機とが循環しながら現われてくるのだ。一方の、組織における儀式性と、他方における浮浪衝動は対立しているのではなく、「浮浪」的刹那主義が団体に入ると極めて「儀式」主義的となってくる、という関連として現われるのである。即ち、浮浪状況が全面化すればするほど、いよいよ権力は強制的イデオロギーと化した秩序や道徳観念を逆に強化し、そこに形式としての組織目標と、実質における欲望との内面的分極が現われ、「秩序」や「形式」は逆にいよいよそれ自体大切なものとなってゆく。この時代、「皇国」観念は壮大さと秩序の実現を意図していたのだが、ここでは「儀式」という「形式」自体が実質的な「目的」と化してしまう。そこでは組織目標は本当はどうでもいいものとなっているのだが、逆に限りなく制度は「名目」化しているが故に、組織目標は出来るだけ「美辞麗句」を連ねて「形式」を完備したものでなくてはならなくなる。言わば、公的なものはその規範力を失って「看板」同然となり、その「看板」や「儀式」こそが意味の源泉になってゆく、という「逆転」現象が現われてくる（精神的には公的「言い訳」がたつことだけを至上価値とする行動様式の充満となり、それは現在の企業や学校に見られる規則主義や号令主義へと連綿と続いている）。こうして「口実」がいよいよ儀式化し形式化し、誰も信じていないがその場に置かれれば誰しも形式ばってやるしかない形で「虚無」精神と「形式」とが循環するようになる。逆から言えば、誰もが信じていないからこそ「儀式」や「形式」が必要とされ、その意味で「儀式」が「虚無」精神の組織的表現形式となってゆくのだ。こうして「名前」と「実体」とが分離し、誰も本気に信じていないという形で組織目標は「口実」と化し、その「形式」が「大義名分」化するのである。この名と実とのチグハグさによって先に見た「場違い」感が一層亢進されてゆくのであり、「名」を重んずる公的領域、即ち、役所も企業も学校も政治も、あらゆる公的な場所がチグハグさが持っている「ユーモア」性や、その外的「儀式」性と内的「おかしさ」の結合から生まれる「喜劇的な神聖さ」を帯び始めてくるのだ（端的に言えば現代ほどエライ人がバカに見えてくる時代はない。エライ人はそういう「組織」の代表者であるからだ。勿論それを自覚していれば哀しみが出てくるが、無いから滑稽そのものとなるのである）。この「喜劇的な神聖さ」という状況がユーモアの社会的発生点であり、小熊の詩はこの「昭和」と呼ばれる時代の社会学的状況を象徴的に集約してみせたのである。言わば、小熊は、その滑稽そのものと化した「儀式」社会を、権力「形式」と「ルンペン諸君」とのチグハグとした葛藤として描いたのであった。しかも、ルンペンの「浮浪」性が「儀式」化される過程を、その「場違い」感の持つ面白さとして描いたのである。まさにその構図は「昭和」を象徴するものであったのだ。これが、小熊の詩形式自体に刻印された社会性の含みもつ意味なのであった。

こうした社会性を含んだ詩の感覚は、小熊の「饒舌」とされる方法で表現されたのであったが、それらを一方的に「否定」するのではなく、どこかしらおどけた形で表現しているところに小熊の特徴があった。自分はこの世の「苦痛」という十字砲火を浴びながらも、愚痴っぽく綿々と自分の抒情に寄りかかる自己憐憫の態度ではなく、カラッとした叙事的で且つ方法的な態度がそこに生み出されていた。おそらく、小熊の詩における道化ぶりの面白さは、ちょうど、若い頃の小熊が二宮金次郎よろしく反物を背負いながら本に読み耽り、自分の勤めていた呉服屋の前をスーッと通り過ぎてしまったような、そうした失敗の仕方と関連しているかもしれない。即ち、小熊自身のその失敗や道化ぶりが我々に教えているのは、失敗の持つ面白さを自分で眺める態度、言い換えれば自分に対するユーモアであり、また、失敗の「当面性」を乗り越えて一つの創造的要素へと転化するそうしたユーモアが、『移民通信』のルンペンの失敗や道化ぶりと対応してもいたのである。それは、ひとかどの者に見せようとする態度とは正反対であり、だからこそ詩人にありがちな「完成」志向や「傑作」意識や「気取り」とは全く無関係であって、「文学」や「文壇」などは歯牙にもかけず、問題それ自体と向き合いながら次から次へと詩を書くスピード感と一対のものとなってこのユーモアは小熊の中で構成されていたのである。小熊の詩の特質をなす、叙事的でもあり、ユーモラスでもあり、風刺性もある広角度の展開力や、「ちよつぴりお垂らしになる」（『気取屋の詩人に』）象徴的詩語とは対極的な溢れ出るような速度感や、語りかけるような即興性と俗語の文体がそこに生み出され、『移民通信』のようにかつてなかった全く新しい詩が誕生したのであった。小熊は、こうした詩を東京の場末の「五味箱の如くかなしく」

（中野重治『古今的新古今』）建つ安アパートで書き続けていたのであった。それは、日本帝国の版図において中国や朝鮮の抗日ゲリラとは異なった形ではあったが、国境線を内側へ向かって踏み越えてゆく形での「辺境」における戦いの一形式なのであった。

4

身構え重々しく装った権力体を軽々とパロディー化するのとは反対に、この世で「軽く」見なされているものの中に本質的で重要な問題を感知し、その「苦しみの振幅」の中に真に注目すべき「世界の重心」の在り処を照らし出して見せるのが小熊の楯の半面であった。

日常的に人間としての苦しみの振幅の広さをもつた詩人のみが原稿用紙に向つた瞬間に、始めて詩といふ短かい形式の上で最も衝動的な形で、人間の力に依つて時間性を組みふせることができるのである。（『アルチュル・ランボーに就いて』）

小熊にとってそれは、表面の威勢のよい軍艦マーチや時代や制度に便乗し上昇してゆく連中のように「伴奏をともなって」現われる者に対してではなく、ひっそりと、「共に同じ現実の苦しみにある」（『蹄鉄屋の歌』）形で社会的苦痛を一身に受け、日本帝国の版図では社会的辺境をしめる人々への注目となって現われたのである。それが『飛ぶ橇——アイヌ民族の為めに——』『愛奴憐愍』『種族の花』におけるアイヌであり、『長長秋夜《じゃんじゃんちゅうや》』における朝鮮人であり、『ゴオルドラッシュ』における行き場の無い「村の衆」であり、或いは、『相撲協会』における「おらあ、村に帰つても／飯は四人前喰ふし／不景気な村には暮してゐれねい／おらあ、相撲を失業すると／死んでしまふわい」という当時の巨漢力士出羽ヶ嶽に対し「出羽ヶ嶽よ／泣くな」と暖かく呼びかけるところにあり、総じて「苦しむもの、見忘れられているもの／孤独なもの」（『忘れられた月見草に』）に対する共感なのであった。それは、昭和初期の冷害と恐慌と対外侵略の中で時代と体制の矛盾を一身に背負い、権力的威圧や辺境への放浪や社会的蔑視や強制的同化に曝されていた人々なのである。小熊は、その「苦しみの振幅」による共感を通して、社会的苦痛という形での世界の「重心」を担っている微細なる人々の姿を「瞬間」啓示することによって「時間性を組みふせ」、当面の勝敗や眼前の政局主義を超え、また、そうやってはるかに深い形で精神的焦点を結んでいたからこそ、あらゆる上昇志向や巨大志向の持つ既成状況への執着や「当面性」を超えることも出来たのである。

　こうして、小熊の詩は二重に社会的な意味を担っていたのであった。一つは、「昭和」という時代の基底に達する社会的喜劇性への感覚であり、もう一つは、そうした虚偽的世界の対極にある受難の経験を担う人々への注目であった。むしろ、受難や苦痛、微小なるものや弱小劣敗の者の中に光る啓示力を秘めた光源への注目は、喜劇的状況への批評性と対応していた、と言うべきであろう。それは、自己拡大の果てにある閉鎖性やナショナリズムの対極にある反世界を形成していたのだ。

5

全ての社会関係が消費や権力上のエゴイズムのショーウインドーと化し、戦争と精神的「解体」以外に動きの無い時代の中で、小熊は唯一「元気」を拠り所として生きてゆく。

これほどまでに精神を砂利のやうにされて
それでゐて君と僕とが突立つてゐることに
ほんとうの意義のあることを感じ合はう
犢をたらふく喰つた瞬間の勇気をもつて
蕃人のやうに喧嘩を売りにゆかう
我々はまだ人生の青二才だ、
がまんのならない一秒間のために
元気を出せ

――「人生の青二才」部分

状況がドン詰まりになり「がまんがならない」からこそ「元気」を出し、にっちもさっちも動きがとれないからこそ「しゃべりまくる」ことが必要なのであった。それは、言わばしゃべりまくってはこきおろす長屋のカミサン連中の、たくましい井戸端会議の二十世紀における詩的形態であった。長屋のカミサン連中同様、閉じこもることではなくまずしゃべってゆく中にこそ、批判やその自由な展開による生き生きとした力が生まれるのであり、貧乏でスッカラカンだからこそ、その「元気」を唯一の拠り所とした「たくましさ」が生まれるのである。これまで、小熊のこの「元気」と「おしゃべり」については、単なる時代に対する政治的「抵抗」や個人的「快活さ」といった局面でだけ評価されてきた。だが小熊のこの「元気」は、小熊自身の「性格」以上に、また政治的「抵抗」の射程以上に、一九二〇年から三〇年代全般に亘る世界の精神史的思潮の中に明確に位置づけられるべきなのだ。その精神史的文脈をたどり直す時、小熊の人生と詩群を貫く構造的特徴である「元気」と「おしゃべり」の中で自分を支えてゆく態度の中に、今なお力を持つ鮮やかな一つの「志向性」の形が浮かび出るのではなかろうか。

小熊の生きていた時代は、あらゆる局面で「喜劇的な神聖さ」が貫徹し始めていた時代であった。即ち、この時代の中で国家機構や社会関係が虚偽と化し、もはや創造的具体物はそれらの「構成」の中には結晶しないからこそ、役割化した外面的「表情」とは異なる無意識下や表面外のものに隠され、したがって創造的具体物を表現しようとすれば「事物の内面の響き」（カンディンスキー）に耳を傾け「対象なしに具体的に描」き、体系的構成なしに偶然との出会いの中で点や線や色彩や断片自体に「世界」を結晶化しなければならない。そこにシュールレアリスムや表現主義などの諸運動が二十世紀初頭に誕生した一つの根拠があった。制度的辻褄合せや体系的説明性や分類づけによる「明証性」にあっては、偶然や意外性のもつ「驚き」やその「中断」から始まる経験があらかじめ閉じられ、全ての事実が概念の単なる「例証」の水準に落とされて、自分はその透明感ある硬直の中に安住することになってしまう。だが「真なるもの」はその明証性や自明性や自動性とは反対に、表面外や偶然や予想外の出来事や透明でない感じや曖昧さの中に深く隠され、確定した言葉の硬直した無内容さより、消極的な留保を感じ続ける「直観」の中にこそ宿り、それ故、因果論的に「証明」されるのではなく比喩的に近づきうるだけだ、とするのが彼らの立場であった。小熊や草野心平、逸見猶吉、山之口貘など、この時代に輩出した定職を持たない一所不在の詩人たちの、生き方における分類不能の「曖昧さ」は、そうした精神上の「不透明さ」と「対応」し、伊藤信吉の言う「詩的アナキズム」を形成していたのであった。若い頃の小熊が、それらのダダイズムやシュールレアリスム、表現主義に次々と関心を移したのは、単なる「流行」への関心と言うよりも、時代によって形成された混沌とした内面に「方向」が与えられる共感があったからではないだろうか（小熊に限らず、若い頃の金子光晴なども、白樺派からシュールレアリスムに至るまで次々と関心を移していた）。むしろ、同時代の、それらの芸術運動の「輸入元」にとってそれらが一回的な騒々しい流行にとどまったのに対し、小熊は「教義」の形ではなくヨリ無意識の形で、したがってヨリ深く「生き方」の中に個人用の私的啓示力として結晶化していったのである。体系的説明や教義にリアリティーがあるのではなく、それらの体系的「構成」なしに意識下の志向性をまず「表現」しようとする、それらの芸術運動の「非宗教的啓示力」（ベンヤミン）は、先に見たような虚偽的「構成」に対する「瞬発」的ユーモアとして現われると同時に、小熊にあっては、「呟いてはいけない／口の開けたてを正確にして」（『怖ろしい言葉を』）まず「しゃべりまくる」発話性自体の重視となって現われた（小熊のスピード感も「構成」や「完成」に対するこの発話性の重視や瞬発的ユーモアと無関係ではない）。若い頃の小熊がシュールレアリスムの影響下に、鮭の頭をそのまま貼り付けた絵を出品したこともあったが、そうした、まず「対象なしに具体的に描」く「表現」性自体の重視と、のちの小熊の詩における、まず「口を開いて」志向性自体を解放してゆく、その詩の「発話」性への姿勢は対応するであろうし、両者に共通する「表現」への自覚的意識こそは、小熊の内面を浸していた同時代の精神的波動から、私的啓示力として結晶化した核心部分であったのだ。そこから、「氷の中に閉ぢこめられるな／べんべんと季節の／やつてくるのを待つな」（『春は青年の体内から』）「生々《なまなま》しい顔をした友よ／生き抜けよ／君の期待が／君の処に飛び込んで来るのを待つな」（『私は接近する』）と待機主義を批判し、何よりもまず「君の咽喉《のど》のために／絶叫する機会を与へてやれ」（『茫漠たるもの』）「生きた人間の呼吸を吐け（中略）さあ、元気をだして／うたふのだ」（『怖ろしい言葉を』）と、その発話性の裡に含まれる「表現」性自体の、奥深い身体的根底的起動力のことを提示し続けたのであった。この、言葉以前の根源的な志向性の解放がなければ、言葉は言葉だけとなってその借り着性の中で言葉が閉じられてしまうからだ。むしろ、言葉以前の、自らの無意識なものをひっくるめた根底的な起爆力こそが「表現」を支えてゆくのであり、小熊は「教義」や「体系」以前の、そうした世界に向けて体を投げかけてゆく身体的「志向性」への生きた注目をもち続けた詩人なのであった。「がまんがならない」からこそ「元気」を出す、その「元気」とは、井戸端会議のたくましさの詩的「止揚」やその二十世紀的形態であったと同時に、時代の深部から汲み上げられた生きた「表現」主義であったのだ。

6

これまで見てきた「元気」なり「ユーモア」なりを、しかしながらここで徳目一覧表のように平面的に羅列し、各々単独で、しかも標語的表面性において扱うことは、小熊を支えていたものの構造的立体性を見失わせる結果となろう。例えば、「元気」という言葉自体、現在では「元気回復」を謳う製薬会社や健康食品のコマーシャルとして日々流通し、何の抵抗もなく広告会社や企業の「期待される人間像」を支える一環となっており、シャカリキに働く「総力戦体制」や企業全体主義を支えているのだ。ユーモアやパロディー文化についても同様であろう。むしろ、これまで見てきた小熊の、喜劇的状況への批評性、「元気」や「ユーモア」に見られる自らを奮い立たせる「自律」、この世の普遍的光源を宿す「苦痛」を担う人々への注目、といういくつかの構造的骨格を貫く統合的主題は、中野重治が注目した「ひどい状況において少しもへこたれないで生きて」ゆく「健康な態度」という一点にかかっていたのである。

「生活を歌つたというだけでは足りない。生活へのはたらきかけを歌つたというのでも足りない。ほとんど初めて、あるいはほとんど初めての仕方で、彼は日本の詩に哲学を引き入れたのであつた。彼は、それを、北海道でのあらゆる流浪《るろう》のなかで、手あしをはたらかせて飯を食うという生活のなかでえた人間と風景とをとおして引き入れたのであつた。あらゆる奔放が彼において投げやりに外《そ》れなかつたこと、あらゆる孤独と突進とが彼において無目標に走らなかつたこと」（中野『小熊秀雄の詩』）、そしてまた「当の悪条件そのものを笑い飛ばして行く、しかしそこにひけらかし、こけおどし、虚勢を張る匂いの全くない態度」（中野『小熊の思い出』）を持ち続け、そうした「ほんとうの健康な態度」こそが小熊を支えていたと同時に、その「支え方」が現在においてもまた意味を放っているのだ、と中野は述べているのである。「運動」が解体し、散を乱した大敗走の中で全てが売名的拡大か購買者的消費かへの競走場と化し、全員が内側から崩れ始める時、「すっかり気落ちしてしまうというのは人間の自然」であるのかもしれない。しかしながら小熊は、全てが崩れているからこそ逆に、ちょうど『焼かれた魚』がそうであったように、苦痛の只中でその起伏を超えた遠くの「あるべき」姿を見続ける視力と、「自由の意志」におけるような外的状況に左右されない自律的意志とを、ほとんど同時に必要としながらも自らを支え、病的に加速する社会の中にあって、なお自らの「健康な眼」を保ち続けたのであった。

崩壊の状況においては、エゴイズムが万人の底を貫徹する一方で、他方では全員が機構や業界内部で陳腐なる功績を上げることに血眼となり、その結果、社会の「解体」の速度と自らの安楽さを保障してくれる「団結」主義への帰依との両極がいよいよ同時進行して早まり、ついには、あらゆる反省力を欠いて止めどなく自堕落に転落し「一大癲狂院」と化してゆくところにこの解体期の精神的特質があったのである。(注・2)この歯止めを失った自堕落にして空虚なる精神的困窮の深まりは、政治的社会的表面をはるかに超えて底深く進行し続けている。そして、機構も社会関係も言葉も世界全体がその回転の中にある時には、それゆえ意味ある小さな結晶体は生き方に即して、その「支え方」や世界への決断として造型されてくる他ないところに、こうした解体期のもう一つの特質が生まれてゆくのである。むしろ、それだけ問題が根本的なのだ。と言うよりは、問題が根本的になればなるほど、「言説」で表現されうる部分よりも、それらの「教義」や「体系」や「綱領」外の精神の営みや支え方に最も核心的なものが含まれるようになるのである。中野の言う小熊の「哲学」とは、「体系」としてのそれではなく、そうやって自らを支えてゆく過程や態度に含まれている精神の営みのことなのであった。或いは、中野は、全てが摩滅してゆく状況下でその「支え方」にこそ注目するのである。実際、現在もし小熊をプロレタリア詩史の「末期」の一頁を埋めるものとして、また、軍国体制下での「抵抗」詩人としてその「思想」を取り出そうとしても、結局は時代同様、古色蒼然たらざるをえないのだ。しかし、彼の精神の営みやその「支え方」は、時代の事実内容や小熊自身の「思想」形態を超えて、今なお鮮明な一条の光を我々に投じているのであり、また、その「支え方」こそが小熊の人生を一貫して貫き、そこに彼の作品の気質的特徴が結晶していったのである。中野のこの注目の仕方を除いては、現在小熊について語ることはできない。我々は時代に規定された「プロレタリア文学」や「思想体系」などの「教義」の形においてではなく、小熊の作品の中に含まれているその「健康な支え方」の結晶構造をこそ見てきたはずなのである。

　こうして、小熊の精神的骨格を形作っていた、受難の経験への注目や苦痛を担う人々の含みもつ啓示力への畏敬、虚偽的体系を笑い飛ばすユーモアと制度に寄生しない自律とは、相互に関連しあいながら小熊の言う「自由の意志」を形成し、感受力を摩滅してやまない憂鬱なる社会の中にあって、なお自らの「健康なるもの」を保持する形で、小熊をして困難な時代を駆け抜けさせたのであった。さながら、その「自由の意志」とは、かの批判哲学者の言う、それを行なうものが誰一人あろうとあるまいとそうした「一切の現象に関わりなくそれ自身だけで何が為されるべきかを命令する」（カント）定言的命令としての「内なる自律」にも等しい、自らの内的規範点の詩的形態における誕生なのであった。その「自由の意志」に支えられた「健康さ」こそは、あたかも荒廃した大地に残された自然の健全な一片をもとに荒地を一新しようとするかのような、充実と基準とが含み込まれた未来に向けての再生の基礎的単位なのである。それは、「一大癲狂院」と化したこの世の表層とは質的に異なる、状況からの独立と自由を含み、また、そうした精神的方向を歩む少数者への励ましを込めた中野の注目点なのであった。

（注・1）　この時代の、そうした「放り出されて在る」浮浪性や拡散性と、制度や体系との「分裂」感覚を象徴的に集約してみせたのが、高橋新吉のダダイズムや、萩原恭次郎などのアナキズム系の詩群であり、或いは、佐藤春夫の小説『都会の憂鬱』で描かれた、制度への上昇指向も文学への共感も美的陶酔も、およそどのような「動き」もなく「現在」の亀裂の中にたたずむしかない若者の姿なのであった。自分の根底がひび割れ、もはや何ものにも統合点を見出し得ない「痛み」の感覚がそこにはあり、自分を深々と貫いたその「痛覚」こそが、大義名分の説教やベタベタした情緒でかろうじて糊付けされた制度の深部に広がる「亀裂」への感受力を生み出していたのである。どこにも内的焦点を見出すことのないその「分裂」感覚を、散文をもって（佐藤）、或いは内側の深層言語をもって（高橋）叙述しようとしたところに彼らの画期性があった。それは、置き場のない我が身の解体感についての抒情的宣言なのであった。特に、佐藤春夫には「憂鬱《メランコリー》」が含まれていたが故に、放り出されてある人間の痛みや哀切や哀しみや、そういう人間のつつましさや人間の良さが、繊細さと哀感を込めて描かれていたのである。繊細であるからこそ人一倍我が身の置き所のなさを感じ、しかもこの世の「重力」だけは否応なしに感じざるをえない、内へ内へと屈折してゆくこの「メランコリー」こそは、小熊の外へ向う「元気」の対極にある世界なのであった。

（注・2）この解体と秩序の両極分解、或いは「虚無」感覚と「団結」主義との内的関連が、公的「言い訳」がたつことだけに関心を持つ「看板」主義を生むことについては第三節参照。なお、解体期に見られるエゴイズムの貫徹という事実と、公的世界の表面上を覆う言葉との分離が、更に事実と対応しない言葉だけの「口先」文化を生み出してゆくことにも注目しなければならない。それは公的「言い訳」がたつことだけに関心を持つ公的機構ばかりでなく、学芸や文化の世界もまた何の迫真力も持たない「繰り返し」や小手先の「功績」主義の作文の量産となり、リアリティーなき「実証」が言語活動の全表面を覆い始めるのである。こうした言葉と事実との分極性は、第三節で見た「実質」と離れた「儀式」世界の成立と対応しているのであり、公的レベルにおける「威儀三千」の世界は私的次元における「出世」主義の認定証などの内面性なき「規格化」にその縮小模型を見出すのだ。そこでは、公的にしろ私的にしろ、言葉は空虚にその表面を漂うものとなる。こうして世界は欲望への拡散と、表面を漂う空虚なる言葉の群れとに分極する。一方の極における「欲望」と他方の極における「口先」文化とは、各々対応しながら自らを「純化」していった、と言うべきであろうか（こうした「名」と「実」とを分離するその系《コロラリー》の「純粋」形態は広告社会であろう）。

希望の微光は過ぎ去りしものの中に

――小熊秀雄『焼かれた魚』について

目もくらむような出版物の洪水の中で、過去に含まれている大切な価値や意味がいとも簡単に捨て去られている。たえず現在の「活動」や「新しさ」だけが価値として支配する現代社会にあっては、過去の中に埋もれている一片の意味あるものを探し出すことは困難を極めるであろう。しかし、過ぎ去りつつあるものの中にこそ、あたかも常夜灯のように、今なお意味の光を発し続けているものがあるのではないだろうか。

一九三〇年代（昭和初期）に生きた詩人小熊秀雄の童話『焼かれた魚』もそうした作品の一つである。『焼かれた魚』は、「白い皿の上にのった焼かれた秋刀魚《さんま》は、たまらなく海が恋しくなりました」という一行から始まる。秋刀魚は「ああ海が恋しくなつた。青い水が見たくなつた。白い帆前船《ほまえせん》をながめたい」と、何としても海に戻りたい一心で、まず猫に、次いで溝鼠《どぶねずみ》にさらに野良犬に次々と運んでもらい、その代わりに自らの肉を与え、身もなくなり骨だけになると、今度は自らの眼玉を鳥に与えて海に近づき、最後は蟻の大群によってようやく海に辿り着く。骨だけの身で秋刀魚はさんざん泳いだあと砂浜に打ち上げられ、やがて次第に砂に埋もれてしまう……。

　海に帰りたい一心で目も見えず、骨だけになりながらも戻るというこの童話の形象の底には、凡百の童話には見られない一種の哀切さと共に激しい希求が、あたかも何処かへ逃れ出ようとする激しい希求が隠されているのではあるまいか。そこにあるのは純化された「逃亡」の姿だ。身動きもとれず、無力に皿の上に載せられ「運命」のままに為す術もなく置かれている一匹の秋刀魚――そこから物語は出発する。生きることも出来なければ死ぬことも出来ない現実、それは人間の置かれている「現実」の象徴であろうか。閉塞する時代のなか、人々は逃亡する場所や目標も失い、その場しのぎの刺激に身を委ねていく。しかし、小熊の一匹の秋刀魚はそれとは正反対に、荒廃から立ち直る再生の象徴としての「海」を目指し、やがて「私はかく生きる」という「一本の矢印」のごとく骨になる過程として物語が構成されているのだ。

　その〈骨〉に秘められている力とは何なのであろうか。運命に「立ち向かおう」というのではない。「一念発起」してあらがおうというのでもない。もっと深く静かなところから汲み上げられてくる力、そうした力のみが人をして直立させる「精神的骨格」となり、幾度も繰り返し出発し直そうとする力となって「逃亡行」を支えるのだ。〈骨〉とは、そうした力の視覚的焦点であり、同時にそれは身を剥がされ目を突つかれ、置いてきぼりにされる苦難の象徴としても描かれ、その受難と力、悲惨とユーモア、停滞と絶対的望郷《ユートピア》を含み込んだ両義性が一片の〈骨〉を実に「生き生きと」生動させて、この物語に切迫感と生彩を与えている。

雄詩集』)。その〈骨〉と同じ事柄を小熊は別の形で、自らの詩で「自由の意志」と呼んでいる(『小熊秀

始末にをへない存在は
自由の意志だ、
手を切られたら足で書かうさ
足を切られたら口で書かうさ
口をふさがれたら
尻の穴で歌はうよ

この「何とも愉快な、何ともおもしろい」(中野重治)詩を書いた小熊秀雄は、雪崩をうって戦争国家への傾斜が始まり、全ての反戦運動が弾圧され、無力感やその日暮らし的な浮浪感覚が支配的となった一九二九、三〇(昭和四、五)年頃にその文学上の生涯を出発させ、一九四〇(昭和十五)年に貧窮の裡に三十九歳で病死した詩人であった。その間に小熊は、アパートの電気を止められ、蠟燭の下で書くという極貧生活の中で、詩の他に童話や漫画台本、評論や絵など多彩な活動を展開した。それらの小熊の創作態度を貫いていたものは、全てが摩滅し、公的にも私的にも惨憺たる状態の中で、なお自分を支えながら生きていく、その支え方や精神の営みで

あった。その支え方こそが、一方で童話形式で純化した「骨格」として、他方、詩の中では「自由の意志」として表現され、人間を支え続ける健康なるものが、多様な形で終始一貫追求されていたのである。

全体主義体制下、あらゆる抵抗「運動」が解体し、散を乱した大敗走の中で全てが売名的拡大か購買者的消費かへの競争場と化し、全員が内側から崩れ始める時代状況の中で、小熊は、あたかも生存を支える基本的矢印としての「骨」と化すようにして自らを支え続けていったのである。この時代状況で意味があるのは、体系的思想や教養の「言説」よりも、むしろこうした自らの「支え方」であろうし、その「支え方」に現われた精神の姿勢の中にこそ、最も核心的なものが含まれるようになるのだ。小熊はそれを先駆的に担った一人であった。そうして、小熊の『焼かれた魚』には、そのような精神的骨格が形象化されていたのである。

しかし、「支え方」といっても小熊は眦《まなじり》を決して世界に立ち向かっているのではなかった。むしろユーモラスで風刺性に満ちた作品を多く残している。その代表作の一つは、ルンペンを満蒙開拓団として送り出すという設定で、日本の植民地政策を痛烈に笑い飛ばした『移民通信』であろう。たとえばその一節。

光栄ある移民諸君――
政府は、何故に

ルンペン各位に、
わざわざ御武装を願つたか
失業者、山野に満ちる時、
何故に諸君が、
特に選ばれて、
生命線に乗出すか
それが、所謂
所謂、それが
それが、つまり、
政府の真意のあるところで
あるのであります——

この演説のパロディーは、おそらく今の国会やこの国の政治社会にあてはめても十分に通じるであろう。そして、滑稽なものと恐るべきものとの結合こそは、現在にまで通じる現代社会の特徴なのだが、小熊は見事にそれを典型化してとらえた唯一の詩人であったのだ（ちなみに風刺とは「真実を言い当てること」——魯迅——に他ならない）。人々を巻き込む巨大な機構に対する風刺性の一方で、小熊は『長《じゃん》長《じゃん》秋《ちゅう》夜《や》』『飛ぶ橇——アイヌ民族の為めに——』『ゴオルド・

ラッシュ』などで、当時の時代の重圧を一身に受けていた朝鮮人やアイヌや貧民に強い共感を寄せていた。「日常的に人間としての苦しみの振幅の広さをもつた詩人のみが原稿用紙に向つた瞬間に、始めて詩といふ短かい形式の上で最も衝動的な形で、人間の力に依つて時間性を組みふせることができるのである」（小熊）。小熊秀雄は自らの「苦しみの振幅」による共感を通して、現代社会で顧みられない「小さな人々」の姿を啓示し続け、「時間性を組みふせて」七十年の歳月を超え、その志向が今なお我々に何かを感じさせてやまないのだ。

現在もまた、泥沼的な停滞や硬直に取り囲まれ、存在の根を断ち切るような状況がそこかしこに見られ、多くの人が投げやりとなって、その場限りのものへと拡散する時代となっている。小熊のこの『焼かれた魚』や『詩集』が志向するその生き方は、私たちに鮮明な一条の光を投じ、深い励ましをおくってくれるにちがいない。

第二部　都市の経験——「浮遊」の構造的基点

「銀ブラ」発生前史
——都市における仮象性とモンタージュの精神

1

まずは個人的な話から入ることをお許しいただきたい。昭和の初め頃の話だが、私の父が若い頃、片田舎から上京し、人に連れられて初めて「銀ブラ」をした時のこと、あまりの人の多さと煌びやかさに、「今日は一体祭りでもあるのですか?」と尋ねて、思わず笑われたということを晩年の父から思い出話として聞いたことがある。しかし、このような印象が必ずしも父だけの特別な「感想」だけではないことは、次の引用からも分るであろう。

「はじめて街に出た老人が人の賑わいに驚き、おぬし今日は大阪の祭りか、と訊いたという話を私はときどき思い出した。人混みもさることながら、商戦の旗が立ち並び、映画、芝居、遊技場、酒場などが客の呼込みをきそい、人びとはよそ行きの服を着て押し合いながら歩いている。それらの十分の一をもってしても、田舎では年に一度の祭りでしか見られぬ光景なのである。かの老人の感嘆は言い得て妙というべきではなかろうか。都会では毎日が祭りなのだ。そして田舎者がたまたま都会に出たときは、祭りの興奮に似たものを体験するわけである」（宇江敏勝『山びとの記』傍点は原著者）。

生れ落ちた時から大都会で暮している人々にとっては「当たり前」のことでも、田舎から出てきて初めて大都会を経験する人にとっては、その「落差」に驚きが生まれ、新鮮に定義することが出来たという例であろう。

実際、街なかの盛り場と言われる場所を歩く時、華やかな照明や見てくれのよい商品がいかにもハレの感覚を演出し、実物にふれることなくそれらを「見る」だけでいかにもウットリさせる仕組みになっているのだ。だが、このことは、都市が「ハレの日常化」として、祭りの「仮象」をもたらしているだけではない問題の広がりも持っている。即ち、街路の一定空間において、「ハレの日常化」が商品の「幻影」という記号を「消費」していることについては、夙にボードリヤールなどの指摘してきたことであったが、実はそうした都市の街路だけではなく、日常のテレビやゲーム、或いはインターネットの画面操作や雑誌などの「情報」、さらには金融商品の売買という「記号」操作に至るまで、私たちの生活はものや実物に直接触れずに、それらの象徴やら記号に取り囲まれて暮らすことが当たり前になっていると言えるのだ。人間はシンボルを操る動物と言われるが（E・カッシーラー、S・K・ランガー）、我々が生きている世界は、日常の映像操作（テレビやゲーム）から貨幣の記号の記号であるような金融操作に至るまで、実物や実体と離れた「仮象性」のみで世界が動いていると非常に錯覚しやすい形で日常生活が構成されていると言えよう。確かに人間社会は政治制度から経済制度、或いは法的擬制からスポーツや祭りに至るまで「フィクション」を核として構成されていると言えるのだが（戸井田道三の傑作『演技』を参照されたい）、肉体を離れて精神がありえないように実物を離れて記号はありえないはずなのに、金融投機に見られるようにいつしか「虚業」こそが実体であるような錯覚に陥っている傾向が見られるのではあるまいか。しかも、そうした「仮象性の支配」は金融商品だけに限らないことは、冒頭で述べたように、むしろ我々の暮らしている都市そのものが仮象性の原理そのもので動いているものであることからも分るであろう。

本稿は都市における実物から離れたそうした仮象性（みせかけ）がどのように成立したのか、都市社会の成立にあたって、それ以前の社会のどの社会的・文化的核心が形を変えることによって都市社会におけるこうした仮象性が成立したのか、その概観をスケッチしようとしたものに他ならない。即ち、かつての伝統的・民俗的社会にあった社会的・文化的核心のどのような要素が都市社会に形態転化することにより仮象性（みせかけ）の基礎となったのか、さらにはそうした仮象性がいかに都市社会に構造化され、現在の我々の生活を深々と規定しているか、について考えたものである。もとより「広大」なテーマであり、専門の文学史家や歴史学の研究者から見れば「十把ひとからげ」と見えることは十分了解しているが、しかし本稿は「実証的」研究としてではなく、歴史的「意味」の提示に力点を置いたものであることをあらかじめ断っておきたい。

以下本文では伝統的社会にあった「祭り」の要素と「旅」の要素を共に形態転化し、都市社会に「盛り場」としてモンタージュする過程として、主に都市の街路についてそれを述べるにすぎないものであるが、まずはささやかなとっかかりとして「銀ブラ」という小さな窓からこの問題に入ってみたいと思う。

2

恐らく「銀ブラ」という言葉は既に忘れ去られた言葉かもしれない。その言葉は既にある一定の年齢層（中高年）以上の頭の片隅にかろうじて記憶としてとどめられているだけであろう。「銀ブラ」という言葉自体は、関東大震災後、それまでの歓楽街、興行街であった浅草に代わって新しい盛り場が銀座へと重心移動したことに伴って生まれた言葉であった。ここで試みようとすることは、その言葉を元にして、風俗史や、或いは文学史の諸作品をモザイクのように引用して「銀ブラ」成立史を実証的に跡付けようとすることにあるのではなく、「銀ブラ」という一語が含み持つ内容を、その一語から開けてくる大都市の経験が何を意味するかという点からスケッチしてみたいのだ。

まず「銀ブラ」という言葉はいつ頃始まったのであろうか。

「銀座を酒を飲むためでもなく、買物をするためでもなく、また見物のためでもなく、純粋に街衢観賞とでも言うべきものが発生したのは明治も末期になってから起こったことである」（安

藤更正『銀座細見』一九三一年・昭和六年)。

明治時代にも、或いはそれ以前の江戸時代にも、門前町の伝統の上に「縁日」や「盛り場」の雑踏はあったであろうが(平出鏗二郎『東京風俗史』一八九九年・明治三二年)、見るでもなく買うでもない純粋な「街衢観賞」が生まれたのは三越や松坂屋などデパートが誕生した明治末からであった。「銀ブラ」という言葉は「大正四、五年の交」(安藤、同)頃に生まれたが、大正十年頃には「銀座はハッキリと散歩街としての観念を一般に植えつけた」(安藤、前掲書)のであった。それは文字通りブラブラと、都市の中において「見るでもなく買うでもない」旅の如きぶらぶら歩きをする遊歩街の誕生を意味していた。

今日では当たり前のことでも、最初の観察者はその特徴をよく捉えうるであろう。当時の「銀ブラ」について、ここに二人の観察者の印象をあげておきたい。

若い頃、谷中の寺の下宿に住んでいた寺田寅彦は、「暗く陰気な」谷中に比べ、「明るくて暖かで賑やか」な銀座の「尾張町の夜の灯は世にも美しく見えないわけに行かなかつた」、そして、「みんな心の中に何かしら或る名状し難い空虚を感じて居る。銀座の鋪道を歩いたらその空虚が満たされさうな気がして出かける。(中略)しかしそんなことで中々満たされる筈の空虚ではないので、帰るが早いか、又すぐに光の街が恋しくなるであらう」(寺田寅彦「銀座アルプス」、『中央公論』昭和八年二月)と書いている。ここでは銀座は「暗く陰気な」世界に比べ、「空虚さ」を満たす「明るくて暖かで賑やか」な「光の街」として捉えられていた。

また、もう一人、深川育ちの長谷川如是閑は初めて「銀ブラ」した時の様子をこう記していた。「銀ブラと言えばその言葉のはやりだした頃、車に乗せられて車で『銀ブラ』をしたら両側の歩道が人でいっぱいなので、運転手に『今日、銀座で何か祭りでもあるの?』と聞いたら、運転手は、『いえ、何もありません、いつもこのとおりです』と言った」(『長谷川如是閑選集』)。「銀ブラ」とは見るでもなく買うでもない「ブラブラ歩き」のことであったが、如是閑がここで語っていることは「銀ブラ」の雑踏を「祭り」と等価なものと見る視点である。端的に言えば、「銀ブラ」とは「祭りの日常化」した姿に他ならないのだ。そうして「銀ブラ」とは、その名の通り同時に旅のブラブラ歩きの要素を都市の一定空間に凝縮したもの、言わば「浮浪の制度化」でもあった。

即ち、「銀ブラ」とは、かつての伝統的社会、民俗社会にあった「祭り」の要素と「旅」の要素とを共に形態転化し断片化して都市の一定空間に凝縮したものであったと言えよう。ブラブラ歩きといった「旅」の要素を、地方の名所旧跡へと「外延化」するのではなく、都市の中の一定空間に凝縮し、「旅」の非日常の要素が断片化されて都市の中に取り込まれ、構造化され、日常化する。それはある意味で、寺田寅彦の感じた「空虚さ」を、祭式的色彩や小旅行の形で都市の一定空間に凝縮した遊歩街の中でまぎらわし、「空虚」なる己の魂をマツリ同様「復活再生」しようとしたものではなかったろうか。ここでは、かつての一年に一度の大文字の「時」「The Time」の中で行われた祭りが、恒常的な「祭式」的デコレーションへと空間化しているのである。一九二〇年代（大正末から昭和初期）にあって、目にも彩《あや》なるショーウインドーの商品の陳列やカフェーやシネマ、ジャズや人々のきらびやかな風俗や群集という事実は、如是閑の感じたように「祭り」と等価なものと見做されていたのだ。

本稿は、かつての民俗的・伝統的社会にあった諸要素がいかに形態転化して都市の中に取り込まれ、我々の感性の中に組み込まれたかを主題としているのだが、「銀ブラ」という一語こそはかつての「旅」のブラブラ歩きの要素と「祭り」の持つ「光の世界」や「群集性」というハレ感覚の形象化とを、いみじくも一語の中に凝縮した言葉であったのではあるまいか。

3

こうした「銀ブラ」に見られるような「光の世界」や「群集性」、ブラブラ歩きなどの諸要素はいつ頃から都市に典型化されたのであろうか。少なくとも文字の上に残され、しかも単発的事例ではなく都市の中に常態化する「典型」として取り出しうるのは、近世江戸期においてではあるまいか。近世において大流行した神社仏閣の「縁日」や「開帳」などの季節的行事の他に、既に群集性という事実において都市の大通りは「京の祇園会、大阪の天満祭に異ならず」（『日本永代蔵』）と、「市と祭の日をかきまぜたような」（柳田國男）祭りの雑踏と等価なイメージでとらえられていたのだが、そうした事実の他に人々の感性的経験において祭りの感覚性を一定空間に凝縮させ、定着させたものとして、夜の闇の世界に対抗した「光り輝」く「悪所」の存在があげられるであろう。以下概略をスケッチしてみたい。

近世において成立した悪所は、まずその物理的形態において光り輝く世界として登場した。享保期に至る頃までには、畿内を中心に換金作物としての菜種油の量産が可能となり、それまでの高価な荏胡麻《えごま》油や臭いの強い魚燈に代わって都市の中心部を明るくした。享保期に訪れた朝鮮使節の一行が京都の夜の明るさに驚いていたのだが（『海游録』）、とりわけ悪所は「長蠟燭天に映り、軒端の提燈は星林地に落つるが如」（『好色二代男』）き状態、或いは、「昼は極楽の如く、夜は竜宮界の如」（『我衣』）き光り輝く世界として登場する。この比喩に現されているように、ある意味で悪所は光り輝く祭式的色彩をもった「極楽」「浄土」の世俗的翻訳であった。まさに「目前の極楽とは爰《ここ》の事」（『西鶴織留』）であった。

土俗的社会、民俗社会における祭りで光がともされたのは、冬、大地が枯れ果てる危機的な季節に、夜の闇の原始混沌とした百鬼夜行の世界の中で、神の依代であると共に無秩序な闇の中から人間の住みうる世界を境界づけ、同時に一切の生産力が途絶える冬の真っ只中に予祝として「輝かしい」豊饒と等価な世界を出現させるためであった。夜の暗い世界は、全てのものの形を溶暗する無秩序と等価な恐ろしい世界であり、光はその中に形を持ち込み、闇と鋭く対立する。民俗社会において祭りの庭に火が灯されたことについて、柳田の言うところを聞いてみよう。「日本の祭において神々をおもてなし申す方式だけは、人が最上級の賓客を迎えた場合と完全によく似ている」「すなわち食事の時刻ともなれば、酒と食物とを力の許す限り」出すとともに、

「少しでも永くその楽しみを続けたまうように、ありとあらゆる手段を尽くすのであった」、即ち、「現代は一般に夜が明るくなったゆえに目に立たぬが、神のお食事の時刻は座上にも庭上にも、常の日の何倍するほどの火を焚く」（柳田國男『日本の祭』）のである。祭りにおける、この常の日とは異なる象徴としての「光」と、模擬的な季節の交代を意味する儀式的所作をともなった「変身」儀礼と、直会《なおらい》における爆発的「饗宴」に満ちた祭りのもつ空間像は、同時に食い物と子孫繁栄の「浄土」の祖型でもあった。少なくともそうした「光り輝く」「祭り」の空間像との等価性を都市において持ち、「仮象」として視覚的に形態転化したものが悪所であった。そこでは客を、祭りの神々同様「最上級の賓客を迎えた場合と」同じに「酒と食物」を出し、「常の日の何倍するほどの」明かりを灯し、歓待するのであった。江戸の町も暗かったのだが、あたかもそこだけが都市の「光輝く」象徴的中心部として（「悪所」の実際の地理上の位置は別としても）、江戸の周辺部の暗い路地世界と対比をなし、その神話的映像を都市の中へと翻訳していたのだ。たとえば『東海道四谷怪談』においては、江戸の周辺部の薄暗い場所に、正体不明の悪党たちの住む地獄宿・隠亡堀・裏店が密集し、「悪霊」たちが跳梁することを思い出してもいい。まぎれもなくそこにあるのは闇と光の交代劇を演出する神話的映像の都市への転化なのだ。

しかも遊郭における作法はかつての祭式の手順を踏んでいた。「遊郭に於ける饗宴はお祭りの形式を踏む」（廣末保『悪場所の発想』及び折口信夫『全集ノート編』）のだ。その祭式は、巫女の零落した形態としての遊女によりとり仕切られ、「酒と食物」とともに神同様の「最上級の」

歓待がなされた（なお、遊女は近代になるほど単純に売春婦と同一視されがちであるが、江戸期の「籠の鳥」とは異なり、少なくとも鎌倉時代初期までは、教養豊かで舞と歌をもっぱらとする最上級の「職人」であった）。いわば大地の死と再生が劇的に経験され、日常秩序を超え出た虚構儀礼としての祭りの空間的イメージは、悪所という「虚構」へと仮象化され形態転化する。大地に根付いた農耕儀礼において、一年の季節という時間上のハレとケで区切られた「浄土」の儀礼的創出は、都市にあってはその「浄土」のイメージだけが都市の仮象性の中で空間的に構造化されてゆく。しかもそれは夜の闇の中での、人工的照明の薄暗がりでこそ、その儀礼的「転換」はなされるのであり、決して真昼の白日の如き陽光の中においてではなかった。人工的照明の薄暗がりは、ぼんやりとした夕暮れ時のその「黄昏の永遠化」であり、その光と闇の交代する境界的時間帯でこそ、光と闇の両方の要素が交代し、転換することが可能なのだ。「光」は人々を惹きつける依代であり、転換を担う光学上の装置なのであった。

そうした人工的な「光の世界」の中で、「昼は業用にゆだんなく寸暇あるものな」（『羇旅漫録』）き忙《せわ》しなさとともにいた人々は、昼間の「忠義」の世界から解放され、「一日の辛労を忘れんために、妓楼に至りて酒もり遊」（『羇旅漫録』）び、祭り同様「復活再生」の時を迎えるのである。そうして、この「復活再生」の見せかけにこそ祝祭の持つ時間体験の核心が含まれているのだ。即ち、祝祭儀礼にあっては、太古の時間へと時間が白紙に戻され、原初に戻ることにおいてその「無時間性」の中で歴史的時間は自然的時間へと還元され、社会の更新が行なわれる。したがって、祝祭においては未来に向けた時間の目的関連性から解き放たれ、前後を忘れた束の間の高揚感や放心が経験される。そこでは未来へ向け線上に伸びる「生産計画」やら、所与の組織の集団功利主義による「目標」に向って前進しようとする目的運動とは異なり、それ自身の中で時間が享受され、充足される。いわば未来に向けた予測計算や時間性を超越して、充足している「現在」だけが享受されるのだ。勤め先や仕事のことも忘れ、集団組織の緊張を解除し、減圧放電して「酒もり遊」び、前後不覚に「現在」だけを楽しもうという束の間のハレの感覚、祭りの感覚が日々の営みの中に埋め込まれる。[注・1] こうして祭式的形式は都市の仮象性の中で無意識の表象レベルにおいて翻訳され、祭りの社会的「勧請」が行われるのだ。

また元禄期頃から、商品作物としての綿花の生産拡大は木綿の普及を促し、従来の麻などに比べ形が柔らかく、しかも絹に比べ廉価で色染めしやすい木綿は人々の色彩感覚を変えてゆく（柳田國男『木綿以前の事』）。そこに流行の「新仕出し」（西鶴）を追う風俗が誕生してゆく。荻生徂徠が『政談』で詳述しているように、都市という境のない空間は人々の間で「流行」という形で風俗をたやすく転写する関係を生み出してゆく。それは外的な姿形であれ、「利口を先とする」「利勘の心」（『政談』）という内的な姿であれ、全てが都市のもつ「国内的インターナショナリズム」（藤田省三）のその「境界」性の中で相互浸透し、流行現象を生み出していく。こうして人々は、そうした風俗を見るともなく歩くともなくさまよい、都市はブラブラ歩きの旅の要素を凝縮しながら「盛り場」が都市の一定空間の中に構造化され始める。

こうして都市では「祭り」と「旅」の要素が結びついた典型として「盛り場」が生み出されていった。祭りの諸要素（光・共食・群集・異形・酔い・活気）が街路上の一点に凝縮されつつ、それが同時に旅の如きブラブラ歩きの要素と結びついて都市の社会的形式の中に構造化されてゆく。ブラブラした物見遊山の「旅」の要素が、「祭り」の光の世界や擬似的な復活再生感覚とともに都市の一定空間に出現する。こうして都市は、「祭り」と「旅」の要素を断片化して取り込み、構造化するのだ。

言い換えれば、「祭り」や「旅」の要素を断片化し「仮象」として取り込み、その場限りの模擬的な映像を全面化するということは、農村共同体のもつ集団的記憶の持続ではなく、「当座」（徂徠）の関係が全てとなるという形で、その場限りの一回性への構造転換がそこに生み出されたことを意味する。

4

そもそも「旅」の一回的要素が都市に形態転化するとはどういうことか。

おそらくかつて農村共同体から離れて旅などで「一日暮らし」することはかなり困難であったろう。たとえば、農村共同体にあっては、大地の生産物の収穫と周辺の里山に自生する山野草の採集などでほぼ自給していたであろうが、そうした時代に旅をすることは恐ろしく困難なことであったにちがいない。時代をさかのぼるほど旅は困難を極めるものであったことは、たとえば

『信貴山縁起絵巻』で描かれている信濃の尼が、信濃から大和に行くまで従者に米俵をかつがせて旅をしていた姿などにうかがえる。ましてそれ以外の渡り職人や下級芸能者などの遊行民の旅における「一日暮らし」は、野ざらしと境を接した厳しいものであり、それゆえに神と共に歩くのでなければ遊行をなしえなかったに違いあるまい（渋沢敬三編『日本常民生活絵引』）。ともかくにも、かつてはこうした「一日暮らし」は街道上を転々とする「旅」という形をとり、或る意味では旅においてこそ可能であった。しかし江戸期の画期性は、王朝時代の「ミヤコ」のような単発的事例とは異なり、江戸をはじめとする城下町など近世都市の中で「一日暮らし」ができるようになった点に求められるであろう。つまり、かつては街道上で転々と「一日暮らし」をしていたものが、都市の中においてこそ点々と「一日暮らし」が出来るようになるという形で、「一日暮らし」の形態転化がそこで起こったのだ。それには勿論、商品流通や労働力の「市場」の成立と「貨幣」という抽象物の媒介が不可欠であったことはいうまでもない。こうした「一日暮らし」の形態転化を考える時、徂徠が江戸という都市を「旅宿の境界」と表現したことは、かなり含蓄深い象徴的な意味を担っていたことがわかるかもしれない。徂徠は「旅宿の境界」をマイナスの評価のもとで使っていたが、それとは別に、都市でこそ「一日暮らし」が出来るようになった、都市でこそ食ってゆける、という意味では都市のもつ画期性がそこではっきりととらえられたのだ。近世という時期に、大地から切り離され、貨幣の浸透とともに都市における「一日暮らし」の成立という画期的な転換がそこで起こったのである（なお、成澤光「都市社会の成立」、同『政治のことば』を参照されたい)。

こうして都市における「一日暮らし」の成立は、同時に「一日暮らし」としての「旅」の要素が都市の中に凝縮されてゆくことでもあった。「旅」の要素とは、旅同様の未完結な現実が経験され始めたということである。それは徂徠の観察した「当座」主義というその場限りの行動様式が貫徹するところに現われている。身分の上下を越えて服装や言葉が感染しあい流行現象を生み出すことは、都市そのものが境界のない場所であり(その意味で都市は「境界」自体の集合体である)、その境界性をよぎるところに生まれたのだ。「風俗」現象から言語に至るまで、全ての局面にわたって一回性への構造転換がそこで起こったのである。しかも「旅宿」化することは、全てが通過点と化すことに他ならないから、全員が精神的にも「其日暮しの日用取の了簡の様に成行」(『政談』)くことは避けられない。こうして「旅宿の境界」とは、万人が精神的には「其日暮し」に、人的には「面々構《めんめんがまえ》」に、行動様式では「当座」主義の、それら「世話しなき風俗」の目まぐるしく回転する時代に放り込まれたということに他ならない。無国籍であてどない人々の集合と化した都市では、時間的な瞬間性が、その意味では断片性が全てとなる(それ故、時間的な一回性を構造化した都市でこそ「光り輝く」街路であれ、そこで「酒もり遊」び「復活再生」を計ることであれ、「祭り」のイメージは断片化されて取り込むことが可能となり、「祭りの日常化」が行なわれたのだ)。

その「旅宿の境界」とは、民俗社会の持っている大地の懐に抱かれる完結した世界に対し、未完結な現実が経験され始めたことであった。柳田の理想化されたイメージを使えば、食い物を産出し生命の再生産の母胎でもある大地と共にある農耕社会では、その大地を開墾した人々は「先祖」として、年毎の祭りに「田の神」として来臨する形で「家の生命の連続を念」（柳田國男『先祖の話』）じ、自分も死ねばその先祖の霊へと連綿と同化するという同質的な時間の流れと、円環的な予定調和に支えられたものとしてあった。しかも祭りは、季節のリズムが最も危機的な時期に、儀式的に太古の始原の状態へ回帰し、大地の生産力を再度復活再生することで社会と人間世界の更新を図る象徴的な行事でもあった。都市はその円環を断ち切る。一回的な自己の人生と歴史や伝統の文脈とはもはや自然には交錯しない。「人が数多くの位牌を背負いつつ、如何にその記念を次の代と結ぶべきかに苦慮しなければならなくなった時代」（柳田『明治大正史世相篇』）へと突入する。大地のへその緒から切り離され、そのことによってハレとケで区切られた質的時間を失い、人々はノッペラボーな時間の進行に直面した。人々は「自分をただ長い鎖の一つの環」（柳田『明治大正史世相篇』）と考えることから、どのようにしろ「歴史」や「物語」を共有せず、どのようなものとも連続しない世界に放り込まれたのだ。（注・2）

恐らく近世都市において、都市化された精霊や「ご利益」を拝みに行く「縁日」や「開帳」が大流行するのも、都市に集る人々の無国籍性と、大地や自然のリズムから切断された時間の中に、あらためて「痕跡」を刻印しようとする季節感の奪還と無関係ではないであろう。いわば都市の移り気で目まぐるしく変わる「気散じ」には「気休め」の現世利益の神々が「対応」するのだ。

そして江戸も中期以降盛んになる旅は、都市の外へ名所旧跡を訪ねる形で、それぞれの土地の精霊を自己の体験の中に刻み込み、命名することで大地との交感を計ろうとする小さな「国見」であったのではあるまいか。古代における国見は、本来、春が巡ってきた時、丘などの高台にのぼってその年の農作物を予祝し、国形讃美をすることでその土地の精霊を慰撫し従わしめる行事であり、同様に新しい土地に行ってその土地の名を褒め称えることは、土地の国魂を身に付け自らの版図に付け加えることであったのだが、名所旧跡を訪ねることは、小さいレベルながら失われた国魂を無意識のうちに身に付けようという行為であったのではあるまいか（おそらくそれは、現在の様々な「旅行」まで延々と続いている）。

こうして、都市という未完結で未知の現実と向き合い、過去や歴史的文脈に依存できない中にあって、人々は自力で価値を模索し始める。『町人考見録』に見られる抽象的な「家業」の意識も、「盛衰変化」「蜉蝣定メ無キ」（『始末相続講式目』）中から生まれる。また、自然的時間から突き放され、人間同士の「関係」が主なるものとなり、人間自身に直面せざるをえなくなった地点で、人間固有のものとしての「世話」（義理や恩愛）や「情」の世界がそこに開花し、一方ではそれは近松などの「世話物」として芝居の世界において集中的に表現され、また他方では「情」の原理化（仁斎から宣長に至るまで）として理念の世界で主題化されてゆく。既存秩序も所与の自然的体系性が崩れて、徂徠のように政治的に「作為」し製作してゆくものとなってゆくであろうし（丸山眞男『日本政治思想史研究』）、歴史の意味も万古不易の「自然」性を「確認」

することではなく、「自身に我と合点する」(徂徠『答問書』)形で「発見」してゆくものとなる。「雲の根を離れたる境界」(徂徠『政談』)として大地の母胎から追放された人間は、こうして「気休め」と「孤独」、「模索」と「主体意識」との中を循環し始める。

こうした無国籍であてどない人々の集合である「旅宿の境界」という「旅」の要素が凝縮された世界でこそ、かつての自然の循環を刻んだ季節における一回的な「祭り」は断片化されて取り込まれてゆく。前述した都市の一回的な時間構造はそれを可能にする。「祭り」の断片をモンタージュするのだ。そこではハレの感覚が動員され常態化されて、夢の形象だけが空間化されてゆく。諸国からの寄せ集めであり、孤独で行く当ての無い浮浪化した人々にとり、それは華やかさとエネルギーと変身願望において、あたかも異装などの「祭り」の要素と伊勢へのブラブラ歩きの「旅」の要素とを結びつけた「おかげまいり」を、都市の一定空間に凝縮し常態化したかのような世界の出現であった。即ち、それは、ある意味では日常の息苦しさからの束の間の「解放」を爆発的に求めた、江戸末期に大流行した「おかげまいり」の日常化した姿にほかならないのだ(ちなみにその「おかげまいり」と近世都市民の「孤独」とを結び付けて考えたのはE・H・ノーマンであった。ノーマン「ええじゃないか考——封建日本とヨーロッパの舞踏病」参照)。

こうして都市は「祭り」の要素と「旅」の要素をその中に断片化して取り込む。即ち「祭り」の要素といい「旅」の要素といい、都市は本来人間社会にあった伝統的要素を「仮象」として取り込み、都市はその「仮象」をこそ本質的なものとしていくのだ。だが、かつてあった民俗社会における「祭り」が、人々の生命の生産にとって不可欠な食い物をそこから得る大地の生産力に向けて、冬、大地が枯れ果て、一年のうちで一番日が短い冬至の頃を中心に、その大地の復活再生を願う儀礼として行なわれたのに対し、都市の一定空間への「祭り」の断片的要素の構造化は、あくまでも「祭り」の仮象＝「見せかけ」に過ぎない。復活再生を願い、神を迎えるために一定期間慎み、模擬的な擬死再生儀礼を行い、共食し、一挙に爆発するかつての民俗社会の「祭り」のもった時間的な非日常性は、そこでは単に空間化された「風俗」現象として感覚の表層をかすり、流れ去るにすぎない。坦々たる日常生活に節目をつけ、決まりきった日常性そのものを再生するために必要であったハレとしての聖なる異質の時間は、きらびやかな装飾をほどこした街路へと表層化する。民俗的形式における自然との呪術的対話であった「祭り」の諸要素は、その内面性を失って都市の「盛り場」という仮象的制度の中に吸収された。「祭り」の中にあった復活再生の要素は空洞化する。

　と同時にそもそも「祭り」とは時間の「リセット」であり、自然的秩序への「永劫回帰」であるから秩序の再確認ではあっても、そこから全てを一変させる「変革」は出てこない。たとえムラ的秩序や集団内部で日常的に矛盾葛藤があったとしても、酒を飲んで「一致団結」しようという「祭り」とは、バタイユの言うように「もの悲しき和解」に過ぎないのである（バタイユ『宗教の理論』）。言い換えればそれは「革命」ではないのだ。祭りの仮象が都市の街路へと出現することは、束の間の「息抜き」のあと人々を日常へとなだらかに還流させ、「秩序」を再形成することで体制と親和性を保ちながら、体制そのものを再強化するのだ（たとえば「銀ブラ」の時代、「軍国日本」と「モダン日本」とは平和共存する。当時の支配層にとり、自分の息子や娘が「赤」になるより「桃色」になった方が好ましいとされたのはその所以である）。

「旅」の要素についてもしかりであろう。「旅」のもつ非日常性は、「銀ブラ」にあっては日常の延長線上にズルズルと伸びているだけである。日常化した非日常性とは語義矛盾にほかならない。根本的なことは何一つ変わらない。むしろ変わらないことを前提にして「安心」して人々が束の間の「銀ブラ」を楽しむ時代が目前に訪れていた。

5

こうした「一日暮らし」への大転換の中で、大地から切断され追放された人々の集合である都市は、「盛り場」の祭式的色彩の仮象のもとで人々を擬似的に「復活再生」し、同時にその「浮浪」を都市の街路という一定空間へと制度化する。言い換えれば、「旅宿の境界」という「一日暮らし」の集合体である都市は、それ以前の社会形式の中にあった「旅」と「祭り」の要素を二つながらに断片化し形態転化して取り込み、両者はモンタージュされて都市社会にモザイク状にはめこまれる。しかしそこには、かつての「祭り」や「旅」のもっていた質的転換性はもはやない（誰もが感じる「正月」のあの白々とした感じは、その時間的切断性、質的転換性のないところに、即ちカレンダー化、工程化した社会の「宿命」であろう）。都市は、かつての人間社会の生存形式の中にあった「祭り」と「旅」との断片的要素を、その小形式の中に偽装的にモンタージュし、「生」自体を仮象と化してゆくのだ。即ち、「祭り」と「旅」の要素を複製し、その断片性のモンタージュを通して、近世都市自身が巨大な生の複製技術の工房と化してゆくのである。

言い換えれば、都市は「祭り」の要素や「旅」の要素を仮象として取り込むだけではなく、都市そのものが仮象を本質的な属性とすることで生の巨大な複製工房と化してゆくのだ。たとえばかつて民俗社会の祭式の中で誕生した演劇的要素は、都市の中で自立し独自の発展をとげ芝居小屋となっていった。むしろ都市の本質が仮象性にあるということは、芝居・演劇、映画、小説などフィクション形式にこそ集中的に表現されてゆくであろう。フィクションこそは都市の真骨頂なのだ。(注・3) ベンヤミンはその画期的な著書『複製技術時代の芸術』において、工業化・技術化された写真や映画を取り上げたが、そもそも都市という仮象性を本質とする基盤の上でこそそれらは技術的に開花する。仮象性を本質とする都市そのものが巨大な複製技術の体系であったのである。前近代社会、(注・4) 民俗社会の祭り、旅、演劇といった諸要素は断片化され、生の形象がかりそめのものへと複製される。

こうして仮象こそが本質となる中でさまざまの擬制的関係が開花する。「大地の自然的隷属物」(マルクス『資本制生産に先行する諸形態』)としてかつての民俗社会にあって人間は、大地の付属物であった。しかし「大地からの切断」(『諸形態』)を経た今、大地と共に密着した実体的「生」などはなく、全ては擬制的・仮象的・記号的関係となったのだ。やがてその仮象性は、近代以降は実体から離れた「記号化」の度合いを一層強めていく。人間社会は、民俗社会も含め何らかのフィクション（祭りもそうである）で成り立っていたのだが、都市はそのフィクションの「自立化」に拍車をかけ、やがて工業化と共にその仮象性や記号化の「技術」は格段に「進歩」する（現在の映画や迫真のテレビゲームはその基盤の上に「開花」する）。

既に早く「仮象」について、「概念と客体の一致」に基づくものではないと定義していたカントはさらに次のように述べている。「感性の表象形式に客観的実在性が付与される時、一切がそれによって単なる仮象に転ぜざるをえなくなる」（『純粋理性批判』高峯一愚訳、傍点は訳文）のであり、洞察によりたちまち消えてなくなる「作為的な仮象」とは異なり「まことに外見だけの技術を持つと、そこに何か極めて魅惑的なものがある」ために「不可避的な仮象」となってしまう、と。その時、人間は「経験」という大地から離れてしまう。「もし我々がこの経験の岸辺を見捨てるならば、我々は岸辺なき大洋に猪突することとなり、この大洋は絶えず空しい展望をもって我々を欺き、結局あらゆる労多くして果てるを知らぬ努力を、希望なきものとして断念せざるを得ざらしめるのである」（同前）。工業化した社会はその「技術」を飛躍的且つ大規模に「展開」する。

「仮象」＝「見せかけ」が本質となる社会の訪れであった。そのことは人間を成り立たせる経験構造の骨格を一変させる。全ては仮象性という「見せかけ」の中、重心を失って「軽く」なる。仮象にすぎない表面的「記号」を操作し、質的遠近感を捨象して全てを画一的に取り扱う態度が全面化する。

こうして「仮象」をこそ構造的に組み込んだ都市では、本質的なものは存在ではなく仮象であり、個人への夢の啓示ではなく街路での夢の空間化が取って代わる。それらは全て一過性の即席文化の誕生であり、時間上の成熟を経ないが故に絶えず「現在」の中で自己拡散し、拡散するが故にあらゆる内面性を欠いた「体験」を次々と繰り返してゆく。即ち、そぞろ歩きすることでかろうじての自己確認と実在感を得る、そうした「体験」を街路という制度化されたショーウインドーの中へと陳列する空間を生み出してゆくのだ。近代社会の中で「銀ブラ」はその延長線上に現われたのである。

（注・1）　祭りという文脈だけでなく、人は日常の息苦しさに対応するため、冗談を言ったり話をしたりという形で日常の中に束の間の時間の「停止」点を組み込もうとする。そうしたことに早くから気づいていたのは廣末保である。たとえば「話をする場というは、日常的であって日常的でない要素があ」り、「生活してゆく以上、芸術家でなくても非日常性的な生活を何らかの形で作っていると思う」「職工さんとかサラリーマンとかの中でも、自分の未分化な意味の、非日常的な次元の生活を持っている」、そうした「日常性のなかの非日常的な次元があり、そういうものに媒介されるという形」（廣末保・益田勝実ほかの座談会「民話劇の問題」、『民話』一九六〇年一月号所収）での媒介項を主に近世日本文学から取りだしたのが廣末保であった。本稿はそうした問題の一半を祭りの要素に焦点をあて都市の基盤との関連で構造化してみたにすぎない。

（注・2）　こうした、都市における瞬間性の支配が「浮遊」とかかわること、及び「一回的な生存と連続の時間との関係」「一回的な場所に立たされている人間が、過去から未来への歴史というものと実感的に交わるというか、あるいはそれに参加するというか、そういう関係を見出しうるかどうか」（廣末保）という、連続的な歴史と未完結な「生」とのかかわりについては、廣末保の次の座談を参照されたい。廣末保・谷川健一「遊行の思想と現代」（『廣末保著作集』第十二巻影書房所収）、及び廣末・福田定良・宗左近ほかの座談「『不安』の現代的構造」（『季刊ウニヴェルシタス』一九七二年第一巻第一号）、廣末・益田勝美・神島二郎「日本の亡命思想」（『伝統と現代』一九七一年一月号）。談論風発といった趣のある廣末の座談は、今なお啓示力に富み、古さを感じさせない。

（注・3）　都市とフィクションとのかかわりを、平安朝の物語文学の発生に即して先駆的に指摘したのは石母田正「宇津保物語についての覚書――貴族社会の叙事詩としての――」（一九四三年）である。

（注・4）　一所不在の都市定住民にとり、全ては虚構と化す。しかし、それをむしろ積極的に担う者がいた。都市の芸能民である。最下層の都市芸能民は、現実の居場所がないからこそ普遍的なものを求めざるをえなくなるのだが、秩序をはじき出ることによって現在を越えるものへの問いかけを生む形で、現実的力関係の中のどこにも居場所のない「虚」の立場は逆に普遍的なものを担うことを可能にする。自らこの世に定位置をもたない都市の下層芸能民は、自らの居場所のなさという一点を担うことにおいて普遍的なものへと通じる仮象性を担い、芸能という仮構に生きることができたのだ。近代以降、そうした位置を担ったのは詩人や作家、そして知識人である。

6　現代都市への転換
――「銀ブラ」発生後史・浮浪文化の全面展開と公的世界の消滅

既に、「前史」を「祭り」と「旅」をキーワードに、民俗社会の諸要素が如何に都市の中に形態転化されるかを問題史的に構成してきたのだが、「銀ブラ」に至ってその「構造」はいよいよ典型化されてゆく。

明治中期から大正、昭和初期にかけて社会批評家として活躍した内田魯庵は、同時に頻繁に銀座を訪れていた銀座通でもあったのだが、いみじくも「銀ブラ」の特徴を次のように定式化している。

「電飾が照輝いて白昼より明るい」「銀座は夜の町だ。(中略) 銀座の町も昼見ると台無しだ。太陽の光線は正直に照らすが、人造の光線は人間の胡麻化しの手伝いをする」(内田魯庵「窓から眺める」(『太陽』昭和二年十一月)。

その街をどんな人種が歩いているのか。

「飾窓《ショウ・ウインドウ》のチカ〳〵光る電気の町に帝劇の女優喜劇の一と幕を引抜いて来たような若い男女の幾群か続く」（同「モダーンを語る」『中央公論』昭和三年十一月）、それは「大抵が三越か丸菱仕入れの出来合いのモダーン」（前掲「窓から眺める」）なのだが、彼らは「松屋から松坂屋（中略）を巡礼して歩く近代的なお遍路さん」であり、「眼の道楽を飽満する市内無銭旅行者」「軒並みのショウ・ウインドウに守宮《やもり》の如く吸いついて貪るように正札を見て歩くモダーン見学の観光団」（同前）である、と。

既に我々は、「仮象」を本質的な属性としている都市にあっては、「自分」をも含めて全てのものはそれ自体としては「実体」としての意味を失っていることを一瞥してきた。冒頭の、寺田寅彦の「或る名状し難い空虚」の正体も、その人間としての「実体性」のなさと相関しているはずである。即ち、そこでは生活形式自体が何かの「実体」の「比喩」と化さざるをえないのであり、「不動の自分」というものはありえず、したがって全員「遊民」たらざるをえない、或いは「遊民」的性格を持たざるをえなくなるのだ。近代にあっては全員「遊民」的性格（「或る名状し難い空虚」）を持ち、その「空虚さ」を埋めんがために「銀座の鋪道を歩いたらその空虚が満たされさうな気がして出かける」（寺田寅彦）ようになる。「遊民」的性格という精神的基盤の象徴的集約点・焦点として「銀ブラ」世界は成立する。個々人の「遊民」性を物理的形態において凝縮する場所が都市の街路という一定空間に誕生した。

こうして、内田魯庵が観察したように、人工的な「チカ〳〵光る電気の町」を「モダーン」な服を着た男女が、「巡礼」の如くにデパートなどをフラフラと見て歩く世界が出現した。彼ら「遊民」は「眼の道楽を飽満する市内無銭旅行者」なのだ。

即ち、この遊民性を人間の感覚構造の局面で言い換えるならば、都市ではあらゆる民俗的文脈・信仰的要素を離れ「見る」こと自体、「眺める」受動性が自立してゆくということなのであった。内田魯庵の言うとおりそれは「眼の道楽」であった。「視覚」が自立するのだ。「見るでもなく買うでもない」銀ブラとは、まさに「眼」の歩行なのだ。大都市では眼の活動が圧倒的に優位に立つのである。

「眼の道楽」とは、即ち、物を「使う」ことにおいてではなく「見て楽しむ」ことにおいて享受する態度に他ならない。それはあたかも「博覧会の売店町」（内田魯庵）のように最新流行のものを見て楽しむところに成立する。三越・松屋・松坂屋などのデパートに限らず、新しさの展覧会場として「いわば銀座全体が一つの非常に高級なデパートだった」（安藤更正、前掲書）のである。人が博覧会や「銀ブラ」に行くのは、何も実用的な鍋・釜を買うために行くのではない。むしろそこでは物が使用価値から独立する。マルクスは、商品における具体的な使用価値と市場を通した抽象的な交換価値との二重性を指摘していたが、ここでは物が使用価値から離れ、交換価値が一人歩きすることによって「銀ブラ」世界を生み出していた。そうして、マルクスの使用価値と交換価値の二重性から、百尺竿頭一歩を進めてこの交換価値の現代都市における一人歩きを指摘したのはベンヤミンであった。「万国博覧会は商品という物神《フェティシュ》の霊場」であり、「商品の交換価値を神聖化」し「商品の使用価値は後景に退いてしまう」と（ヴァルター・ベンヤミン『ボードレール』川村二郎訳）。ベンヤミンのとらえた「万国博覧会」の「遊歩街」は今やそここの都市に世界大に拡大している。「銀ブラ」もまたその都市的形態であった。ショーウインドーを飾る商品の「この新しさの輝きは、鏡と鏡が映しあうように、くりかえし回帰する同一性の光輝の中に反映する」（ベンヤミン、前掲書）のであり、この鏡同士の「反映運動」にあっては、人間の生活に有用な使用価値は揮発し、空虚な「輝き」だけが「物神」の如くに蟠踞する。それらは「もはや決して価値そのものとして機能することなく、もはやただ他項の価値の抽象的表現としてのみ機能する」「抽象作用」（ジンメル『貨幣の哲学』元浜清海ほか訳）の極致なのであった。即ち、この鏡像の如き「交換価値」は「交換可能性の純粋形式」（ジンメル、前掲書）の極致であり、あらゆる実体と質量を欠いたこの「形式」自体の純化の過程、即ち、「実物不在のキャッチボール」であることにおいてそれは現代世界の象徴的核心をなす行為でもあったのである（たとえばこの「実物不在のキャッチボール」は「銀ブラ」という目にも彩なる商品世界のことだけではなく、実物不在であることにおいて経済上の投機的金融商品の売買においても、更には個々人において「事」と「言」とが分離し、物にふれることなしにコピーや決まり文句だけをやりとりすることにおいても、それらは同一の精神形態の様々な現われであるのだ）。しかも「鏡と鏡の反映」である以上、そこから何ら質的に新しいものは出てこない。むしろ、質的に新しい展開がないからこそ、商品の輝くばかりの新しさを「輝きの光源」として、「虚偽意識の精髄」としての「広告」が絶えず「モード」を倦むことなく生み出してゆくのだ（ベンヤミン、同）。そこでは物（或いは物との交渉）が全てドロップアウトしているからこそいよいよ「風化」が早く、次から次へと「流行」を生み出すに至るのである。

こうして全てが「風俗化」し「流行」現象となった。「銀ブラ」という言葉が生まれた一九二〇年代にあって、その時代の新聞や雑誌の見出しにやたらと「モダン」なる言葉が多いのは、この「流行」という時間的契機だけが唯一の価値基準となっていることを表わしている。「新しさ」だけに価値があるのだ。言い換えれば、そこには人々の「経験」構造の成立にとって不可欠である「記憶」構造が抜け落ち、絶えざる「今」の中で脈絡なく乱舞するだけなのである。ヴァレリーの言う「その場限りのものの時代が始まっている」という「永続的なものの放棄」の時代が、或いはアーレントの言う「現代人は歴史を失った最初の人類だ」という「現在」という瞬間だけが実在するような時代が、仮象性の全面化と共にそこに構造的に展開してゆく。時々の流行が支配する、現在につながるそうした原初的状況がそこに誕生していた。

7

こうして、目にも彩なる個々の商品が陳列されたショーウインドーという制度化された「メニュー」（＝物から離れた「記号」！）を「眺める」態度が全面化する。それは、「もの」に踏み込む、「もの」と交渉する直接性ではなく、身の回りにあるものを全て「メニュー」（記号）と化し、それを「消費」（実際上であれ視覚上であれ）する態度の全面化に他ならない。あらゆる文脈を離れた視覚の優位と「消費」は相関連するに至るのだ。そうして現在は、街路ばかりではなく雑誌やテレビ、インターネットなどの工業化・機械化された様式の中で、その「仮象性」や「複製」体験が陳列され、産業社会の鼓動と共に猛烈なその自己回転が人々を巻き込んでいる。或いはそれは街路上の「銀ブラ」としてだけではなく、今やネット上やカタログ上で目にも彩なる商品に「見るともなく買うともない」ブラブラとした視線上の遊歩感覚を転位させるのだ。

また、どの家庭にも置いてあるテレビこそは、日々繰り返される、そしてあらゆる信仰的要素を欠いた「眼」による「祝祭」以外の何ものでもない。テレビこそは「盆踊り」プラス「芝居小屋・見世物小屋」的要素の拡散と拡大以外の何であろうか。今日、人々は長時間労働で疲れ果て、家へ帰ればテレビの盆踊り的「狂躁」に接し、終始神経を刺激させているのである。こうした「マツリの日常化」とは即ち「喧騒の常態化」に他ならない。

こうして人々は、テレビやカタログで目線や感覚を消費するか、実際にものを買うことで消費するか、いずれにしろ既製品の受動的「消費」が生活の核心的部分を構成するようになってゆく。こうして物事との直接的交渉を欠いて仮象（＝記号）と「消費」とは親和的に相互移入し、都市における「眺める」視覚の優位は「消費」文化を揺籃する。言い換えれば、束の間でかりそめの「仮象」が全面化することとは、自分で何かを作りだすという物事との直接的関係ではなく（即ちカントの言う「経験」の成立)、記号を媒介とした仮象的象徴的関係の中でたえず「してもらう」消費の享受者としての立場でしかものを判断しないことを意味するのだ。生活形式の根底が「消費」を軸に回転し始める。欲動が流行の仮象を追い、その消費の渦が全てにわたり全面化する。

そこでは人間は、あたかも大量生産過程の関数として存在し、生産過程の末端の「消費」装置として化すように欲動すらコントロールされ、自分が本当には何を欲しているのかすら感じとることが出来なくなっているかの如くである。個体性が溶解する「感性の衰滅」(ベルナール・スティグレール)の時代が訪れているのだ。

そうした事態をスティグレールは「象徴の貧困」と名づけた(スティグレール『象徴の貧困——ハイパーインダストリアル時代——』ガブリエル・メランベルジェ、メランベルジェ・眞紀訳　新評論)。自分の生きている世界に意味を感じるために、人は感受性の結晶や人生経験の熟練という感性的な果実であれ、哲学的問いかけという知的な果実であれ、自分の力で何らかの象徴を生み出す力がそこには欠かせない。象徴形成力、意味を生み出す力こそは、自分が自分であることの「個体性」を生み出すモトなのだ。しかし巨大な産業機構の消費プログラムの中で既製品の「象徴」として商品化されたものを次々と購買することで、象徴を生み出す力、意味を生み出す力が今や失われ、自分の欲動すら規格化されてしまう。そして、全てを「消費」用の記号に置き換え、全てを仮象化する巨大産業機構の中で、大量生産される画一的な消費主義のプログラムに人々は情動をコントロールされながら自発的に隷属してゆく。こうして消費の全体主義へ向けた資本の意志の全面制覇と、人々のあくなき「消費」主義は手をたずさえて人間社会と生活形式を根底から覆していく。「安楽さ」と「便利さ」という「快適さはその受益者を機構の方へ押しやる」（ベンヤミン）のである。

その「消費」の平面にあるのは多数でありながら単数化された「みんな」でしかないものであり、決して個体同士が生き生きと関係し参加するような「われわれ」ではないのだ。商品と「サービス」の一方通行はあっても、相互主体的な「社会」は死滅する。またそこでは、行動様式が万人同形で全てが計算可能な「プログラム」と化すため、本来計算不可能な予定外のもの、予期せざるもの、特異性は――その特異性こそが代替不可能な「自分」という個体性の在りようなのだが――排除されてしまう。結果的に差異や「私」の特異性を排除する息苦しい社会が実現する。自分の欲望、自分の消費を求めるための過剰な「サービス」主義だけが横行し、万人が欲望本位の小さな王様と化すような社会なのである。しかも、それらは、自分の欲動、自分の感性の中から自分の象徴を生み出す個体化する力を欠いているところに成り立っているため、次々と「消費」しても決して「満足」は得られない。そこでは個体性は去勢され、内面的統合的焦点を形作るものが何もないから空虚なままなのだ。したがって、そこにあるのは個体化を前提とした「われわれ」の社会ではなく、「みんな」と同じように消費しながら、内実において個体化の内面的起動力を欠いたまま、全員が絶えず不満であり、攻撃的である、生きづらい社会なのである。

8

「銀ブラ」や盛り場成立史を媒介としながら、仮象性や感性の歴史をささやかにたどり直してきたのだが、以上の過程を概略次のようにまとめることが出来るであろう。

太古の昔から、人は自然の再生産力を一年のリズムの中に祭式の形で刻み、さらにはジェーン・ハリソンの言うように、その祭式から諸々の芸能や文学が誕生してきたのであった。言い換えれば、かつての民俗社会においては、自然のリズムに対する世界の直接的知覚を経て、模擬的儀式という形で想像力の中で象徴的スクリーンに自らの感性的経験を投影するところに「祭式」という象徴的形式が生み出されていた。祭式は大地の自然のリズムや交感から生まれたものであったのだが、それらと全く切り離された都市にあっては、その祭式の模像だけが転写され、断片として取り込まれ仮象として空間化されてゆく。即ち、都市の持つ瞬間的一回性という時間体験への構造転換は、たやすくそれ以前の社会にあった構成要素を断片として仮象化して取り込むことに成功したのである。そこにおいて、あらゆる民俗的文脈を離れた「視覚」の優位は、結果的に全てを消費の「メニュー」や目にも彩なるスペクタクル（「見せ物」！）と化す（大は「銀ブラ」という都市の街路自体、小は「ゲーム」に至るまで、全てスペクタクルの縮小模型なのだ）。そうして、象徴の「仮象」にすぎないものが大量生産機構とともに画一的に人々にあてがわれ、その画一的欲動の商品の流れに個体性は溶解させられている。自分で象徴化する能力がないところに、即ち個人の象徴的スクリーンに自らの感性的果実や知的果実を投影することが出来ないところに「個体化」は、即ち「経験」は発生しない。個体が死滅し、「真の」「仮象の」という区別自体が無意味と化す散文的風景の中で、製品咀嚼器として既製品の「消化」だけが唯一の人生の軌跡となり、予定表どおりの「プログラム」と世界の「消費」が人生の内実と化してゆく。以上が、「仮象」が都市において構造化され、「視覚」の優位が物とふれることなしに人々の核心部分を形成し、そこにおいては遂には個人の「消費」だけが唯一の関心となる過程のあらましであった。

それは今日の状況とどのように連結するのであろうか。言い換えれば、翻って考えてみて、現在の精神史的特長を一言で言い表すとどのように定式化できるであろうか。「未来像の極限的縮小」(藤田省三「ヴァルター・ベンヤミン『ボードレール』を読む」)がそれに当たるのではあるまいか。言い換えればそれは「どんづまり」ということなのだ。一九五〇年代まで人々を政治的に熱中させた理想の国家なるものは既にありえず、しかも市場経済専制主義があらゆる社会と人間を分断し、それまで人間社会を支えてきたあらゆる関係が一路分解するばかりの趨勢がそこここに見られる。更には、人為的原因による「温暖化」が将来の破局を予測させ、未来像をいよいよ暗くしている。国家単位であれ個人単位であれ、誰にも未来像はないのだ。それ故、全員「今」を守る事に汲々とし、全世界的に「保守化」が進んでゆく。個人から国家に至るまで、現在の精神的核にあるのはこの「未来像の極限的縮小」という事態なのだ。それゆえ全員今のシステムを維持することが、即ち「現在」と「自分」が関心の全てとなるのだ。そこでは公的世界は消滅するしかない。

そうして、先ほどらい述べてきた「自分の」消費にだけ関心を持つ傾向は、この精神史的過程と並行して現在の状況を形作ってきたのである。そこでは主題は全て個人化する。言い換えれば、「主題の個人性」こそがこの時代を覆いつくす。公的なものへの関心は極小化し、個人としての関心が全ての軸となり、公的未来像は極微化する。言い換えれば、万人の底をエゴイズムが貫徹し、パブリックなものはプライベートなものと同一化する。「公的なものの没落」（リチャード・セネット）が現代の特徴となる。或いは「私」を軸にした利害関係だけに眼が向く結果、「自分」を縛る一切の「規範」や「公的なもの」への憎悪や敵意の波が押し寄せる。「公的なもの」がない以上、既にそこでは意見を受け止める「公衆」は存在しない。こうして「主題の個人性」が全てを覆い尽くす結果、「論壇」なるものや「文壇」なるものが空虚になるのは当然であろう。ありもしない「公衆」に向かって「語る」ことは荒野で叫ぶことに等しいからだ（ひと昔前の「文化講演会」はこの「公衆」の消滅とともに意義を失うか、さもなければ「カルチャーセンター」の無害な教養群と化し、全ては「趣味」、即ち「個人化」される。また、数々の「文学賞」もまた人々の関心を集約するものではなく、昔からの因習でかろうじて続いているにすぎないものとなる）。

現代の特徴としての、アーレントが指摘した「公的世界が啓示力を失う」ことの精神史的結末は概略以上のようなものであろう。だが全員がプライベートな世界に引きこもり、表に出るのは金を稼ぐだけとなる時、自分を超えた公的なものを処理し、話し合う機会は逆説的にもむしろ公的機構自体に委ねられる。こうして「機構」への依存と要求は逆に亢進する。しかもその場合、公的なものを客観的な規範のもとで判断するのではなく、自分の利害関心だけから判断するから、公的世界への「自分の」要求はいよいよ増してくるだけになる。公的世界の「コンビニ化」がそこに起こる。便利なれば全てよし、というわけで、そこでは世界像は公的なものも含め全てエゴイスティックなものと化してゆく。学校・病院・役所等々は、「要求」の波に洗われる。全員が欲望本位となり、公的ルールが無視されるところでは、結果的に自分本位の「大衆専制」（トックヴィル）の世界が実現する。こうして機構への依存とエゴイズムの貫徹の両極が同時進行する中で「公的世界」は消滅する。逆から言えば、「公共」は看板と化し、一方でいよいよ「名目化」すると同時に、他方では万人の内実は実質的に欲望本位となって、行動の基調は絶えず私的欲望に還元される。

　また、ある意味では、媒介項としての「公的なもの」がなくなり「個人」と「世界」が直結することで、インターネットはこの時代と親和的になり、時代の申し子となる。そこにあるのは「個人間の」通信であって「公的世界」を形作るものは何もない。言い換えれば、通信の「個人的」過程だけが実在するこの構造は、携帯電話で無目的に「おしゃべり」だけをしている個人間の「通信」過程と等質的なのだ。ここで実在しているのは「個人間の通信」だけであり、双方の親密な「やりとり」と「おしゃべり」だけが唯一の実在感を保障している。こうして個人的「通信」過程が全てであるという意味において世界は個人間の「おしゃべり」の渦と化す。ここでも公的世界は雲散霧消する。この「通信」過程は、企業内部では一方的「命令」過程となり、その息苦しい世界から一歩出ると携帯電話による個人的で親密な一方的「通信」過程となる形で、「一方通行性」の両極化が同時進行し、社会を構成する「相互性」が見失われている。そこでは相互性や相互主体性を核とする「社会」は仮死状態に陥らざるをえない。言い換えれば、ものとの相互作用の中で生まれる「経験」が失われる。(注・5)

ベンヤミンは、こうした技術的進歩が社会の退歩をもたらすことを明瞭に認識していたが（ベンヤミン「歴史哲学テーゼ」）、そのことにより人類に「まったく新しい貧困」即ち「経験の貧困」が訪れ、そこに「一種の新しい野蛮状態」が実現することを指摘していた（ベンヤミン「経験と貧困」）。即ち、「もの」から離れた二次的な記号や仮象性が全面制覇することで、個人的にも、都市の街路においても、経済過程においても「実物不在のキャッチボール」「鏡と鏡の反映」だけが蟠踞し、情報・記号（コトバ）だけの一方通行の「通信」過程が全てとなっているのだ。

しかも、こうした「もの」から離れた記号にすぎない「情報」は経験を封鎖することの上に成り立つのである。「情報」は瞬時に「消費」されるが、経験やそこから紡ぎ出される物語はその中に「住まう」過程を抜きにしては生まれないからだ。それは、「消費」と同列の目的一直線の対象「処理」過程ではない。言い換えれば、純粋なる消費者とは純粋なる搾取者に他ならない。そこには「対象化」した事物の一方的処理と自分本位の「計算」過程だけがあり、事物との相互交渉過程がないからだ。事物や事柄自体とつきあうことは、それらの事物や事柄は自分とは独立した存在であり、自分の得手勝手にできない存在であるからこそ「抵抗」やら「失敗」もまたそこに生まれる。即ち、一方的「消費」の分かりやすさと比べ、事物自体の持つ多様性や多くの無駄や付随物とともにそこに「ふくらみ」が生じる。いわば「曖昧さ」がその過程に伴う。だが、無駄をも含めた質感を伴ったその「厚み」の感覚こそが経験の酵母となるのだ。直線性ではなく、「ふくらみ」を構成する一見無駄と思われる紆余曲折の過程や残余のものの中にこそ、価値を照らし出す残照を秘めた光源が隠されている。

たとえば「情報」という点で、現在のインターネット社会で、端末の一押しで答えを「検索」することと、問いの内実を深く掘り下げ、問いかけ自体を構成する力や問題発見能力と緊密に結びついている——したがって「答え」もまたジグザグの行きつ戻りつの過程の中で内面的力闘の上に組み立てられ、平面的にではなく多層性をもって立体的にとらえられる——「探求過程」とは、質的に異なる全く別次元の知的態度であるのだ。インターネットという一話完結の閉じられた「情報の百円ショップ」と、次々と問いの深まりと地平の展開の中で開かれていく「知の銀行」の持つ内面的力闘を伴う経験の堆肥性との違いと言ってよいであろうか。言い換えれば、最も大切なことは既製品のコンピュータには書いていないのだ。最も大切なことは自分の頭で考え抜くことの中にしか現われてこない。それは手間暇をかけた試行錯誤の迂路なしには生まれない。パソコンでは機械上の「エラー」は、「操作手順」にしたがった「キーの一押し」の「やり直し」でしかないが、「失敗」は時に魂を震撼させ、全てを見直し、根底から改める過程ともなる。即ち、我々の拠って立つ基盤に食い込む過程となる。そこでは、失敗は、「驚き」とともに葛藤や齟齬を生み出すものについて考えをめぐらし、時には価値を生む契機となり、充実をもたらす源泉となりうるのだ。即ち、経験の一部となる。「経験とは驚きの客観体」（藤田省三）に他ならないのである。

こうした、支配的である一方的「消費」に見られる分かりやすさや、そこに典型化され、恬として怪しまない一義的進行や画一的分類に安住する形式論理に対し、ベンヤミンは「経験」過程を「弁証法的な跳躍」（「歴史哲学テーゼ」）と捉えたのだが、見せかけ（仮象）が全面制覇している時代状況の中、現在、もし「隘路」があるとしたら、この「弁証法的な跳躍」による小さな経験の復活なしにはありえないであろう。ベンヤミンのこの「弁証法的な跳躍」について触れることは、いささか「歴史哲学」的になるため後述の「補注」に譲るとして、最後に次の点に触れこの稿を閉じることとしたい。

これまで見てきた「仮象性」の構造化の過程は、本来、「もの」についての「象徴」にすぎないものが「実物不在のキャッチボール」として一人歩きするところに生まれていた。それは今や都市構造をはじめ個々の人生までも深々と貫き、「情報」「記号」「消費」として全ての表層を覆いつくしていると言ってよい。「象徴」とは見れば済むから、そこで全て一件落着し、「もの」自体に踏み込むことは絶えてない。しかも、そうした象徴・情報・記号は経験を封鎖するところに成り立っているのだ。とすれば我々に必要なことは、再度「もの」に向き合い、事柄に立ち返り、「もの」に含まれている歴史・ストーリーを読み込み、隠された意味を引き出すことにあるであろう。「もの」や事柄を読み、その奥行きや隠された次元が引き出された時、ありふれたものを初めて見るかのような新鮮な「発見」とともに、そのように「読む」ことの喜びは人を支える充実の素となるのではあるまいか。それは、この閉じられた、一挙に打開することのない状況の中で新鮮な空気を取り入れる風穴となり、閉塞や硬直が支配する世界の中でともすれば失われかけ萎びかけた感覚を呼び覚まし続けることにおいて、人々を支え続ける「小さな希望の種子」となるのだ。

〔補注〕

この困難な時代に、その「弁証法的な跳躍」はどのような時に生まれるのであろうか。

「経験の貧困に直面した野蛮人には、最初からやりなおしをするほかない。あらたにはじめるのである。手ににぎっているものは、ほんのわずかしかない。そして、右顧左眄することなく、このわずかなものからいっさいを構成しなおすのである」（「経験と貧困」高原宏平訳）。

「どんづまり」となり「ご破算」となっているからこそ、「最初からやり直す」しかないのだが、ベンヤミンがここで言う「構成」とはどのようなことなのか。

「一般史のやりくちは加法的であって、均質で空虚な時間をみたすために、大量の事実を召集する。これにたいして、唯物論的歴史叙述の根柢にあるのは構成の原理だ。考えるということは、思考の運動のみならず、思考の停止をも含む。緊張の極の局面においてふいに思考が立ち止まる時、そこにショックが生まれ、それが思考をモナドとして結晶させる」(「歴史哲学テーゼ」野村修訳)。

ここで語っていることは「思考の中断」についてだ。何かの出来事、或いは素晴らしい一文、演劇、映画に出会い、写真、絵画、自然の前に立たされ、極度の緊張の局面において思考が停止し、立ち止まる時、それまで自動的に連続していた自明な世界が中断し、その瞬間にあたかもこの世の創造第一日目のように世界の相貌が変わり、今まで気付かなかった全く新しいことに気付くようになる。「茫然自失」して対象や出来事に見入る「注視」がそこに起こる(古くは徂徠や宣長の言う「物に行く道」とはその状態を指すのであろう。「事」と「言」が離れ言葉が一人歩きしている状況のなかで、再度「事柄」自体に赴くこと、即ち言葉だけの「宋儒」の注釈を離れ、「物」自体「本文」自体に向き合う態度をそれは意味する)。日常の連続的な流れの中で当たり前と思われたことがよそよそしくなり、全く新しい別の地形が見え始めるのだ。ヘーゲルの言う「驚き」が「認識の出発点」であるというのも、おそらく同じ事を言ったのであろう。思考の起動力が思考自体にあるとは限らないのだ。「思考の中断」もまた大切な思考の一形態であること、そこから自明性が中断され、その「飛躍」の中で過去は新しい相貌をもって立ち現われ世界像が一新される。即ち、「決定的なことは、認識から認識への連続的な流れではなく、むしろ、個々の認識そのものが持つ跳躍力、ということだ」（ベンヤミン『一方通行路』山本雅昭・幅健志訳）。こうした思考の革新が思考の停止から生まれるという逆説を指摘したのは、ベンヤミン以外誰がいたであろうか。

そうして、この異なったものの間を結び付ける「跳躍力」にこそ「弁証法的な跳躍」の力が秘められている。弁証法的思考とは、よく言われるように「正—反—合」とか「量の質への転化」などの分かりきった一つの結論へと導く観念的「公式」なのではない。現在の分裂の真っ只中に身を置きながら、引き裂かれたものを引き裂かれたものとして認め、「結論」を急ぐのではなく、あえて思考の迂路を辿りながら異質なものを受け入れ続ける開かれた思考の回路のことなのだ。世界に向かい感受性を開き続けること、その意味で絶えず二つの力点が同時に存在し続ける思考の迂路のことであり、即席に結論めいたものに辿り着こうとすることとは正反対の態度と言わねばならない。弁証法的思考は、絶えず対立項を要請する。したがって葛藤が絶えずつきまとう。その意味で、歴史にあってはベンヤミンの言う「大量の事実を召集する」事実依存主義の自動運転ではなく、現在の真っ只中で我が身も引き裂かれつつ、現在との葛藤やその状況との対立項を含む中で「歴史の連続を打破」（「歴史哲学テーゼ」）するものとなる。「今日の次には明日がくる」式に、カレンダー同様の時系列に沿い、既成の分かりきったものの自明性の円周の内側をなぞるところには、「確認的読み方」は行なわれるであろうが、「過去という現に在る唯一のものの経験を提出する」（同前）読み方は、即ち、異なった時代の同一の経験や断片に対する「発見的読み方」は生まれない。「分類」に沿った「国境」線の確認作業は、そっくりそのまま機構的世界の「部局」に重なりながら地位と名誉と安心を提供するであろうが、その「藩屏」を超えた世界は指示しない。自己とものと状況が相互に「媒介」し合い「葛藤」するところに弁証法の核心があるとすれば、それは絶えず一直線に「結論」めいたところになだれこむのではなく、その思考の「迂路」自体のその「過程」自体に意味の果実が時折り結実するのだ。言い換えれば、弁証法とはルカーチの言うとおり「媒介」過程自体に他ならない。その「媒介」過程が思わぬ結びつきをもたらすことがあるのだ。それは、矛盾する両極を内包する過渡的状態を保ち続けるところに初めて生まれる。「中断」もまたその契機の一つであった。

しかも、この「跳躍」は自明性が支配する世界の中では起こらない。むしろそれは、日常に楔が打ち込まれるような危機の一瞬でもある。「危機の瞬間に思いがけず歴史の主体のまえにあらわれてくる過去のイメージを、捉えることだ」（同前）。そこでは自明な連続的進行は止まる。統一体をなしていた体系は崩壊する。「どんづまり」であることは全てが分解することに他ならない。そこでは既に実体も統一的世界像も全てが断片化する。こうして「全体」とか「体系」とか「機構」とかの「秩序は虚偽と化している」（カフカ）とすれば、人間社会を構成していた意味ある要素はむしろ断片の中にとどまるであろう。「どんづまり」であることは全てが振り出しに戻ったということであり、算盤で言えば「ご破算で願いまして」と同じ状態なのだ。したがって、それ故に「断片」と化しているものを逆に自由に再度「関係」づけ、モンタージュする「構成」にこそ意味が出てくる。ベンヤミンの言う「唯物論的歴史叙述の根柢にあるのは構成の原理だ」とはこのことを指したものであろう。前述してきたように、一方では都市自体が、かつてあった民俗的要素をモンタージュし、そこでは最新の目新しさが絶えず流行という形で表層的に問題となったとすれば、こちらのモンタージュは、むしろ空間的にだけでなく、深く時間的にかいくぐり、過去の全過程を残照の中に「想起」するところに生まれる。モンタージュである以上、そこでは「構成」感覚が意味を持つ。「危機の瞬間」にチラリと現われる「過去のイメージ」を横断的に、「弁証法的な跳躍」をもって捉えるのだ。そして、その「構成」感覚は「ふかい洞察と断念の上に基礎づけた」(「経験と貧困」)ものであり、人間と時代状況と歴史への感受性なしにはありえない。

こうして今日、人類の経験を総ざらいし、全て最初からやり直すことが課題となっている時代にあっては、歴史の課題とは、ベンヤミンの言うように「過去の『永遠の』像を提出する」(「歴史哲学テーゼ」及び「エドゥアルト・フックス」)ところにあるのではなく、即ち、過去の静止した像を時系列に沿い正確に描き出すことにあるのではなく、歴史の中を「横議横行」し、その「横断」過程から対応性ある共通の経験を「構成」し直し、打ち出すこと、埋もれた歴史の地層から隠された経験を「想起」し、それを目に見える結晶へと構成し、現前させること、こうした「故事新編」による世界像の一新にこそあるのではあるまいか。この、過去へ向けた「故事新編」こそが「弁証法的な跳躍」の核心であった。ベンヤミンは次のように言う。

「歴史の均質な経過のなかから、ひとつの特定の時代を打ちだす。さらに時代から特定の人間を打ちだし、その人間の仕事から特定の仕事を打ちだす。かれのやりかたの成果は、ひとつの仕事の〈なかに〉その人間の仕事が、ひとりの人間の仕事の〈なかに〉時代が、ひとつの時代の〈なかに〉全歴史の経過が、保存され、止揚されているというところにあらわれる。歴史的に把握されたものは、いわば滋養のある果実であって、その内部に、味わい深いが趣味的な味はもたない核として、時間をやどしているのだ」（「歴史哲学テーゼ」及び「エドゥアルト・フックス」）。

あたかも集光レンズに集められた光のように、微細な中に「社会関係のアンサンブル」（ブレヒト）としての人間が、そして時代を貫くカテゴリーが打ち出される。今日の状況が「基礎に達した没落」であるとすれば、それ故「基礎」から巻き返した者こそが、こうした「思考の迂路」を辿ることを通し、そしてまた廃墟の底に埋もれた意味ある「断片」や経験を「構成」することを通し、そこに見える形で一つの結晶を生みだしてゆくであろう。こうして「歴史的に把握されたもの」が時代を超えた「時間をやどしている」のは、人間経験の核を「滋養のある果実」のように含むからに他ならない。それは「仮象」における夢の模像ではなく、意味ある人間経験の断片を「想起」することにおいて夢の形象を宿す核となるのだ。即ち、その断片は流行とは無縁であるが故に質的に新しく、小さな充実を含むが故に絶えず人を支え続ける素となるのではあるまいか。

実際、現在は、人間や社会の実質や実体が「仮象」（＝見せかけ）の制覇する中で見失われ、全ての出来事が流行の中で拡散し、むなしく漂う時代であることに間違いないであろう。だが、「どんづまり」であり、全てが断片化し、統合的焦点が失われているからこそ、そこでは大本の経験に立ち返ること自体に意味が出てくるのである。そうして人類史の諸経験を総ざらいする中で、歴史の地層や、或いは現在の底深くに埋もれている片々たる事柄が、「回想」や「想起」の光によって照射され、小さな断片が含み持つ真なるものに連なる記憶が浮かびあがる時、その小さなものは人類史の経験の「核心」を含むことにおいて、「小さな希望の種子」となり、「滋養のある果実」となって人を支え続けないとは限らないのだ。全てがはかなく消え去り、索漠としたもの悲しさと絶望性が支配する時代の中、「全ては失われているからこそ読むに値する」のであり「われわれは回顧することによってそれを発見することができる」（ベンヤミン「写真小史」田窪清秀・野村修訳）、それゆえその「想起」の微細な一点にこそ、かろうじて人々を支え続ける「希望の種子」が宿るであろう、と思うのである。一九二〇年代に生きた一人の誠実な時代記録者の次の言葉をここで「想起」することも無駄ではあるまい。「絶望感から生まれる本質的な勇気こそほんとうの勇気だ。この絶望感から人間の省察が生まれる」（『秋田雨雀日記』）、と。

（注・5）　公的世界が消滅する中で、人と人とのつながりを再建する「社会」の再生はありえないのであろうか。だが全てが個人的関係と化しているからこそ、逆説的にも意味あるものは「個人」同士の「関係」を基点とするところから誕生するのではあるまいか。感受性に響いてくるものは個人的関係でしかありえないからこそ、「関係」の創造こそが課題となるのだ。個人間の「関係」を軸とした、小さな「社会」主義がそこに生まれる可能性が出てくる（現在の趨勢が明らかとなった八〇年代頃から、ブレイン『友人たち／恋人たち』などの「友情論」が登場したのもその文脈からであろう）。あらゆる局面で物とふれない「仮象性」が全面化し、人間が「実体」性を失った過程については既に述べてきたとおりだが、今や「関係」こそが実体となったのだ。「関係」を離れた実体がありえないとすれば、「関係」を作り出すことに意味が出てくるはずである。不定形の多数の「公衆」や「聴衆」に向かって語りかけるのではなく、意味あるものは個人的関係の再構築の中にあるのではあるまいか。その「関係」のネットワークが次から次へと生まれる時、そこに今や仮死状態になった小さな「社会」が再生する芽が育つはずである。人間社会の「復活再生」は主観的に自分だけで力みかえるところにではなく、絶えず他者やものとの媒介なしには生まれないのだ。そこに意味ある経験の「想起」が生じ、その「想起」こそが、現在や、或いはかつてあった人間社会の健康なる「断片」への注目を生み出してゆくはずである。

仮象性と虚無感覚

本稿は、都市を基盤として、「実体」から離れて「仮象性」（＝見せかけ）が圧倒的優位に立つ過程の概略を述べたものにすぎないが、この「仮象性」が支配的になることの別の側面についても若干ふれておかねばならない。即ち、「虚無」感覚の登場という側面であり、その点について以下若干ふれておきたい（なお、この虚無性を典型化したのが第一部で詳述した佐藤春夫である）。

かつての民俗社会にあっては、「農村という海」に浮かぶ島のような都市の中で象徴的諸形式が整えられ、そうして伝統的・民俗的社会にあったそれらの諸要素は形態転化され断片化され取り込まれてきたことについては本論で述べたとおりだが、やがて、人類史はその「仮象性」の洗練と転写を図る「作為」の長い旅路の果てに、現在の猛烈に回転する産業機構の中で記号化（貨幣もその一種であり、ドゥルーズの言うように資本主義社会で唯一「普遍性」を持っているのは

「市場」と「貨幣」となった）が全てであるかのような人工的・仮象的世界を構築してきた（古代ギリシャにおける自然の記号化・数学化がその第一歩であったのだが）。そうして人間は、自然の記号化・数学化・数量化を図るその長い「作為」の旅路の末に、ついに人間自身を貨幣の関数と化し「仮象」と同列に置きかねない逆説に立ち至っているといえるのだ。

「真の世界をわれわれは廃絶してしまったのだ。で、どんな世界が残っているのか？ ひょっとしたら仮象の世界が残っているのでは？ そんなばかな！ 真の世界とともにわれわれは仮象の世界をも廃絶してしまったのである！」（ニーチェ『偶像の黄昏』西尾幹二・生野幸吉訳、傍点は訳書）（注・6）

意味の後背地を失う時、全ては相対化される。言い換えれば、超越的規範や理念はそれ自体では存在しなくなる。ニーチェの言う神であれ、「お天道様が見ているよ」という素朴な規範感覚であれ、超越的なものは全て失われてしまった時代に我々はいる。そうして、我々に意味を与えていた超越的な後背地を失った時、実体的なものであろうが仮象的なものであろうが、それらは既に単独では何の価値をも生み出さないものとなった。そうしたむき出しの「荒地」にあるのは、「意味」ではなく所与の機構から与えられる絶えざる「目的」の連鎖にすぎない代物であり、人々は国家機構や企業や学校で、その「目的」の轍につながれているのだ。勿論、ここで言おうとしていることは、たとえばかつてあった民俗社会の「祭り」（注・7）が「ほんもの」で、都市におけるその「仮象」的映像は「にせもの」であるということではない。どちらにしろ、ある種の後背的超越性を失ってしまった時には、全ては孤立した自閉系の中で、心理的にか哲学的にか絶えざる問いかけを「鏡像」のように反復しあう無限の意味の流砂の中に人間は置かれる、そういう時代が近代以降訪れたということなのだ。「もの」との直接性を絶たれた「視覚」が「意味」を求めて宙をさまよっていると言える。目線は中空に漂ったままである。全ての人が「鏡」の中を覗いている自分の顔をしか見ていない。そうした「主体的」時代――それは主体による「作為」を至上価値（同時に今日においては「市場」価値でもあるが）として、あらゆる超越的なものを排除してきたことの論理的結末と言うべきであろうか。

こうした人類史の長い「作為」の果てに「自然」をねじ伏せきた人々は、今やその自然から、工業化や自動車の排気ガス等々の人為的原因による「温暖化」というしっぺ返しを食らっている（今後三十年で北極の氷が溶け、海流が変わり、生態系は大攪乱して多くの鳥や魚が死滅し、病害虫が増え作物が実りの時を迎えないような）。物言わぬ自然や地球環境をこそ至上価値として、その座標系の中に人間社会を付属物として位置づけ、「過剰な生き物」（バタイユ）として膨張してやまない人間社会の「活動」を「抑制」するような自然哲学の復興こそが求められているのかもしれない（人間社会のグローバリズム（市場経済専制主義）から、真のグローバリズム（地球主義）への転換が）。かつての原始社会、民俗社会は自己抑制するその健康さを持ち合わせていたのだ。

現在の技術的「進歩」を謳歌するのではなく、自然物や実体の記号化の果てに失われていくものは何か、自然のリズムを失い仮象が全面化し工業社会の時間割に合わせて生きていくことはどういうことなのか、そうやって原始社会から今日に至るまでの一跨ぎの人間社会を総体としてとらえ、本来の人間社会を成り立たしめていたものは何か、それが如何に失われていったのかを考え抜くことなしには、今後訪れるのは資本の意志が人間の姿に化けただけの恐ろしい「消費」の全体主義だけではあるまいか。

こうして危機が個々の人間から地球環境まで全てを貫いている。しかも、今や、前近代社会の絶対的価値体系は失われ、全てが相対化した時代に万人が生きていることは前述のとおりであろう。その相対主義の海の中で人々は「自分本位」に、しかしその実、「個体化」ではなく産業機構の関数化された「消費者」として、その意味で産業機構の客体として存在しているに過ぎなくなっているのだ。統合的焦点は失われ、全ての人がニヒリズムと「利得エゴイズム」との背中合わせの中で生きることを余儀なくされる時代が訪れているのである。こうして、万人が浮遊する時代の訪れとなっている（displaced persons という意味では全ての人が居場所がない、或いは少なくとも居心地の悪さを感ずる時代となっている。近代以降の小説の多くがこの「場違い」感覚を深浅の差はあれ表現している）。

こうした問題状況を前にして、先駆者たちはどのような「応答」を試みたのであろうか。二十世紀初頭、一群の思想家がそこに誕生していた。即ち、二十世紀の一群の作家や知識人もまたこの「価値の真空状態」（ブロッホ）を前にし、既存の制度を含め一切合切、全て根本から考えること、そこを思考の起点とし、その問題連関を鋭く考え抜くことで誕生していたのだ。

唐突だが、詩人であり、劇作家であろうと模索していた若きブレヒトは自らについて次のように書いている。

「ねずみとして生きろ。職分を果たそうとなどするな」

「なにものかになることを、明るくかれは拒否して、じぶんの敗北のまわりをうろつきながら、物珍らしげにじぶんの敗北を眺めていた」（ベルトルト・ブレヒト『ブレヒト青春日記』野村修訳）。

底辺に生きる「ねずみ」として集団へと凝固せず、位階勲等その他「何ものかに」ならず、この世に定位置・分類地点を持たない近代の詩人や作家の多くが「自分の敗北のまわりをうろつきながら」そこに生まれた。「職分を果た」し、制度に忠実になる業績主義や出世主義に行くのではなく、それらを「明るく」拒否し、また、世俗的意味では「敗北」していると見做されることを少しも厭わず、「物珍しげに」自分のその敗北をすら「眺め」るゆとりを持ちながら、圧倒的多数派に対する少数派として生き抜こうとする決意がそこに込められていた。ブレヒトの一文は、若々しい筆先でそのことを宣言的に書いたものであったと言えよう。ともすれば「浮浪」と「ニヒリズム」にはさまれ、より強力な信念体系（この時代、それはファシズムやソビエト国家への同一化や「忠誠」となって現われたのだが）に引き寄せられがちになるところ、どのようなものにしろ「集団」や「学派」や機構的「序列」の中に自分を囲い込んで「安心」してしまうのではなく、「何ものかになることを」時に拒否し、時に留保しながら、絶えず自分の感受性をオープンにし続けるところにこそ、その精神の営みの核心があったのである。また、そのようなブレヒトであったからこそ、権力に擦り寄るのではなく、独立した判断の下で権力すら利用しながら、世界を転々と生き抜くことが出来たのだ。そこでは「独立」が「自閉」や「硬直」を意味せず、絶えず次の展開へと結びつく精神の形がそこにあった。そこでは、『コイナさん談義』に見られるように、あたかも自由に展開する機動戦のように、その都度状況を引き寄せることを可能にしたのである。彼はどのようなものにしろ「体系」には寄りかからないのだ。

これはブレヒトの一例にすぎない。他の者はどうであったろうか。ブレヒト同様、そこでも自明の「体系」という虚偽が拒否される点は一貫していたのではあるまいか。浮浪やニヒリズムからの逃走が「信念」や「体系」や国家機構などの既成制度に行き着くのではなく（この時代、ファシズムにしろソビエト国家にしろ、「国家への逃走」が大量に生じたのだ）、むしろ真なるものが含まれている小さな細片や出来事や状況に注目し、それらを「編集」（モンタージュ）する「故事新編」にこそ彼らの方法的核心があった。

全ては骨片と化し、万人の底をエゴイズムが貫徹しバラバラとなっている時代、彼らは、そうした、いかなる意味でも所与の「自然性」や確固たる「体系性」が崩壊しており、浮浪する中で逆に「断片」こそが真なるものとなっている時代であるからこそ、それらのモンタージュの方法をこそ問うようになるのである。虚偽と化した「体系性」に対する瞬間的な「思惟像」の構築。

「断片」の裡に含まれる「結晶性」の意味と再生へ向けたモンタージュの方法の探究。フィクションの中にある真なるものへの洞察。エルンスト・ブロッホとベンヤミン、そしてアドルノやブレヒトはいち早くそれに気付いた先駆者であった。ブレヒトの「天国は廃止された」（『ガリレオ・ガリレイの生涯』）それ故「宙ぶらりん」で生きてゆこう、というのは現代に向かって発せられた言葉であったのだ。彼らは、「概念と客体の一致」（カント）に基づかない「仮象」にではなく時代の「現象」そのものへと、就中、「鏡よ鏡よ」と己が姿を即自的「主体的に」問いかけるのではなく、自らが置かれている社会的・相互的関連や「生活事実」へと赴くことで自己を相対化し、時代の深部へと目を向けてゆく。そうして仮象性や虚偽意識という、「鎖を飾る想像の花が批判によってむしり取られた時、初めて人類に生きた花を摘ませることができる」（『ヘーゲル法哲学批判』）批評精神をかいくぐる中で、彼らは世界の「典型」として断片化され浮浪する「根無し草にされたプロレタリアート」を発見し、現代と交錯する思考命題を打ち出してゆく。（注・8）しかしモンタージュをめぐるこうした問題連関と展開は既に別の課題に属するであろう。

（注・6）ちなみに、「ポストモダン」の連中は、「制度的言語」の持つ「実体」から離れた「仮象性」を批判の槍玉にあげたが、それは近代において全面制覇した「仮象性」という文脈から生まれたものであり、またそれを衝いた点にだけ功績はあるが、全体としてこれも一種の「ニヒリズム」の変種と言えないこともないのである。

（注・7）「ほんもの」という概念の近代以降の問題性については、チャールズ・テイラー『〈ほんもの〉という倫理』（田中智彦訳　産業図書）やライオネル・トリリンク『誠実とほんもの』（野島秀勝訳　法政大学出版局）が共に優れた本である。

（注・8）こうした問題連関において、現在のルンペン・プロレタリアートと自己の浮浪する「生い立ちの記」とを重ね合わせながら、ブレヒトやベンヤミンを咀嚼している平井玄『ミッキーマウスのプロレタリア宣言』（大田出版）は出色の本であると思う。

補考　「浮遊」の現在形

彷徨の形姿

——映画『霧の中の風景』は東欧革命を予言していたか・西井一夫氏の映画批評への批評

映画の見方については、私は一回の素人にすぎない。しかし、映画は素人の批評をも許す。何よりも映画自体が二〇世紀になって初めて登場した大衆芸術であり、一九世紀までの劇場と違って威儀を正して見るものではなかった。暗闇の中で、どのような服装、どのような格好をしても見ることを許す、公平、且つ大衆的なメディアなのである。その素人である私が、アンゲロプロス監督の『霧の中の風景』を見て受けた印象は、西井一夫氏が雑誌『みすず』の連載「映像時評」（のちに『暗闇のレッスン』として単行本化）において評したその内容とあまりに——違いすぎるくらいに——違っていた。しかも、その一作に、西井氏の映画批評のスタイルが端的に表現されていると思われるので、あえて疑問点のいくつかを書いてみる次第である。

実は、この映画は、西井氏の「映像批評」を読み、面白そうだと思って、わざわざ見に出かけていった映画であった。この映画は、一一歳の姉ヴーラと五歳の弟アレクサンドロスが、父を探そうとギリシャからドイツへ向け家出し、さまよう物語である。一見して「面白い」というよりは「難解な」という印象を受ける映画である。この映画自体が傑作であるかどうかは知らないが、西井氏はこの映画全体から「東欧革命」をすら「予言」するかのような「希望」を読み取っている。それに対して、私はこの映画全体についてひどく暗い印象——絶望的とさえ言っていいような——を受けた。希望と絶望、正反対の評価である。それともお互いにそうした「深読み」をしすぎているのであろうか。しかし、素直な眼でこの映画を見た場合、この映画の中のどこからも希望の二字を見出すことが出来なかったのも事実である。いずれにしろ、まず、西井氏がやっているように直線的に一気に結論めいた部分に結びつけるのではなく、もっと個別のシーンに注目してゆくべきではあるまいか。

ヴーラとアレクサンドロスという幼い姉弟の家出行はどのように描かれていたか。まず冒頭で、幼い姉と弟が家出をしようと、汽車に乗ろうとしてやり過ごしてしまう逡巡が描かれている。そして、家に帰ってもその家庭では、父を探しに家出したいという幼い姉弟の姿は母親からすら理解されていない孤独を感じさせている（あとで、ドイツに父などおらず、二人は私生児にすぎないことが明らかにされる。しかし二人はそれでも頑なにドイツを目指す）。二人が通り過ぎる街路は人がおらず、うらさびれており、映画の色調は沈鬱ですらある。

家出し、途中で、用済みになった馬がロープでくくられ、トラクターに引きずられて、やがて二人の目の前で息絶えてしまうシーンがある。荷馬車で荷を運んでいたであろう馬が、そして古い原始的なものの象徴である馬が、近代的なトラクターに引きずられて死に、幼い弟は馬の前で立ちすくんで泣きじゃくる。

或いは、巨大なダンプカーが何台も疾駆する工場の片隅に迷い込み、途中で知り合った旅芸人一座の青年オレステスにようやく助け出されるシーンがある。ギリシャにおいても高度産業社会が実現しつつあるかのような暗示を与えている。全ての生命あるもの、小さなものは片隅に追いやられてゆく。それは、人を追い払うように疾駆する巨大なダンプ群と幼い姉弟との映像上の対比としてばかりでなく、高層ビル群と落ちぶれた旅芸人一座との映像の対比や、人っ子一人いない街路のわびしさや、門付け芸人がレストランから素っ気なく追い払われるシーンで何回となく語られている。

そして、おんぼろバスで移動していた旅芸人の一座もとうとう仕事がたちゆかなくて、現代的なものの象徴である巨大な高層アパート群が林立する海岸の片隅で、ついに役者の衣装を売り払い、解散してしまう。それに抗議する青年オレステス。だがそのオレステスとても徴兵を前に、愛用のオートバイを売り払ってしまう。「芝居でいえばフィナーレさ」とオレステスがつぶやく言葉は、オレステスの運命ばかりでなく、旅芸人一座や門付け芸人などの周遊する芸能民や、ご用済みになって打ち捨てられる馬、その他これまで人間社会を支えてきたもの全てに向かって発せられた一言であるかのような印象すら与えている。

さらに、それに引き続き、オレステスがバイクを売り払った空き地で知り合った若者と酒場（ディスコ）で隣り合って座っているシーンが続く。二人は互いに顔を一心に見つめあい、やがてシケこむためにどこかへ姿を消してしまう。その後姿を見送る少女ヴーラの悲しげな眼。音楽が鳴り響く賑やかな酒場での深い孤独感。賑やかではあるがひどく孤独を感じさせる象徴的なシーンである。この酒場のシーンや、旅芸人が衣装を売り払ってしまうシーン、或いは前述の馬が息絶えるシーン、そして「これがフィナーレさ」という言葉……これらの個別シーンにこそまず注目すべきではあるまいか（西井氏はこうしたシーンを一切「引用」していないが、これらの情景を「引用」しないとしたら一体他に引用すべきものがあるとでも言うのだろうか）。おそらくそれらは、人間が駆逐された人のいない街路の寂しい情景と「対応」しているのだ。高層ビル群の前にもはや人間はいなくなる。

　そして最後のシーン。幼い姉弟が夜の闇にまぎれて国境の川を渡河する場面で響き渡る一発の銃声。霧の中に消えてゆく二人の子供。アンゲロプロス自身はここで映画を終えるつもりであったらしい。しかしこのままではあまりに暗いのと、その終幕を見た自分の子供たちの抗議を受け、そのあとに次のようなシーンを付け加えている。「始めに混沌があった」という幼いアレクサンドロスのセリフと共に霧が消え始め、一本の木が現われて二人がその木に走り寄る、そこで映画を終えているのである。この最後のシーンから西井一夫氏は次のように結論づけている。

「片手で霧を払う五歳のアレクサンドロスのしぐさが、霧の中の混沌を創りあらためる、そのように望み続けるならば私たちのささやかなしぐさが世界を創り変えうるのだ、ということ、アンゲロプロスは（中略）霧を払う小さな手に『創世記』を託しているのだ。

映画は八八年のヴェネチア映画祭で初公開されたのだけれど、ゲルマニアの地、つまりライン以東に霧を払う『創世記』を予兆していることにおいて、世界は創りあらためることができるのだ、ということを世界に開示した東欧の革命を予言していたといえるだろう」。

或いは「ゲルマニアの地へ国境を越えることで初めて新しい希望へと抜け切ったかのようだ」とも、「旅芸人の死は、不在の歴史の死でもあり、その上で霧の混沌の中に一本の木からはじまる『創世記』が語られるのだ」、或いは「この物語は、ラテンとゲルマニアがひとつのヨーロッパとなることまでを予見している」「一本の木が問題なのだ。世界はそこからはじまる」とも書いている。

たしかにこの映画の解説パンフレットでアンゲロプロス自身、インタビューで「世界は創り変えうる」ことを語ってはいる。しかし、それだけから一気に直線的にこの映画全体の結論を引き出してくるのは、映画の「表現」を飛び越えて、あまりに「解説パンフレット」の方から逆に映画を読み込む結果になるのではあるまいか。何よりも最後のシーンは付け足しであり、当の解説パンフレットでもアンゲロプロスは「私は生来のペシミスト」であり、霧の中で消えるところで終えるつもりであったと語っているのである。

さらに映画全体のコンテキストからしても、最後のシーン――霧の中から姉弟が現われ、「始めに混沌があった……」と語り始め、晴れる霧とともに一本の木に向かって走り寄るこのシーン――は、むしろ彼岸での「再生」の出来事とすら考えうるのではあるまいか。彼らは混沌へとたどり着いた。そして、他に何もない一本の木だけが残されていたのだ。希望の象徴ではなく、まるで彼岸の冥界の霧の果てにある世界のように、他に何もなくポツリと残されたものの象徴として。付け足しの「希望」ではなく、この映画全体の文脈から考えた場合、以上のような見方も成り立つのである。

したがって、「始めに混沌があった」と引用される旧約聖書の文句は——それは映画の冒頭で姉が弟を寝かせつける時に語られ、最後の霧のシーンでもう一度語られるのだが——パロディーであったと考えることも可能であろう。我々もまた、旧約聖書が語るように「混沌」から「光」に至ったのではなく、「混沌」から世界が始まり、幼い姉弟が寒い夜や冬の中を震えながら旅をしたように、彷徨の果てに現代世界は再び「混沌」へと戻ったのだ。この映画の場合も、「始原から出発」し「一本の木へ向かっている」のではなく、全く逆に二人の幼い姉弟は「混沌」へと行き着いているのである。

西井氏の言うようなプラスの状態を開示する映画ではなく、或いはアンゲロプロス自身の意図さえ超えて、二人の姉弟の歩みは「終末への逃走」、否、「逃走」という直線的な響きの良さすら持たない「彷徨」と言った方がまだピタリとくる状況を指示する映画だったのである。「解説パンフレット」からではなく、この映画自身の「志向性」を読み解くならば、そうした、具体的にどこへ、という目標すらない、映画の中で姉のヴーラが「もっと先へ」と言うしかないようなあてどない「彷徨」なのだ。映画の中で海中から引き上げられる巨大な彫像の手首に人差し指が欠けているのも、「もはや方向なし」の状況を暗示しているのではあるまいか。

西井氏はタルコフスキーの『サクリファイス』や東欧革命を予言しているなどと横へ広げて解釈しているが、そうした「希望」に満ちた映画ではなく、全く逆に「終末」への予感に満ちている映画なのである。(注・1) 西井氏のように思い入れたっぷりに見るのではなく、素直な眼で見るならば、この映画は実に荒涼とした印象を与える映画のはずである。

解説パンフレットの結論や、或いは監督自身の意図さえ超えて、この映画の志向するものは一つの終末宣言以外の何ものでもない、と私は思う。幼い姉弟の旅路はさきに述べたように「終末への逃走」、否、「彷徨」であった。成就することなき試練の連続の時代、その意味で煉獄の時代が現代なのだ。我々の世界も「混沌」へと帰ろうとしている。西井氏が言うようにそこから何かが始まる始原としてのハッピーな混沌ではなく、終末としての、行き着く先としての混沌へ。人間は地を払っていなくなった、そうした荒涼とした映画、という印象が今に至るまで離れない。残されているのはたった一本の木だけの世界。私生児として此の世に産み落とされた二人の姉弟が「父」を求めてあてどない旅をする。その彷徨の果てに彼らは霧へと立ち戻った。そうして今や我々もまた全員彷徨している、「霧の中の風景」にいるのだ。終末の風景。わかっているのは一本の木しか残らないであろうこと、そのことだけだ。

西井氏は、この映画を、「始原」といい、「一本の木」といい、全てプラスの符号で読み取り絶賛している（映画のパンフレットから逆算して見ているといってもよい。確かに最後の五分だけしかない映画であればそのように解釈することも可能であろうが）。しかし、この映画の符号は全てマイナスなのだ。全ては荒涼としている（さびれて人のいない街路、沈鬱な色調……）。だが今日の状況を示唆した、このマイナス性を開示したからこそ傑作（あえてそう言えばの話だが）である映画であるかもしれないのである。その意味で実にアイロニカルな映画であり、「希望」に満ちて東欧革命と一体化できる人にこのアイロニーは分かりようはずがないのである（もっとも、多くの映画評論家がこの映画を見て、正直言ってとまどったのではあるまいか。「詩的な美しさ」とか「心を刺す感動」とか決まり文句で評しているが、「分からない」とか「暗いがゆえに今日の状況を開示している」とどうして正直に言わないのであろう）。

この映画については、西井氏はむしろ次のように問いかけるべきだったのだ。私たちもまた、この映画のさまよい続ける幼い姉弟と共に、実は現実にどこにも居場所がないのではないのか、と。このあてどのなさ、居場所のなさ、という一点を示したことにおいて、この映画は私たちの時代の運命を形象化していたのではないのか、と。家庭からも、高度産業社会といわれる機構化した体制からもはじき出され、どこにも居場所のない人間がものを見る、その見る眼によって次々と切り取られてゆく人と風景とがそこにあり、現実に居場所のない人間が否応なしにそこで生きざるをえない、そうした場所で自分と社会とをジッと見据える形での眼差しが、何のてらいもなく幼い姉弟に託されていたのではないのか、と。それは、確たる秩序や機構から離脱する精神の軌跡それ自身といってもよいかもしれない。だが、この「離脱の精神」は、上昇意欲をもって上へと「脱出」したり、どこかへ行けば天国がある、救いがある、という形で「革命」へと脱出したりするのとは正反対に、離脱することそれ自身に意味があるかのような絶えざる「出発」であるのだ。そうした意味ではこの映画の主人公は幼い姉弟や旅芸人一座や青年オレステスではなく、「彷徨」そのものであり、したがって「希望」はどこにも託されていないかのようである。

しかし、この映画にもし希望があるとしたら、西井氏の言うような東欧革命と一体化する方向にではなく、たとえば次のようなシーンにあるのではあるまいか。姉のヴーラが切符代が足りなくて駅にいる若い兵士に声をかける。若い兵士はてっきり売春婦だと思い込んで貨車の陰に誘う。しかし小さなヴーラをまじまじと見て「俺ってバカだな」とつぶやいて、金だけ渡してそそくさと行ってしまう。そうした若い兵士の当たり前の自制心。或いは、映画の冒頭で、駅の物売りの爺さんが、幼い二人を心配して「また来たのかい」と声をかけるシーン。こうしたささやかな人間の心遣いや小さな状況の中にこそ、最も人間にとって根本的な大切な何かが示されているのである。西井氏の言う「私たちのささやかなしぐさが世界を創りかえうる」という「ささやかさ」が持ちうる世界の開示性はそこにこそあるのであって、一挙に東欧革命に結びつきうるところにあるのではない。西井氏の映画批評は、映画全体の意味がこめられている印象的、且つ象徴的な個別のシーンに注目するのではなく、一種の観念連合を目指して横へ水平的に広がってゆくか(タルコフスキー、東欧革命……)、或いは自分の生き方や生活との葛藤を含まない理論的完結体の中で進軍ラッパのような「方針」が示されていってしまうのだ。

しかし、そうした精神の突撃ラッパはもはや「精神」ではない。なぜなら、精神とは絶えず生と分裂するところ、そうやってやむをえず引き裂かれてしまう自分とは何であるのか、それを問い返す力の中にしか誕生しないのだから。しかも、その問いの中には、個と集団、自分と他者、孤独と共生、不安と自由の裂け目が避けがたく走り、その裂け目に走る痛み、或いは「場違い感覚」が何よりも集団主義の進軍ラッパと歩調を合わせ難いものとする。したがって、それは目的や集団との一体感や陶酔の中にではなく、また決然たる何かですらなく、絶えず何かとズレてゆく自己分裂（それは外の集団とばかりでなく自分とすらズレてゆくことも含まれている）の中にしかその姿を現さない。即ち、極めてささやかで秘めやかな、それ故、深さを持った小さな姿勢のうちにしか自らを開示してゆかないのだ。しかし、そこにはたやすく何かに乗って行くドライブ感覚はない代わりに、自分の足で歩いてゆく静かな矜持と抑制が働くであろうし、同時に自分の歩調に合わせた周囲への注意力と観察によって、絶えず何かに向かって開かれてゆく開放性もまたそこに含まれてゆくであろう。それら一切合切の、物事やそれに向き合う感受性の複合的なカタマリや、生き方を問い返す力を含んだ姿勢の中から、初めて（西井氏の好きな言葉を使えば）「始原《はじまり》」が生まれるのだ（「始まり」は「革命」という大文字の全体状況の中にはない）。そうだとするならば、この小文字で書き込まれた精神の誕生を記す作品はそうは多くはないはずである。

しかも、そうした精神の誕生を記す複合的状況をある種の面白さの中で描き出す、という点にこそ映画の本来の特質があったのである。そうした「面白さ」は、絶えず両義性を含んだところにしか生まれない。その両義性とは自らの中に含まれている葛藤のことなのだ。対象を一方通行的に切り捨てたり、この世にない傑作の如くに褒め上げたりすることは、一面的印象をあたえるだけであろう。それとは全く逆に、自らをも巻き込んでいる悲喜劇的な感覚や葛藤の存在こそが「面白さ」の素となるものであるのだ。

言い換えれば、自らの中にある両面性や力動性を感じえない分、同じ分だけ対象の持つ多義性に気づかない一刀両断張りの図式的批評形式が出来上がるわけである。自分を想像できることなしに他者は想像できない。或いは、自分を想像できることによって初めて他者は分かるのであり、その時、自己の両義性に気づきうるものは対象の多義性にも気づきうるはずである。

そのことは作品批評にも現われてくる。たとえば西井氏は、韓国映画でも一方向的で、しかも難解な『達磨はなぜ東へ行ったのか』（『みすず』九一年八月号）は評価しても、同じ韓国映画の『馬鹿宣言』（八三年）や『鯨とり』（八四年）、『神様こんにちは』（八七年）などは取り上げてすらいないし、したがって評価していないのではあるまいか（それらは『俺たちに明日はない』や『明日に向かって撃て』などのアメリカン・ニューシネマの韓国版といったおもむきのある、ひたすら「逃亡」することを主題とした映画である。現在の韓国映画の恋愛を基調としたものやハリウッドばりの映画は、おそらく韓国以外でも作れるであろうが、しかし『馬鹿宣言』以下の諸作品は、おそらくその時代の韓国でしか作れなかった傑作群であるのだ。）。

確かにそれらの映画は通俗的であり、ドタバタであり、単なる人情喜劇であったりするかもしれない。しかし映画とは、タルコフスキーやアンゲロプロスのように難解なものでは本来なかったはずである。映画も小説もその出自は通俗的形式であった。通俗性とは簡単に言えば「面白い」ということだ。即ち、映画が二〇世紀に登場した時、ドタバタ喜劇や手に汗握る活劇、あらゆる涙を絞り取るお涙頂戴式のものであったのである。しかし映画や小説は、そうした元々非常に通俗的な形式でありながら、同時にその中で人生の葛藤や何気ない側面、人間の散文的生活をも描ける形式であったのだ（この通俗性と人間性の探求との共存について初めて「なぜであろうか」と自問したのはトーマス・マンである。トーマス・マン『非政治的人間の考察』参照）。

西井氏の映画批評はその通俗性の部分を切り捨てて、映画を「哲学」だけにしてしまっている。したがって、通俗的形式でありながら同時に人生をも描ける「俗にして俗にあらず」といったその「表現」のレベルが全てカットされて、映画が「哲学」に化けるだけでなく、その映画批評はやたら急進的でありながら、しかし永遠の自同律を奏でる言葉の単性生殖、同義反復に終わってしまっているのだ。或いは、面白くない映画でも無理に面白く理論的に「完結」させ、あたかも意味があるかのように書いてしまっている。したがって「良い」映画であるかもしれないが「面白くない」映画が「名画鑑賞会」のようにその筆から量産されてくる。しかし、私が——私のような素人とは違って——西井氏に解明してもらいたいのは、前述した通俗的形式の持つ同時性（したがって表現の核にあるもの）についてであり、「面白さ」のモトにあるものについてなのだ。

端的に言えば、映画であれ小説であれ、現在ほど同時代人の書いたもの、作ったものがこれほどつまらない時代はないのだ。かつてはしかし、同時代の人々や作品が面白かった時代があったのだ。たとえば、武田泰淳の小説が出ると、作家だけではなく、丸山眞男などの政治学者や思想史家もこぞって読む、といった同時代性を小説は持っていた。言い換えれば、映画や小説などの「フィクション」が面白かった時代があったということだ。しかし今は、それらの映画や小説などの「フィクション」が確実に面白くない時代である。その代わり、映画よりはドキュメンタリーなどの方がまだ面白い――言い換えれば「迫真力」を持っている――時代となっている。なぜフィクションは駄目になったのだろう。おそらくそれは、シュールレアリスムがもはや何ものでもなくなっていること、即ち越えるべきリアリズムが希薄になり、もはや何もなくなっていることと相関しているであろう。こうした「フィクション」への根本的な問いかけ（映画ばかりでなく）なしに、「面白い」ことは何も起こりそうにないことだけは確かである。そして、この根源的問いかけなしには、今日映像批評をする意味などどこにもないはずである。

フィクション、即ち「仮象性」の中に含まれる「真なるもの」がもはやなく、仮象性は仮象性だけの「作り物」と化す一方（例えば今日のＣＧを駆使した映画を想起されたい）、「事実」はテレビのバラエティーや事件記者的な追っかけ番組の形で奔流となって「事実」それ自身としてあふれ出ている。そこにはもはや「虚実皮膜の間」に生まれるリアリティーはない。そのリアリティーのないところを無理やり「読み込もう」と思っても、力みかえる姿勢が見えてくるだけであって、対象の核は閉じられたままだ。或いは、影も形もない幽霊を追いかける羽目に陥るだけであろう。

しかも、その力みかえる姿勢の中で、西井氏にいつも常道的に使われているのは、強制収容所を典型とする他者の「苦痛」から告発する姿勢である。それに対し石原吉郎の次の言葉は千鈞の重みを持つ。

「人間は情報によって告発すべきでない。その現場に、はだしで立った者にしか告発は許されないというのが、私の考えである。（中略）死者に代って告発するのだというのかもしれない。だが、『死者に代る』という不遜をだれがゆるしたのか。死者に生者がなり代るという発想は、死者をとむらう途すら心得ぬ最大の頽廃である」（石原吉郎『海を流れる河』）。

「苦痛」をたやすく口にするが、実際問題、他者の「苦痛」は本人でない限り分からないはずである。身近な例で言えば、足を折った人間でなければ骨折の痛さは分からないし、松葉杖で歩いたことのない人間に道路を松葉杖で歩く大変さも分かりようがないはずである。或いはナイフで指先を切った時の痛みは私の痛みであり、人工肛門をつけている人の苦しみはその人自身の苦しみであって、他者へと分有できないその「固有性」にこそ苦痛の本質があるはずである。

正直に言えば、人の苦しみは分かりようがないのだ。したがって、普段の暮らしの中でも、苦しんでいる当人に向かって「あなたの気持ちは分かる」などと言うこと自体が失礼なのではあるまいか。我々は他者の苦しみは「分からない」のだ。それゆえ、我々にかろうじて出来ることは、そっとその人の傍らにいることだけである。共にいること、そこに出発点があるのであって、「苦しみ」を「分かる」不遜さからは「死者になり代る」居丈高な号令主義しか生まれないはずである。或いは、「この人を見よ」ばりの苦難の小英雄像を仕立て上げかねないのだ。しかし、「共にいること」において、自分の思い込みが時に正され、相手の生活の波長を聞き届けることが時にできるようになり、思い込みや一方的ではない心遣いとつつましさがかろうじてそこに生まれうる。そうした、共にいて共に歩む姿勢の中から、時にこの起伏のある苦しい人生の中で「存在することへの勇気」（P・ティリッヒ）が生まれもするのではあるまいか。（注・2）

　これは何も個別の人間に対してばかりでなく、映画批評という個々の作品批評についても言えることであろう。『霧の中の風景』の幼いヴーラとアレクサンドロス姉弟と共に歩いた時にだけ、はじめてその作品に対する批評も許されるのである。作品の中に潜り込み、その表現の一角一角を読み取り、再び浮上してきた時にその「旅路《ジャーニー》の記録」として、一つの作品についての映像ジャーナリズム批評が結実するはずである。

（注・1）もし西井氏の発想をそのまま承知するとしても、西井氏のように東欧革命だけに視野を限定するのではなく、ついでにアラブ革命をも予見させる、と書くべきであろう。アラブ世界はヨーロッパ列強によって、元々国境など無いところに「国境」が作られた場所であるからだ。東欧革命を言うのであれば、東欧だけでなくもっと「世界史的視野」に立つべきであろう。

また、西井氏は、東欧文化への理解も極めて明るく解釈しているのではあるまいか。二〇世紀初めに東欧的なもの、即ちカフカ的、チャペック的なものが出てきて世界史をリードした瞬間に彼らは絶望からスタートしていたことを想起すべきなのだ。専制体制が打破されたから「明るい」と考えているのとは対照的に、東欧文化の出発点は「暗いもの」であった。或いは、西井氏は「革命」のイメージ自体を「明るいもの」と考えているのかもしれないが、しかし成功した革命はもはや革命ではない――これは魯迅のアイロニーに満ちた言である――こともまた事実である。

（注・2）この「かたわらにいること」については、中井久夫氏の隠れた名著『精神科治療の覚書』（日本評論社）から教えられた。また他に、シュヴィング『精神病者の魂への道』（小川信男・船渡川佐知子訳　みすず書房）、神田橋條治『発想の航跡』（岩崎学術出版社）、松尾正『沈黙と自閉』（海鳴社）をも参照のこと。

女の「孤独」、かくも深く

――アニータ・ブルックナー『英国の友人』

夢《いめ》の逢《あい》は、苦しかりけり、覚《おど》きて、かき探れども、手にも触れねば（万葉集）

アニータ・ブルックナーの、イギリス最高の文学賞といわれるブッカー賞受賞作品『秋のホテル』は、日本でも数多くの読者を獲得している。一九八八年に第一刷が刊行された邦訳版は、九二年現在で第十七刷に至っている。翻訳小説の売上げ不振が語られて久しいなかで、それは、突出した存在だ。イギリスでも『秋のホテル』は、少し本好きの人だったら大抵の人が読んでいると言われているほどであり、また、その英語の硬質な端正さについては、誰もが賞賛を惜しまないそうだ。

だがわたくしは、その『秋のホテル』よりも、まだ邦訳版では第四刷しかいっていないこの『英国の友人』（小野寺健訳、晶文社）の方がさらに一層優れた傑作だと思う。

『秋のホテル』については、日本の新聞書評等では、「愛の小説」として紹介されていたが、結婚式の席から逃げ出し、スイスのホテルに投宿した女性作家を主人公にしたその作品は、失われた愛の回想というよりも、むしろ、「出会えない」という孤独の深さそのものを照らし出したものだった。そうした「出会えない」という事実、成就されない、どこにもつながりがもてずに、寄る辺ない彷徨と深い孤独感がにじみでてくる、その存在の根底を貫く「痛み」という主題を、実に見事に小説世界に形作っているのが、本作品の『英国の友人』なのだ。

『英国の友人』は三二歳の独身女性レイチェルを主人公として、昔なじみのリヴィングストン一家とのかかわりが描かれている。その一家の一人娘ヘザーの結婚と離婚、さらに別の男とイタリアのヴェニスで暮すことになるその顚末を軸にしながら物語は進む。「ヘザーは……安全な避難場所としての結婚を求めていた。保護してくれるものとしての、アリバイとしての、カムフラージュとしての、妙なことに処女時代の延長としての結婚を」。そうしたヘザーの離婚劇、さらには、ヘザーをイタリアから連れ戻そうとしてレイチェルはヘザーから拒絶され、自分は単なる「英国の」友人に過ぎないことを思い知らされる。ヘザーの親しい後見人のようにしてリヴィングストン一家と深くかかわりあったにもかかわらず、ついに彼らの間に「出会い」はなかった。

レイチェル自身、「体裁」や「避難所」としての結婚に違和感を覚えながらも、かといって積極的に何かにかかわろうとしているわけではなかった。そこにあるのは、「出会えない」という事実そのもの、自らを表現する「形式」を見出しえない、どこにもつながりをもてないという事実そのものなのである。愛にも、仕事にも、家庭にも、どこにも自分を定位できないままゆらめく、そうした人々の「ゆらぎ」が、この小説では実に繊細に鮮やかに形象化されている。人々はすれ違い、出会うことがないまま、「ゆらぎ」の振幅だけが唯一の実在感と化してゆく。「死んでいるのとはちがう——まだ生まれていないという感じなのだ」という作中の一句は、この未だ「生まれていない」実在感《リアリティー》を言い当てている。存在の根っこにある、この実在感を欠いた「場違い」感覚。それは、ブルックナーのポーランド系ユダヤ人という出自とも重なり合うはずである。

しかも彼女の筆の冴えは、単にそうした主題自体の展開だけにとどまらない。服やアクセサリーなどの小物を揃えたり変えたり、或いは部屋の調度類や装飾なども、あたかも息づいているかのようにそうした一つ一つの細片や室内の痕跡の記述が、一人の女の人生の息遣いを伝えているのである。そうした細部の描写をしている地の文から会話へサッと入ってゆく手際のよさや、地の文を中心として人物の行為や情景を喚起してゆくところは鮮やかというほかない、そうした小説なのだ。

「手にも触れねば」という確かな質感との「出会い」のなさが私たちの時代を覆っているとすれば、ブルックナーは、そうした私たち一人ひとりの存在の根底を貫く「痛み」にも似た感覚を、実に彫り深く描きあげたのである。

個が個である限りかかえこまざるをえないこの「孤独」は、時に「カムフラージュ」や「避難所」にすぎないものへの拒絶を通して、また時には、避けることのできない痛手や苦痛を通して自己の姿を現してくる。だが、その姿には真なるものへの問いかけもまた含まれている。「痛み」の存在はごまかしえない自覚を生み出し、その自覚は、何が大切なことかに気づかせてくれる信号となるのだ。

もしかすると、ある女性伝記作者が言ったように、「真なるものは経験の灰の中から立ち現われ」（エリザベス・ヤング゠ブリュエル『ハンナ・アレント――世界を愛するために』）、灰の底に、一つの輝ける結晶体を生み出すかもしれないのである。「出会い」とは、そうした痛みと問いかけを含む過程の果実なのだ。『英国の友人』は、そのことを私たちに指し示している。

一億総日雇い化の時代

――ロナルド・ドーア『働くということ』

1

イギリスの社会学者ロナルド・ドーアは若い頃の傑作『江戸時代の教育』や『都市の日本人』『日本の農地改革』以来、日本社会の伝統構造やその変容を内側から丁寧に読み尽くす名人であった。『働くということ――グローバル化と労働の新しい意味』（石塚雅彦訳、中公新書）も、冷静で公平無私な観察眼を持った一人の優れた思慮ある人物が、現下の日本社会を「グローバル化と労働」の観点から見た場合、そこにどんな歴史的布置や条件があり、そこにおける課題は何かを簡潔明瞭に述べたものである。早計短慮な「決断主義」とは違って、諸外国との比較用法や豊富なデータを用いた多様なアングルからの接近は、知的吟味とはどういうことであり、智恵ある態度とはどういうものかについても示していると言ってよいであろう。

原著はＩＬＯ（国際労働機関）から刊行され、ＩＬＯ憲章の一節「多くの人々に不正義、困苦、貧困をもたらす労働の条件」の今日的形態——その日本における現在形を多面的に理解することに主眼が置かれている。

2

まず第一章「労働の苦しみと喜び」では、正社員が減って臨時雇用が増え、長時間労働と低賃金が常態化したこの十年ほどの労働環境の変化について概観している。その原因となったのは、八十年代初めのレーガン＝サッチャー路線による自由市場哲学によるところが大きい。それによれば、第一に大切なのは「効率」であり、それを達成するための唯一の方法は市場競争であるということ、第二は、従来の、従業員への価値配分を重視する考えから、株主への利益率を最大化することへの変化、「従業員主権企業から株主主権企業」への移行である。それを受け、政府の国家目標も六十年代から七十年代にかけての「完全雇用」路線、福祉国家の追求から、国際競争力の重視へと転換する。

こうしたいくつかの転換点となる基本的前提をふまえ、以下の諸章では、労働の現場での具体的種々相が展開される。

第二章「職場における競争の激化」第三章「柔軟性」では、労働市場から硬直性を取り除き、「弾力性」「流動性」をもたらそうとして労働組合の抑止を図る諸立法が作られ、その結果生まれてくる労働強化や「年功」方式から「成果主義」への転換が、また正社員の抑制と臨時雇いの拡大路線による「流動性」の確保が行われてきたこと、さらに企業活動自体も市場原理により「評価」が決まる、となれば、目先の「投機」により利益を上げるために、製造業などの「実業」重視から投機的金融業などの「虚業」重視への転換がなされたことが語られる。

その結果、個人の「利益」に反することは全て「制度的悪弊」として「規制緩和」が求められ、そうした際限の無い「自由」信仰が、遂には平等や連帯などの「社会」性を失わせ、社会的公正さが失なわれるとともに所得格差が拡大していく過程が続く第四章「社会的変化の方向性」で述べられている。こうした「市場個人主義」を信奉する論者のキーワードは、「自助自立」「自己責任」「依存排除」「選択の自由」「結果の平等ではなく機会の平等」「自主性」「起業心」であることは周知であろう。

最後の第五章「市場のグローバル化と資本主義の多様性」では、そうした一国内の動きと連動する地球大での国家を超えた指導的エリートの「再生産過程」が、即ち自国内のことよりグローバル企業にしか目を向けないメンタリティーや、アメリカの大学や機関で「自由市場哲学」に洗脳され、「株主価値やネオリベラルな思想――特に福祉制度や、国家への経済の介入を非とする思想――に共鳴するような形で動いていること」、そうしたアメリカ資本主義への一極集中主義の中でしか動かないことが示され、最後にそれに対抗する多元的資本主義路線の選択などいくつかの可能性が語られ、本書が締めくくられている。単純化しすぎたきらいがあるが、以上が概略である。

3

こうしたグローバル化の中で、現下の日本では一方では労働現場での不安定化と荒廃が進み(たとえば島本滋子『ルポ解雇』岩波新書は「労働暗黒時代」を迎えつつあるこの国の実態を伝えたルポルタージュであり、出色である)、他方で億万長者となった「ホリエモン」「楽天」などのIT長者や、「村上ファンド」などの投資グループが時代の寵児のようにマスコミに登場している。こうした「自己利益の追求」をはたしている彼らこそ、この「新自由主義哲学」(正確に言えば「新利己主義哲学」と言うべきだが)の体現者であり、時代の「主体」のように見られがちである。しかし、彼らの、利益を最大化しようとする「主体的」貪欲は「資本」の人格化した姿に他ならず、彼らは自己の人生を本当に所有者していると言うよりも、自己の「貪欲さ」の下僕であるにすぎないのではあるまいか、という疑問も浮かんでくるのだ。そこでは人間は資本の関数と化す。この市場個人主義の下では、人生は成功と失敗のバランスシートと化すしかないのだ。

言いかえれば、「効率」や「効用計算」の指標が金銭だけであり、そうした市場価値が社会的有用性を決める唯一の基準となるということは、アメリカ型資本主義の認める唯一の「主体」は企業家(もしくは起業家)だけであり、決して「市民」などではないということである。せいぜいよくても企業家（もしくは起業家）以外は、全て「消費者」として客体化されるだけである。「市民」や「主体」は清算され、全て「企業家」と「消費者」の二分法しかないのだ。即ち、個人の利益を最大化しようとする新自由主義哲学の説明するものは、一人の自我の見地からの「合理性」であって、決して社会の合理性——多数の人々の共有価値——を考えたものではないということ、逆から言えば、この新自由主義哲学は、一人から多数へと一般化する核心部分がスッポリ無いか、せいぜいその空っぽの部分を「個人の利益追求」で穴埋めし、したがって利益追求の方向で自立して「企業家」となるか、或いは「消費者の利益」を楯に「規制緩和」を求めるだけなのだ。

即ち、この新自由主義哲学（新利己主義哲学）は、いかなる社会性の範疇とも自然には調和しない。この「効用」本位の新自由主義哲学は、「一人から多数へ」の通路を持たない哲学なのだ。それは「社会性」を最初から欠いている哲学である。より正確には個人の自由主義ですらなく、巨大企業の力を野放図に解放する「会社自由主義」（デビッド・コーテン『グローバル経済という怪物』西川潤監訳、桜井文訳、シュプリンガー東京）に過ぎない代物である。せいぜいが個人の力（正確には会社の自己利益）が解放されればうまくゆく、といった「予定調和」程度でしかない。しかしその「見えざる手」は、成功者には「手厚い手」となるが、階層分化の果てに大多数の貧乏人を生み出し、自然経済地域（アジア・アフリカなどの）を極貧生活に陥れる手ともなる。その利益追求による予定調和信仰は社会の共有価値自体の底力を些かでも上げるものではないのだ。

4

端的に言えば、グローバル化推進論者の言う「自由」は人間を企業家と消費者という二極の「類型」に貶めるものでしかない。自己利益追求という唯一の雛形の「自由」だけが自由であって、他に自由など存在していないかのような「自由」観であるのだ。そこでは「自由」は収縮して純然たる「営利」と同義語となる。しかし自由とは一色ではなく、多様な層をなして——かつてニコライ・ハルトマンが存在するものは多様な層をなしていると指摘したのと同様——活動している人々の多様性の存在そのもののことではあるまいか。そうして、本書で最後にドーアが述べようとしていることも、その「自由」を生かすために資本主義は多様であるべきだという視点なのだ。そうした「結論」は確かに平凡であるかもしれない。しかし、そこに方法的に到達していることが大切なのだ。そこにはイギリス人の持っている自由と多元主義への洞察が遺憾なく生かされている。

しかし、欲を言えばその多元論的視力を更に一歩進めることが必要ではあるまいか。功利主義の人間観を待つまでもなく、人間は自分勝手な生き物であるからこそ、自己抑制が必要であること、人間中心主義や経済の枠内だけの多元性だけではなく、手綱を離れた「市場」や経済の独走を再度「社会的有用性」や、社会へと埋め込む視点が求められているのだ。ドーアもカール・ポランニーを引用している箇所でそのことに気付いている。何よりも、「有用さ」「便利さ」を求め快楽を追求する功利主義の最大の欠点は、そのあまりの人間中心主義にあるのだ。かつてコペルニクスやダーウィンから今日のコンラート・ローレンツに至るまで地球中心主義・人間中心主義をひっくり返したのだが、ベンサムから今日の新自由主義者に至るまで再び人間中心主義へと社会理論を引き戻している。しかし、その功利主義はあまりに自己充足的であり、「私は有用さを求める、故に有用である」という同義反復以上のものではない。その「有用さ」は自己の、そして人間にとっての尺度でしかない。したがって、それはたやすく独善主義や傲慢さへと転化する傾向を持つ。こうした新自由主義哲学（新利己主義哲学）は、「役に立つ」効率や「効用」「利益」のことだけを考えているが、大切なことは「効率」や「有用性」一般ではなく、それらがどのような目標に向けられているか、ではあるまいか。今や我々はレッシングと共に「役に立つことは一体何の役に立つのか」と根本から問い返さざるをえないのである。働けば働くほど、儲ければ儲けるほど、いよいよ社会は貧しくなり、人間は碾き臼にすり潰されるように消耗品化し、そして地球を食い潰し、諸生物や原住民を殲滅しているのだ。こうした経済至上主義が頂点に達し、市場中心主義が蟠据するところでは、社会は「野蛮」へと逆行する。

5

現代社会の基調をなすこうしたグローバル化とは、再定義して言い直すならば「国際的資本専制主義」「強欲経済一元主義」「利得エゴイズム至上主義」とも言うべきものである。事実、「自由市場主義」の教義の下に、資本による社会の一元的統制化と強制参加の資本十字軍が全世界を席捲しつつあるのだ。それを受け、結果的に現下の日本で引き起こされているのは、ドーアや他の社会学者も述べているように「格差の公然化」「二極化」という事態である。

しかし、一歩進めて次のように問いを立てることが必要なのではあるまいか。即ち、一握りの金持ちと大多数の貧乏人に二極分化する時、その時失われるのは中流階級というひとかたまりの階級であり、何よりもヨーロッパやかつての日本の豊かさを確保してきたのは、その中流階級という存在そのものだったのではなかったか、と。

この国でそのことを正確に指摘したのは一人の精神科医であって、並み居る経済学者ではない。「福祉国家の理念はどこへ行ったのか。あれは社会主義に対抗するための見せ金にすぎなかったのか。それとともに中流階級の尊重も去って、貧富の差の増大は是とされ、冷徹な資本の法則がすべてに優先するのが当然視されている。しかし、富豪と貧民とから成る国で繁栄しているところがあるか。そもそも中流階級なくして内需はありうるか。大富豪は小さなマンション一個分の家電も自動車も買わない。さらに治安はどうか。鉄道や航空機の運航はどうか。要するに社会の歯車はきちんと回転するか。発展途上国は中流階級の創設に腐心しているではないか。つくろうとして簡単につくれるものではないのだ。一九七〇年前後におけるアメリカ中流階級の崩壊はじわじわと米国社会を荒廃させていないか。わが国はその後を追うつもりか。あるいは、かつてのドイツの絶望した中流階級がナチズムの母胎になったように、かつての中流階級は狂信に身を投じるのか。

中堅国家の経済を一挙に破滅させるほどの大富豪が電子機構による投機によって出現したが、投機によって国家が繁栄しつづけた例はない。たとえ一時は下請け国家になっても、働いてものを生み出すのがわが国の生き残りの基本ではなかろうか。そうとすれば、日本の希望は依然として中流階級と職人的良心との結合にあると私は思う」（中井久夫「続く不安定と予測不能の時代」、『清陰星雨』所収、みすず書房）。

引用が長くなったが、文中の「鉄道や航空機の運航はどうか。要するに社会の歯車はきちんと回転するか」の一行を読む時、関西福知山線の痛ましい事故や航空機各社の事故を誰しも思い浮かべないだろうか。一九九九年に書かれたこの文章は予言的価値を持っているのだ。そうして現在進行中の「構造改革」とは、この中流階級の撲滅運動に他ならない代物なのだ。

現在、中流階級が分極化し、派遣社員とか契約社員という名前の、全く新手の「日雇いプロレタリアート」が大量に生産され、それを「現場」に運んでピンハネする「手配師」が堂々と合法的に「会社」を組織している。かつての「山谷・釜ケ崎」で行われていた現象が、特定の「寄せ場」を離れてあらゆる都市、職域へと蔓延しているのだ。人足寄せ場の国家的拡大というこの現象は、資本の原始的蓄積の二十一世紀版に他ならない。アルバイト、フリーターを含めた新種の貧民プロレタリアートの出現である。しかも同時にこのルンペン・プロレタリアート層が「新自由主義」とやらを大衆ともども支持している。「あいつらだけがなぜ……」と、すぐ目の上にいる連中の足をひっぱり、すきあらば……といった、このさもしい根性の流通は「気違い部落」(きだ・みのる)の共同体根性の現在形に他ならない。このルン・プロ層は流砂のように強風によってどちらへ吹き飛ばされるか皆目検討もつかず、その状況の上にデマゴーグが堂々とのさばる事態となっている。そんな連中にとり、「行革」は中身のない、しかし扇動用の情緒的通貨と化し、新手の弱肉強食の新軍国主義的な自由主義がこの層をとらえているのだ。事態は困難を極めている。そうして現在、普通の勤め人が倒産や災害などをきっかけとして、たちまちのうちにホームレスへと転落する有様である。著者も含め我々は特殊「労働問題」や単なる一般論としてではなく、このルン・プロ的貧民たちの問題に焦点をあてるべきであろう。どの「思考の方位」へ向くべきか、そして生き方や義俠心が問われているのだ。

一人ぼっちでいることの力

――エゴン・マチーセン『あおい目のこねこ』

すぐれた絵本や童話には、必ず人間の経験の核になる要素が埋め込まれています。『あおい目のこねこ』（瀬田貞二訳、福音館書店）もその例外ではありません。

一匹の青い目の子猫がいます。子猫はある日ねずみの国を探しに旅に出かけます。途中で出会った魚やはりねずみは、猫の青い目を見るなり大笑いしたり、無視したりします。他の猫たちとも出会いますが、それらの猫はいずれも黄色い目をしています。そして「ふつうの、いいねこは、きいろい目だまなんだよ」と青い目の子猫を相手にしません。しかし、何を言われても子猫は「なーに、こんなこと、なんでもないや」と気を取り直して歩いて行きます。やがて子猫はねずみの国にたどり着いて「めでたし」で終わるのですが、他の猫と違う青い目の子猫が、「なーに、こんなこと、なんでもないや」とつぶやくところなど、かつての大哲学者バートランド・ラッセルの姿を思い浮かばせるところがあるのです。

ラッセルは、子ども時代にはいじめられて自殺を考えながらも思いとどまり、長じてからは生涯数回にわたる離婚をし、また、既存の学校制度を改革しようとした新しい学校作りは失敗に帰し、さらに第一次世界大戦の時には戦争反対を唱えて投獄され、と生涯何度もの失敗やら世間からの非難にさらされてきたのでした。最も優れたラッセルの評伝を書いたアラン・ウッド『情熱の懐疑家』（碧海純一訳、みすず書房）によれば、「あれほどくりかえしさまざまな悲しみや心配事に直面しながら、ラッセルが勇気と快活さを失わなかった」のは、ひとえに「自分自身を憐れまない」ことを経験によって体得したことの賜物ではなかろうか、と述べています。ラッセルもまた一人の青い目の子猫だったのです。いや、ラッセルほどの哲学者ばかりではなく、青い目の子猫は世の中のそこかしこにいます。いつの時代でも、ものを考えたり感受性豊かな人々は少数派なのですが、そうした人々は「その他大勢」から見ればいつでも青い目の子猫にすぎません。したがって青い目の子猫が、めげずに、投げやりにそれることなく生きてゆくことは、とても難しい時代であるかもしれません。誰でもどん底にいる時には、周りの状況が見えなくなり、自分だけに関心が集中してしまいます。「自分はなんてかわいそうな奴なんだ」と自分で自分を憐れむ「自己憐憫」がそこに発生します。青い目の子猫やラッセルにとっては、この「自己憐憫」に陥らないことが自分のものの見方の健康さを支える力になっていました。ラッセルは幾多の紆余曲折を経た人生の姿を通して、また、『あおい目のこねこ』は童話形式で鮮やかに最小限の言葉で、いわば人生の「縮小模型」のように語りながらそれを示しているのです。

もちろん、「自己憐憫」がないということは、自分の中にふんぞり返ることでも、虚勢を張ったり、こけおどしの見てくれを作ることとも違います。弱い小さな自分の中にある感受生の砦を守ること、その底に他の人々へと通じる地下水が流れているのです。昏迷が深まり、あらゆる社会関係が分解する時代には、逆に強制力を回復して「集団讃歌」を歌おうとする過去へ向けた後ろ向きのロマンチシズムや、一人でいることの不安を集団の中で溶解する動きが現われてきます。しかし、小さくあり続けることによって見えてくるもの、その一人でいることの大切な宝を見失ってはいけないと思うのです。ちょうど、茨木のり子さんの傑作詩「汲む」の少女のように。

大人になってもどぎまぎしたっていいんだな
ぎこちない挨拶　醜く赤くなる
失語症　なめらかでないしぐさ
子供の悪態にさえ傷ついてしまう
頼りない生牡蠣のような感受性
それらを鍛える必要は少しもなかったのだな
年老いても咲きたての薔薇　柔らかく
外に向ってひらかれるのこそ難しい
あらゆる仕事
全てのいい仕事の核には

ふるえる弱いアンテナが隠されている　きっと
（中略）
わたくしもかつてのあの人と同じくらいの年になりました
たちかえり
今もときどきその意味を
ひっそり汲むことがあるのです

第三部　藤田省三考——精神の野党性とは何か

少数派の精神形式とは何か
――藤田省三の声の方位について

――末世、生者が死者に弔われる。それが末世というものである。
石原吉郎『海を流れる河』

はじめに

『みすず』二〇〇三年一〇月号の「藤田省三追悼号」に記されているさまざまなエピソードを読んでいると、在りし日の藤田さんの姿が髣髴と浮かんでくる。この人は頭脳の化身ではないかと思わせるほどの才気煥発ぶりと、しかし大家然と悟り済ましたところとは無縁にいつまでも若々しい書生のような自由の気風と魅力を持ち、人のことを思いやると共に思い込み激しく一面的に「批判」するところもあり、人を惹きつけてやまないと同時に全てそうした人を「片思い」に終わらせるように一切の徒党は組まず、何よりも「集団生活」に伴われる強制力や「組織」といったものが大嫌いでありながら、しかし人としての「秩序」や「節度」を重んじる、そんな相反する多様な側面を備えた人物がそこにいた。そんな「思い出の記」に接していると、図らずも記憶の底から一つのエピソードが浮かんでくる。

昔々と言うほどではないが、中学校あたりで校則がやかましく言われ始め管理主義が云々されていた時代のことだ。かつて「自由と進歩の気風」をうたわれた法政大学でも世の趨勢と歩調を合わせたのか、呑み込まれたのかは定かではないが、二月の大学入試の季節に、事前に試験監督者に対して「背広にネクタイ、地味な服装で」というお触れが回っていたらしい。藤田さんも試験監督をやらされることになっていたのだが、藤田さんは試験当日、家にある中で一番赤いセーターを着込み、その上からレインコートをぴったり羽織って、外目には一見きちんとしているように見せながら、しかし試験会場に着くや否や、着ていたレインコートを脱ぎ捨てて、真っ赤なセーターのままあちらこちらウロチョロしていたらしい。私には、冬枯れの寒々とした灰色の大学構内の中に、一点、真っ赤なセーターを着てうろつく「老書生」の姿が髣髴と思い浮かんでしまう。

これは、とりとめのないどうと言うこともないエピソードかもしれない。しかしここに現われているような、一種のエキセントリックさと、そして問題ありと感じた時には誰に対しても「一言主」のように真っ当に言う姿には、人に対してであれ集団に対してであれ、決して同化することなく、鮮やかに時代と社会を駆け抜けた一人の人物の姿が、点景化して映し出されているような気がしてならない。あたかも人類史の黄昏の時代に、その冬枯れの風景の中を真っ赤なセーターを着た一人の人物がよぎってゆく。その人物は組織や集団が大嫌いで、個人の信義を重んじ、困っている人には細やかな支援をおしまない「義侠の人」であり、しかも最も良き頃の藤田さんは暖かな心遣いで相手をいたわり、逆に威丈高に権威を嵩にきたり、生半可な通念や思い込みで向かってくる者に対しては、こっぴどく皮肉たっぷりに応酬し、そうしたありとあらゆる「虚威」の体系に対しては、少しでもその気配を感じるや否や、それが人であれ書物であれこき下ろさずにはいられない人であった。しかもそれを口八丁手八丁で面白おかしく相手の核心を衝いて演じるのだから面白くないはずがない。しかも抜群の知的能力、透徹した理解力……こうした月並みな表現こそ最も藤田さんが嫌っていたのだが、そこには、人を驚かしてやまない、且つ人を魅了してやまない鋭さがあり、学問や批評であれば、古典を現代的・人類史的地平の中に拉っし去ってくる深い切り口や、予想外のものを互いに結び付けて語る斬新な語り口（これは単に「博識ぶり」というありきたりの言葉では片付けられない）が窺え、それらを全てひっくるめ、統一した像に結んで結論めいたことをここで語ることは難しい。

しかし、それらを貫いて忘れてはならないことは、藤田さんは、人を硬直化させてやまないおよそ全体主義的なるもの（かつての古典的政治的全体主義から、今日の市場経済全体主義に至るまで、そしてその微分的形態としてのどのような集団主義に対してであれ）と生涯格闘し、それらの対極にある、人をして生き生きとさせてやまない――それが個人であれ、その個人を基礎とした「相互的諸関係」であれ——そうしたものに絶えず一貫して注目し続けた人であるということだけは言えると思う。そうした藤田さんの「背骨」にあたるものを抜きにして藤田さんの「本の読み方」だけを語ることはできない。(注・1)

藤田さんが亡くなり、我々の手元には著作物だけが残されているのだが、しかしそれらの著作物を単に「学問的位置付け」だけで評価することは許されないであろう。そこには藤田さんの背骨をなす「戦後」の「経験」に満ちた豊かで奥深い精神の波形が刻み込まれているからである。その波形はある種の生き方をしている人々の琴線に触れると豊かに増殖し、再び生き物のようにその人の内側から起立する或る力を呼び覚ます。即ち藤田さんの残した個々の活字にはその「志向性」が、即ち藤田さんの声の方位ともいうべきものが刻み込まれているのではあるまいか。それはどのようなものであり、どのように「媒介」されて「作品」を生かし続ける基となっていたのだろうか。

(以上前段では思い出も含め「さん」づけにしたが、以後の本論では「藤田」と極力客観化して語ることにする)

1

藤田の生き方におけるその「独立独歩性」、あらゆる藩屏——大学のであれ集団のであれ——と関係なしに自分で判断してゆくその「独立性」は同時に学問の世界にも現われていたと見做してよい。「地位」や「名誉」や「評判」などから内面的に独立した時、そこに生まれてくるものは一種の「自由」であり、そこから本質的な事柄のみにかかわる発言が生まれた。その意味で藤田の生き方と学問とは対応し、照応しながら一筋の道を形作っていたのである。

藤田は生業《なりわい》としては大学教師であり、「認識」すること自体の面白さに気がついていたが、またその意味で学問好きではあったがしかし「学問至上主義者」ではなかった。藤田が学問について書いた文章として、たとえば次の文章を見られたい。

「『強制装置』が『道徳的教訓機関』と一体となり、強制を教訓し教訓を強制しどっちがどっちか分からない傾向が貫いている。（中略）そのアイマイサが習慣になって来ると、こちら側の精神構造自身がアイマイになって、意識の表面のところで『教え』を律義に受け容れながら、生活を決定する心理と知恵の部分では原則抜きの自然主義的エゴイズムとなる。これが、天皇制国家と対応しながらそれと次元を異にする天皇制社会の精神構造の核心なのだ。このアイマイサを打ち破って、多面的な知恵と感覚を土台にした重層的な決定能力をわれわれが身につけた時、その時に人民主権は確立する。私が求め続けているのはそういうものだ。学問などはそのための道具の一つに過ぎぬ。学問至上主義を私が否定するのもその点においてだ」（注・2）。

こう言ってよければ、藤田にとり学問は媒介としてあった。自分の根底にまで絡み付いている現代社会の諸力を眼前に置きなおし、対象を吟味するものとして学問はあった。あまりに自明すぎて、下手をすれば地続きに所与の社会と連続してしまいかねない、そうした「自然性」を分離するものとして学問はあった。ちょうど分光器（プリズム）を光が透過すると多様に分光するように、学問を媒介することによって単色・無色と思われていたものがさまざまな特質のもとに把握《ベグライフェン》できるのである。しかも藤田は常に「社会の崩落」の時代に対し絶望していたけれども、そこで思考停止して絶望にエモーショナルに流されることに対しては、絶えず警戒が働くという形で、腑分けをするメスとしての「分析的理性」を最後まで手離さなかった。では藤田にとって学問における「吟味」方法はどのようなものであったろうか。

端的に言えば、対象を理解するためには内側から潜り抜けること、そして思い込みや学説上の先入見なしに物事を根底から理解すること、この「ものそれ自身に向き合う」内在的批判の方法とそれらをとらえ返す諸範疇を根本から考え抜く姿勢、この二つが藤田のいわば「学則」であった。前者からは個別資料を読み込み、対象を丁寧に知り尽くす「歴史的認識」への努力が生れ、時には「敵」を内側から理解するところからくる「尊敬すべき敵」の力量へのフェアな感覚が生まれた（藤田「或る歴史的変質の時代」以下カッコ内は全て藤田の作品名。たとえば伊藤博文、井上毅、陸奥宗光、或いは内務官僚長岡隆一郎への評価など）。内在的批評とは、外側から既成の分類や用語、紋切り型の決まり文句やイメージを振り当てるのではなく、内側から丹念にその内在的論理を理解し尽くす方法であった。若い頃の著作『天皇制国家の支配原理』は、その「典型」として権力の構成原理をその内側から潜ってそれ自身の論理的関連を明らかにしたものであった。それはまさにヘーゲルの言う「相手の力の中に入り込み、それを内部から倒す」方法であった。これは「大正デモクラシー論」や「山路愛山論」を経て、晩年のアッジェやダイアン・アーバスに関する傑作とも言える「写真と社会」論に至るまでその方法は一貫していた（おそらくこの方法は、若い頃にディルタイやヘーゲルから学んでいた点なのであろう。このことについては「［書評］石田雄著『明治政治思想史研究』」や山路愛山論、或いは「『「プロレタリア民主主義」の原型』のための準備草稿」等を丹念に読み直す必要がある）。

言い換えれば、この「内在的批評」は、「人の立場に立って見る」（「今なぜ大嘗祭か」）ことに他ならないのだが、まさにこの「他在において自己を理解する」方法こそは、この国で最も理解されず、欠けている方法ではなかったろうか。対象を内側から理解し尽くすそうした能力を欠き、この国がしばしば自己反省力を欠いて集団への凝縮現象を起こすのも、この「自己愛」社会としての日本の特徴ではないだろうか（「現代日本の精神」）。藤田は学問上の方法においても鋭く日本社会の傾向性に対して警戒していたと言うべきであろう。たとえば福沢を読む場合、福沢の目を抱え込み、その「目」によって自分を突き放して見、その視点から日本を見ることを教えるものであり、「客観性」とは（哲学上の難しい議論はさておき）そうした他者の目を抱え込むことに他ならないのだ。その他者の「目」が少ない分、この国は「主観的偏向」に陥るだけであろう（勿論、この「他者の目」とは、出会い頭に相手の言いたいことを斟酌し、あらかじめそれに沿うようなことを言う、そうした「卑屈さ」や「防衛反応」のことではないことは言うまでもない。ちょうどこの国の多くの政治家の、アメリカに対する態度のように）。

さらにこの内在的批評とは、こうして単に対象の論理を内側から調べ尽くすということだけではなかった。それだけならばひたすら調べ尽くすという学問上の一方向の運動にすぎないし、学生のたどたどしい卒業論文にも見られるものである。藤田の「精神の運動」はいかなる場合にも両方向であった。バートランド・ラッセルがどこかで語っているエピグラムだが（うろ覚えの引用だが）「哲学者を研究しようと思ったら、尊敬しすぎてもいけないし、軽蔑しすぎてもいけない。研究しようと思うなら、その人間の言うとおりのことを言ったり、知ったり、やったりしたらどうなるかの目安として、まず第一に仮説的共感を持つこと。丸ごとの共感だったら信じ込むことになって研究とならない。それから第二に、仮にプラトン主義者になる（そうしないと内側に潜り込んだことにならない）、その上で、それを棄てる人間が持つような、背教者が持つような批判力を持つこと。この二つが同時になければ、十分に調べたり摑んだりすることにはならない」。尊敬がありすぎると批判力がなくなり、軽蔑がありすぎると仮説的共感力がなくなってしまう。この二つの同時性が必要だとラッセルは言っているのだが、官僚のような無差別公平主義《インディファレンス》とは違って、共感しながら考えるという意味では精神医学者サリヴァンの言う「関与しながらの観察」や、相互に根拠づけあうヴァイツゼッカーの「根拠関係」に近いものがあるかもしれない。それは「仮説的共感」と「批判」とが絶えず交錯するような、ベンヤミン流に言うならば「享受」と「批判」が一体となった「批評」であったのだ。

2

——決定的なことは、認識から認識への連続的な流れではなく、むしろ、個々の認識そのものが持つ跳躍力、ということだ。この跳躍こそ、型にはまって仕立てられる品物とは違う、目立たぬ、本物の符丁である。

ベンヤミン『一方通行路』山本雅昭・幅健志訳

また「物事の根本から考え直す」という後者の方法からは、個別の資料や対象を根源的にとらえ返す「構造的視点」が、即ち「言葉」や「概念」や「範疇」の当然視されている固着している意味ではなく、そもそもの根本から理解する根底的な姿勢と、通り一遍の通念の周辺をかいくぐるのではない徹底した「言い換え」「再定義」が生み出された。即ち、「根本から考える」ことは、既成の術語の枠内で通り一遍に考えることではなく、事柄自身を再定義し、徹底して事柄に即して考え抜き、言い換える態度をもたらす。この「言い換え」「再定義」こそが異なった事象を照応させ、個別を普遍に結びつけ、予期しない振幅の中で対象をとらえ返す斬新な地平を生み出す元となっていた。芭蕉と徂徠を文学史や儒学の教養史としてではなく、そのクロスするところから江戸期の都市の精神形式を照射し、福沢を日本近代の「啓蒙」思想家としてではなく、その「学問」概念に古典ギリシャと等価的な「理性」概念の日本における誕生を見、一片の「隠れん坊」遊びから人類史の普遍的水脈を読み取って現代的地平の中に置き直し、或いは『史記』を中国史としてではなく、その「乱世」的状況の中から「位階勲等」「官位身分」を蹴飛ばして行動し躍動する群像をとりだし……等々、既成の「通念」や出来合いの「分類」を超えたコンテクストで、「経験」本体を取り出す作業がそこでは行われていた。それはまことに荻生徂徠の言う「物に行く」(物に即した)再定義作業であった。原始社会から現代性の諸範疇に至るまで実に新鮮な相互の「言い換え作業」がそこでは行われていたのである。或いは通念化した「生産」や「市場」概念に対する根本的疑義についてもそうであろう。(注・3) 或いは、たとえば「保元物語論」はどうであろうか(「史劇の誕生――『保元物語』の主題についての一考察――」)。そこにおいては神聖なるものの「没落」の中から諸個人の悲劇が語られると同時に、叙事詩的英雄としての為朝像の中に「器量」という独立精神の発生がとらえられていた。叙事詩の典型は古典ギリシャのホメロス『イリアス』『オデッセイ』であって、日本には叙事詩は成立しなかったとされるが(ヤマトタケルのように断片としてはあるが)、「叙事詩の成立は戦乱などによる移動がなければできない」(チャドウィック)とすれば、ホメロスの叙事詩の材料はトロイ戦争による「移動」であり、オデッセイは「放浪」の物語であって、共に戦争が基盤になっており、同様にその意味では日本の叙事詩は『平家物語』と『保元物語』『平治物語』がそれに当るのではあるまいか。保元・平治の乱、それに続く平家の興隆とその没落過程が主題となり、スケールは小さくとも全国を股にかけた叙事詩、平家没落の壮大な叙事詩であったのだ。文学史家は旧来から「軍記物語」と内容本位に呼んでいるが、形式からしても叙事詩であったのではあるまいか。律令国家が音を立てて崩れてゆく時に起こった全国規模での内乱であり、その過程で発生した没落過程に伴う諸個人の悲劇がそこで語られているまぎれもない叙事詩なのだ。ホメロスと『平家』の距離は二〇〇〇年あり（BC・八～AC・一二）、既にホメロスのように韻文形式で語られてはいないが、散文形式で語られている叙事詩的事件であり、藤田の「保元物語論」の主題の一つもそこにあったと言える。

さらに、一九三〇年代、中国において毛沢東や周恩来たちが独立王国を作り、国民党軍に攻められ延安に移る「長征」という大ドラマや、その渦中にいた一人の朝鮮人革命家キム・サン（本名は張志楽）の物語もまた一つの叙事詩であった。当人たちは記録を残すどころではなく、その姿を散文として定着させたのはエドガー・スノーであり、ニム・ウェールズであったのだが、それもまた韻文によらない叙事散文、ルポルタージュ、記録文学、叙事文学としての人間の一群の記録であった。叙事詩は二〇世紀では「韻文形式」として残るのではなく、「散文形式」、事実の形式として残ったのだ（「金山叙事詩序曲について――その一解釈」）。

またさらに、優れた写真というものは必ず叙事詩的要素を持っているのだが、ユダヤ人写真家ヴィシュニアックの写真がそうであった（『「写真と社会」小史』）。写真という叙事詩的手段が二〇世紀に登場し、言葉で書くと韻文ではなく散文になるのと同様、言葉による叙事詩が消滅する代わりに言葉以外の要素による叙事詩が、即ち写真が登場したのだ。このように記録であれ、写真であれ、叙事詩的なものを一群のものとしてとらえることを藤田は行なった。人間の一群の経験についての自覚の仕方として、一群の経験についての反省の記録として、一群の経験についての表現の仕方として、それらを一つの集合としてとらえても少しも不思議ではないと言える。歴史の「時系列」にそった展開過程としてではなく、一群の経験としてとらえるのが藤田なのだ。単なる時系列に沿った展開ならば、それは「国史」になったり「軍記物語」になったり「写真史」になってしまうであろう。しかしその考えは、歴史を既存の分類表にあてはめるだけであり、人間の経験の集合しているものとは考えない鎖国的なものの考えではあるまいか。現代が人類史的経験の総反省に入っている時代ならば、或る場合には叙事詩はこういうものとしてあるという一群の経験の集合体として、ホメロス、『平家物語』、キム・サン、ヴィシュニアック……を横断的にとらえてゆくこと、それが藤田の方法であったのだ。

これは何も叙事詩だけに限らない。たとえば、国家形成の思想について、古代中国の韓非子と一七世紀のホッブスとは近い位置にあり、国家を作り出す精神はどういうものであるか共通した特徴をとりあげ、一群のものとしてとらえることが出来る（ホッブスについては「マルクス主義のバランスシート」）。そこから「国家」形成史として中華帝国、ローマ帝国、律令国家、明治維新を一群のものとしてとらえる視点が用意され（たとえば、「昭和とは何か」「或る歴史的変質の時代」、或いは『天皇制国家の支配原理』）、そこでは国家形成の原理の共通項とその変質と矮小さが比較用法を用いてとらえられていたのである。（注・4）

人類史二〇〇万年の歴史のうちで、記録として残っているのはエジプトでも五〇〇〇年ほどであり、九九・九パーセント以上は分かっておらず、「歴史」と呼ばれているものは短いホンの数千年のことに過ぎない。その「歴史」をこれまでは、たとえば古代から中世へという形で、直線的に流れてゆく時系列だけで問題にしてくるのが通例であった。しかしながら必要なのは、新石器時代から今日までのホンの数千年間の、人間の社会生活の中で発生した諸経験の集合体を時系列だけではなく、横断的にとらえてゆくこと、時系列で発生した事実や経験の集合体をいろいろな角度からとらえることなのではあるまいか（「今日の経験」「精神の非常時」）。筒のように古代から中世へとつながるのではなく、たとえば日本史の経験の中から、ある一群のものを他の一群のものと比較参照しながらとらえること、そのように「横断的」にとらえ、学問上の「藩屏」を破り、歴史の中を「横議横行」したのが藤田であったのだ。勿論、その先人として、哲学者でも、文学者でも、批評家でもなく、そのどれをも横断したベンヤミンや、自覚的に歴史を「横断的」にとらえようとしたブルックハルトがいる（レーヴィット『ブルックハルト』瀧内槇雄訳、TBSブリタニカ。他にブルックハルト『世界史的諸考察』藤田健治訳、二玄社）。

こうして藤田は歴史の中を「横断」し、既存の「年代史」的歴史の枠や自明の用語の中に収められていた事柄の「言い換え」作業を徹底して行なっていたのである。そこにおける「言い換え」とは、「通念」化した諸範疇や概念を再度定義し直すことによって人間の持つ諸経験の大本の意味を生き生きと「想起」させることであったのだ。それは或る意味で藤田流の「文化の再定義」（T・S・エリオット）であり、硬直した概念や、名札を貼られ区画分類された小さな箱にしまわれていた人間や社会の自明であると思われていた事象を、「経験」という現象液にひたして新鮮に再定義し直し、本来の、元々の人間社会はどうであったかを写し出す写真のようなものであった（注・5）（概念が通り一遍のものになった時代には、そうした試みが度々行われてきた。この点については藤田『精神史的考察』巻末「野ざらし紀行」参照）。

このように人間の諸経験を一群のものとして対応させ取り出す「横断的」視点は、次にその「横断」の中から過去の「断片」を救出するというもう一つの特質を藤田に与える。それは、「文明の終末形式が全面支配を達成した」時代（「全体主義の時代経験」）、或いは「文明史の終了」したあとの今日の「延長戦の時代」という時代認識とかかわる。今日、「世界資本主義」は、あらゆる「自然経済」諸地域を破壊しながら、全てを画一化して「交換価値」の物件と化し、万物を対象処理の工程と化していることは周知の事実である。だが事はそれだけにとどまらない。今日の「理性なき合理化」（ブロッホ）の極致は、生活領域全般にわたる全面的な工程表的官僚制化と共に、生活をして全産業機構の末端装置としての「製品咀嚼器」のような生活を、即ち、生活にかかわるもの全てを「完成品」として「在庫目録」のように抱え込む生活を全面化させた。そこではあらゆる過程を省略して、一方では直接性が（たとえば商品は壊れれば取り替えるだけの直接的「交換」が）、他方では物事を「媒介」する想像力を著しく欠いた（たとえば今日の「豊かな」生活が自然やその自然に依拠している自然経済諸地域のどのような「収奪」の上に成り立っているのか、ここではその直接性は遮断されている）社会を実現させた（「新品文化」、「今日の経験」、「ナルシシズムからの脱却」、「『安楽』への全体主義」）。街路も、そこにあふれかえる商品も、一見ツルツルピカピカなのだが、人間社会としての実質は既に空洞化している。我々は人間としての肉体と感情を持っているのだが、かつての人間社会からすれば我々は全て人間「のようなもの」と化しているのかもしれないのだ（リクルート・ルックに現われているように「複製人間」「人間の交換可能部品化」を作り出す画一性の砂漠と化した社会という基盤の中で、クローンや遺伝子操作は「効率性」の名の下にたやすく受け入れられる）。生き生きとした「現実」はなくなり、全ては予定通りの「工程表」と化している。かつての啓蒙主義や進歩史観は「人間が人間となる歴史」を構想したが、現在実現しているのは人間のロボット化の歴史に他ならない。最も「個人」主義化された時代でありながら、そこにあるのは最も非個性化された「個人」でしかないという最後の逆説の時代に我々はいる。物事との関係、人間社会の諸関係、それらが根本から変わってしまったのだ。O157や新型肺炎SARSに見られるように、生物の新しい進化が始まったのと同様、人間もその変質過程を生きつつあるのではあるまいか。（注・6）

藤田の言うように、それはまことに「新石器時代以来の」大変化の時代であった。文明のサイクルは完全に一回終了したのだ。そしてそこでは、時代の黄昏の中で「ミネルヴァの梟」が飛翔するのと同様、「人間の前史」が終了したその瞬間に、過去は読み取りうる過去として「想起」の対象となる。「過去は死んでいるからこそ読むことができる」のであり「われわれは回顧することによってそれを発見することができる」（ベンヤミン「写真小史」田窪清秀・野村修訳）のだ。勿論それは、ノスタルジックな「過去」のことではないし、「情報」といった横並びに一列横隊で並んでいる代物でもない。それらはノスタルジーであれ「データ」としてであれ、一方的に「消費」されるものとしてそこにある。自らの思いを投影し、或いは恣意によって対象を拾い出してくるだけのものなのだ。そこには過去との「断絶」はない。そうして「断絶」のないところに深い「認識」は生まれない。そこには現在から過去に向けられる平べったい計量可能な時間の量の延長があるだけであり、したがって「資料」もそこでは量に還元できるような「貫目で測れるような本」がしばしば量産される。

しかし、藤田の言う「過去の総ざらえ」はそうではない。「新石器時代以来の人類史的大変化に曝らされるに至ったところに今日の根本的な危機性がある」（「精神の非常時」）という、人間とその社会が変質しつつあるという根本的危機感から、では本来の人間社会はどういうものであったのか、元々人間はどの範囲でどう生きてきたのか、人間の大本の「経験」とはどういうものであったのかを問うところから、人類史を含めた過去の総反省を行おうとするのが藤田であった（たとえば藤田「現代日本の精神」）。藤田の「横断的」視点は、それと対応しながら人間の諸経験の意味を尋ねようとするところに生まれていた。「現代が含み持つ人類史的問題群」（「精神の非常時」）への「応答」が「歴史の暮方」の真っ只中ではじめて可能となる。それは、文明史は終了したという深い「諦念」と連動している「認識」であったのだ（ブルックハルトもまたここから先は人類のカタストロフィーしかないという「諦念」を持っていた。レーヴィット前掲書参照)。しかも過去の事物はベンヤミンが言うように「死んで」おり、既にそれが組み込まれていた体系性を離れて「骨片」と化し、「断片」として埋もれている。或る意味では「現代という廃墟」の中でそれらの「断片」を新たに救出し、太古の昔から続いてきた人間の諸経験と相互主体的社会の諸相を、「戦後」や「中世」や「明治維新」や「原始社会」や「自然史」の中に探り当て、それらの「健康なる断片」でもって現在の「距離」を測り、自己抑制しつつ生きること、或いはそれらを人類史的文脈や現代的地平の中に置き換えて「現前」させること、それが藤田の方法であった。「それぞれの現在にとって根源的な経験であるところの歴史に関する経験を作動させること」(ベンヤミン「エードゥアルト・フックス——収集家と歴史家」好村冨士彦訳、及び藤田「或る喪失の経験」)、或いはそれは「存在関係の終末的創造」(「ダイアン・アーバスの写真」傍点は藤田)であり、ここでは思考者は過去の「断片」をモンタージュし、再構成する一個の「横議横行」者として「横断的に」それらを形象化するのだ。

それは或る意味で、時代の空洞化した巨大な体系性というビルディングの横に佇む、戦後的風貌を備えた「バラック」建築家となることを意味する(バラック建築の創造性については鈴木了二『非建築的考察』筑摩書房参照)。いかにもその「断片」のモンタージュはささやかなものであろう。だが、現代という時代は、かつて「体系性」を持っているものは全て虚偽と化した時代なのだ(たとえば藤田「批判的理性の叙事詩——アドルノ『ミニマ・モラリア』について——」)。したがって全ての体系的なるもの、全ての機構、制度、社会にはその「完結した意味秩序」の上に全て「裂け目」（石原吉郎）（注・7）が走っている。そうしたチグハグとした意味の裂け目や断絶がどこにいようともつきまとうならば（言い換えれば、所与の機構や集団と「一致」することには誰もが「違和感」を持つ社会となっている）、逆に「体系的なるもの」ではなく、その「断面」にこそ、かえって真なるものが輝きだす時代となるであろう。そうした社会的「切断面」や「裂け目」に出会う時、人はこれまで所与の物事や体系、制度の自明性、自動性を中断され、そこに思わず「見入る」こと、「注視」が生ずる（「アッジェの写真」、「ダイアン・アーバス」）。そうした一連の「精神の運動」は、社会的「裂け目」に否応なく置かれた人々にこそ典型化してゆくであろう。言い換えれば、自足し安定し意味が連続しているところでは人は考えない。むしろ、何らかの形で自明な秩序が崩壊するところから思考が始まるのだ（思考の発生地点は、今述べた「中断」「断絶」であり――主観的形態は「驚き」だが――、それに引き続く「ものそれ自体」に「見入る」ことから始まる）。「断面」に接した瞬間に何らかの「直観」が走ると表現してもよい。「直観」とは、そうした切断面に接した時に、知覚の奥底で働く、核心部分に直接接している時の点滅感に他ならない（藤田は瞬間や直観を重視した。ただし藤田は「直観」Anschauen という周知の訳語は誤りであり、「直観」とは「見ること」に他ならないと言っていたが）。体系性の持っている意味の予定調和性や自明性、「式次第」にのっとった自動運行性とは異なり、「断面」に接した「予期せぬ出会い」としての「直観」（或いは「驚き」）を基礎に人は考え始める。そうして現在の「切断面」「裂け目」に身を晒す真っ只中で、はじめて人は「過去」に向き合い、その人類史の「回想」の中でかつての一群の諸経験や「価値と尺度」を目にするのだ。しかもその「断片」は「断片なるが故に裂力を持つ」（「ダイアン・アーバスの写真」）。ちょうど楔のように「打ち込まれた楔は大木を裂く」（同）のだ。

そうして更に、このように現在と過去にわたって「断片」を採集し、「横議横行」するところから、藤田のもう一つの特徴が浮かび上がってくる。確かに一方で「体系性」は虚偽と化し、他方で意味あるものは骨片化し「断片」となっているのだが、それらの「断片」について考える方位としては、歴史の黄昏時だからこそその残照の中で、これまでの「総体」としての「人間」を絶えず照らし出し問題にしながら考え抜くという形で、一方で個別事実や「断片」に関する「認識」と、他方で残照の裡に照らし出された人間像を総体として考える「省察」や「訓練」や「諸学」が同時に要請されてくるのだ。しかもそれは時代に対する深い「諦念」に基礎付けられていた認識活動であった。そこに個別の事実やドラマに関する「歴史認識」と、原始社会に関する人類学や古典学から二〇世紀思想家群に至るまでの構造的な「理論的訓練」とが絶えず同時進行して、対象は立体性をもって焦点深度深く浮き彫りにされてゆくのであった（単純に藤田は「西欧派」であり「西欧との比較用法を用いている」とは言えないのだ）。それは、入り口はひどくこじんまりとしていながら一貫した思考の厚さと構築力を感じさせ、冷徹な事実性に貫かれると共に問題群のカタマリをとらえて離さず、個々の事実に十分概念が染み渡ると同時にデータとして根拠付けられている、そうした文体の誕生なのであった。個別と普遍との相互交渉が対象の「構造」をピタリととらえ、両者の振幅の広さという「力の場」からのみ生まれる力動性を裡に含んだ文章であった。そこでは「主観的なるもの」は主情に流されず、「客観的なるもの」は平板に拡散せず、その両極の動的ダイナミズムが物事をヴィヴィッドに且つ冷静に描き出すことを可能にさせていた。そこに、対象への感受力を含んだ「生き生きとした叙述」と冷静に内的核心を貫く「客観的批評性」とが結合した、深みのある公平で且つ力動的で迫力のある硬質な文体が生み出されたのである。しかも「断片」への認識と「総体」としての人間への徹底的考察の両者を統一するのは、あくまでも既存の体系性の「周辺」や人間社会の「境界」（「裂け目」）に置かれているところからくる深い感受性の力なのだ。こうした知覚と「方法」が幾重にも層を成しているところから生まれる「批評」について、別の局面から的確に言い当てている或る西欧の詩人・批評家は次のように書いている。

「通俗の心理学では、鑑賞と批評とはそれぞれ別の能力で、批評は自分自身や他の人たちの知覚したものをもとにして理論的な足場を築くという面白みはないが巧妙な知恵だということになっている。これに反して本当に総合した知識とは知覚したものをたくわえてその上においたのではない。本当に鑑賞力のある精神の中では、知覚したものは塊りとなって積みかさなるのではなく、統合体となって形をととのえるのである。批評とはこの統合体の言葉で書いたもので、それは感受性の展開なのである。また別の方から言うと、拙劣な批評とは情緒の表現にすぎないものだ」（T・S・エリオット『文芸批評論』矢本貞幹訳、傍点は本堂）。

「鑑賞と批評」とは別個のものではない。言い換えれば、一方で「知識」が「自分」とは離れて自己完結し「業績」のレポートになるのではなく、また他方で「情緒」が概念の衣をまとって主情的に分列行進しているのでもなかった。知識はばらばらな塊りとして積み重なるのではなく、エリオットの言うように本当の批評精神にあっては「知覚の統合体」となって、感受性の基底から展開してゆくものであった。藤田の批評は、その感受性に貫かれた統合された知覚自身の学問的・組織的展開であり、したがって「知識」の集積や「情緒」の自己展開ではなく、感受性の根本に触れる「生きた」批評であったからこそ、同じような感受性を持つ人々の琴線に触れる「深い」批評となったのである。勿論ここで言う感受性とは、組織や機構に埋没し、あらゆる概念・範疇の自明性の円周をなぞり、対象化した「物件」の予定表どおりの「処理」を行う人々の、自足や野心や過敏に満たされた「計算感覚」と違うことは言うまでもない。現代社会の社会的「裂け目」に否応なしに身を晒し、物件処理工程と化した世界に絶えず違和感を感じながらも、そこに人々の相互存在の関係する世界を形作ろうとしている、E・M・フォスターが述べている次のような人々の「感受性」についてなのである。それは、「私が最も賞賛する人びとは、繊細で、何かを創造したいとか見つけ出したいと思っており、人生を力に換算して見ない人々であり」「自分だけではなく他人に対しても思いやりがあり、思慮はあってもこうるさいことは言わず、その勇気はこけおどしではなく忍耐する力であって、それに彼らは冗談がわかる」（「私の信ずるもの」、フォスター『社会・文化・芸術』米田一彦訳）そうした人々だ。感受性豊かで、ものを考えるそうした人々はどの時代にもいる。しかし、そうした人々はたえず少数派だ。そうしたマイナーな人々にのみ訴えかける力を持つ文章、それが藤田の文章であった。そうした人々が藤田の文章を読む時、感受性を開き時代の共通の地下水脈へと展開する場へ引き出されるのだ。

こうして藤田にあっては、「知識」は感受性の奥行きをもち、その統合された「知覚」は敏感に時代や社会の基底にある問題を感知させ、そうした感受力を含んだ事柄への「理解」と鋭敏な知覚による時代「批評」とが絶えず不可分のものとして、即ちエリオットの言う「知覚の統合体」として感受性の深みからその批評精神を展開し続けることを可能にしたのであった。即ち、「感受性」という時代の基底に達している最も敏感な知覚は、絶えず内側から調べ尽くすという「認識への努力」によって媒介され、しかもそれは人類史の黄昏という「諦念」のもとにこれまでの人間「総体」を問題としながら同時に歴史の個別認識と交錯させるという重層性を持って、それら力動的な諸関連を文章自身に内的迫力として刻印していたと言えるのだ。こうした「知覚の統合体」のもと、時代の切断面への直接性に根ざした「根源的なものの輝き」へありったけの注目を注ぎながら、そして、自分を絶えず異化し続ける「内在的批評」と、虚偽と化した「体系性」を歯牙にもかけない「根源的問いかけ」とは対応し、精神の波形を形作りながら、藤田の学問の核心部分は形作られていたのではあるまいか。

3

――今は過去だけがあって、未来がない時代だ。そして、どれだけ重大な、どれだけ鮮明な過去があったかということだけが、〈現在〉を決定する。

石原吉郎『海を流れる河』

前節では藤田の学問の構造の一端について覗いてきた。その徹底的考察に貫かれた「学問」とその独立した「姿勢」の底から共通して深く響いてくるのは、「人間」総体を絶えず問題とした「戦後」における「経験」が生み出したものへの注目、即ち自由（可変的諸関係）と自立社会の基礎である人間の相互的諸関係や、その健全さへの熱い希求であった。

即ち、藤田について語る時、戦後の「経験」を抜きにして語ることは出来ない。著作集8『戦後精神の経験Ⅱ』には、その戦後の「学芸」を担った人々への一群の「弔辞」が収められているのだが、それらは勿論「式次第」に則った通り一遍の「弔辞」ではないし、「業績カタログ」の「顕彰」などでも、また或る意味では個々人の「個性」に言及したものでもなかった。むしろ、それらの人々を通してのみ生み出された或る文化の基盤が、それらの人々の死去と共に丸ごと今まさに失われようとしている、そうした「戦後の経験」全体への理解と共感が一貫して流れている「挽歌」といった趣のある「弔辞」であるのだ。したがって、その「弔辞」で何について一貫して注目して語っているのかを辿り直す時、逆に藤田が一貫して「戦後経験」について何を考えていたのかが「逆照射」されてくっきりと浮かび上がるのではあるまいか。

たとえば数学者の遠山啓や近世文学研究者の廣末保が亡くなった際の追悼文はどうであろうか。そこでは「閉鎖的専門の体系」として出来上がってしまっている現代社会に対抗して、一歩も譲ることのなかった「普遍人の世代」が、即ち「戦後」という一つの時代が「この特別な世代を必要とし」たそうした世代が今まさに去り、しかもそのことが現在の「生活様式の地底から丸ごと変質」しつつある「質的な社会変化」の中で、その「危機的な世代の移動」が生じているため、その世代の消滅は取り返しのつかない質的な「断絶」を今まさにもたらしつつあることを指摘していたのである（「この欠落」、「廣末さんへの弔辞」）。或る意味でこの「移動」は、幕末維新の際に「一身にして二生を」経た「天保の老人」達が去り、体制の自動運行を担当する単なる技術官僚や政治局員に移行したのに比することが出来るかもしれない。これは単に遠山や廣末についてだけではなく、『戦後精神の経験』に収められている花田清輝や石母田正、竹内好や吉野源三郎、古在由重など他の多くの人々に共通した特徴であった。それらの人々は戦後の「英雄時代」を担った精神の波頭とも言うべき一群の人々であったのだ。そうしてこの「危機的な世代移動」による一世代丸ごとの「欠落」は、そのまま藤田についても当てはまると見てまちがいあるまい。

その世代は、戦前・戦中・戦後に生じた出来事をつぶさに見、「粗暴極まりない機構的社会」（「この欠落」）や、そうした時代の諸力の真っ只中にありながら、「独立自尊」の精神と「自由自在な精神の運動」(「クリエイティブ・マインド」)を失わず、自らの感受性の中に流れるその地下水脈を焦点深度深く集約し、普遍化するだけの力量を持っていたそうした世代であった。したがってそれは、経験的・歴史的事実としての個別の「戦後」という時代の枠を超え、いついかなる時代であろうと、またどのような場所であろうと、「粗暴極まりない」歴史的諸力が現われ出るところではどこでも、そうした「出来事」に敏感に注目し、問題群のカタマリを「内側にくぐって省察しようとする」態度が一貫して流れていたのである。しかもそこには「瑣末な学術主義的ポーズ」とは対極的な「無類の喚起力」や「明晰な切開力」(「この欠落」)があり、そうした「啓発力」に富んだ「仕事」を一貫して担い続けてきた人々なのであった。藤田がいみじくも「戦後の議論の前提――経験について――」で述べたように、そこにあるのは知識の一方的な「消費」や機械的な「処理」の産物ではなく、まことにそれは物事と人との相互交渉としての「経験」の結晶体なのであり、したがってそこには「認識と理解と想像力」が埋め込まれ、それらを読み取りうる人にとってはいつでも「蘇生力」をもって自らの骨格として再形成しうる精神史的断片群なのであった。したがって、そうした人々の仕事は、人が人として生きてゆくのに困難を感ずる時代には、再生力をもって人々の経験を内側から支え続ける力を秘めていたのである。しかもその「経験」を担い、感受性に富み、物事の核心部分を見抜き、閉鎖性を越え出る「越境範囲と開放的方位」(「この欠落」)を兼ね備えたそうした人々は絶えず少数者なのであった(藤田もまたその少数者の一人であったことは言うまでもあるまい)。

こうして藤田を読み解く場合、「戦後」の「経験」を形作った一群の人々との共通項を抜きにしては語ることは出来ないであろう。或る意味で藤田はその特徴を最も「典型化」し自覚的に彫り深く作品の中に刻み込んだ人であるのだ。たとえばこれまで述べた、「粗暴極まりない機構的社会」の野蛮性やそうした時代の諸力との格闘性、「閉鎖的専門の体系」と対極をなす横断的な越境性と開放性、「国家公認の地位の高さや瑣末な学術主義的ポーズ」(「この欠落」)からの内面的独立性、そうしたものを体現している少数派への注目、さらにはその葛藤を自らの中に感じながら生きている人々への語りかけの方位性、全てこれらの特徴は「戦後」の「経験」自体の中に育まれていた要素であり、藤田はその可能性を目に見える形であの手この手と「手を代え品を変え角度を変えて」(「クリエイティブ・マインド」)、あたかも「卑屈」や「隷属」を拒否する「手練の投げ槍」の不屈の「戦士」のように言い続けてきたのである。それこそは、「儀式の粉飾」や「自分本位の女々しさ」(「その姿勢——『花田清輝全集』に寄せて——」)、或いは「公認証書付きの支配的地位」(「対極抄」)を一切持たない「独立精神」の為せる業であったのだ。

4

翻って、今やその社会の健全な断片が、この人類史的規模での「大転換」の中で根底から覆され、人間社会自体の変質をもたらすと共に、その「大崩壊」の過程で——今日の日本では戦争のように爆弾こそ落ちてはいないが——「精神の瓦礫」の一面の荒地と化した社会が実現している。

「共通感覚」（深瀬基寛）（注・8）の失われた社会と言ってもよい。既に人間社会は「仮死状態」に陥っている。「この『完全に行き詰った社会』において、全ての人間はそれぞれの個人として自分の『精神の層』の『基底的部分』を露呈して来た。底が割れたのだ。危機は万人を貫き徹している」（「対極抄」）。万人の底をエゴイズムが貫徹している。「唯の個人主義」は「利得《アクイズイティブ》エゴイズム」（「全体主義の時代経験」）に転化する時代となった。しかし、それらに対する何らかの抵抗感覚も、その「個人」の「孤独圏」からしか生まれないことも事実であろう。しかもその孤独圏すら今述べたように「即時性の天国」などではなかった。絶えずエゴイズムが基底にまで達するその社会性に刺し貫かれ、浸透してくる消し難い時代の圧力の痕跡は、人間が最もその紐帯から解き放たれ、「孤立」している時代にあっても例外ではないのだ。

「なぜかといえば、その孤独はただの感傷的な孤独とは全く逆に、全社会の崩壊を宿したものであったからである。在来の社会関係全てが、それによって成り立っていた紐帯と接着部を失って、ガタピシと音を立てながら分解し、その社会関係を根拠づけていた観念形態や意識形態も又、接合関節を失って、バラバラの骨片へと化していく、その崩壊の状況において、社会関係の分解を彼自らの諸関係（君臣・上下）の分解として経験し、観念形態や意識形態の骨片化を彼自らの思想的形態の瓦解として経験しながら生きて来た者の孤独は、他人からの孤独といった単純なそれではなく、社会的な自分からも自分の意識形態からも孤独であるところの、深く痛烈なものであった」（「松陰の精神史的意味に関する一考察」、また「アッジェの写真」も参照）。

ここで書かれている松陰のことは、ほとんど現代社会に生きている我々にも等しく当てはまる。自己を貫き通しているエゴイズムと格闘しない者は、遂にこの「孤独」すら自覚するに至らないであろう。ハッピーに所与の機構の階段を昇り、集団のベルトコンベアーにのり、時に処方された栄誉に酔い、或いは「正義」感と一体となった「教義」の上にノーノーと寝そべって、ひたすら決まり文句と既成概念と自明度の高い領域へと寄り添うだけで終わるであろう。しかしここで言う「孤独」とは藤田が言うように「社会」の中の「孤独」といったものですらなく、自らも「胎内汚染」されることによって自分からすら「孤独」な時代が訪れていることを意味している。そうして「松陰論」一篇はこの「運命」と格闘する「一個の戦士」についての叙事詩だったのであり、その形姿は松陰そのものを突き抜けて遠く現在にまでその精神的波動を及ぼすほどに強く深く彫り込まれていたのである。それはまことに「それの成立した時代のなかに、それを認識する時代――われわれの時代――がえがかれるようにする」（ベンヤミン「文学史と文芸学」野村修訳）作品であった。

言い換えれば、所与の「自分」に対してすら「批判的に吟味する」ことが必要な時代となり、そうした自分との格闘なしにはどのような言説も遂に普遍性を獲得することなく、コトバだけの閉鎖性の中に循環するだけにとどまるのである（この点に関しては既に紙幅の余裕がないので「批判的理性の叙事詩」を参照されたい）。したがって「書く」という行為はほとんど「口ごもりながら、魂の尖端で近づくことができるだけ」（ジャンケレヴィッチ『仕事と日々・夢想と夜々』仲沢紀雄訳）のものとなり、したがって「寡作」にならざるをえない。問題の全関連をたどり直しその内的メロディーに近づくことは沈黙の裡に、しかも沈黙と接するような言葉によってのみしか表現できない。言葉の鍵盤を常に叩き続ける者は「騒音」の発生源となるだけなのだ。孤独こそが思考の産屋であり、藤田にあっては、意識の「孤独圏」のこの鋭い尖端こそがその思想体系の全重量を支える核心的基底となっていたのである。藤田の作品を貫いているのは、その尖端が接している「孤独」な接線の格闘の軌跡なのだ。

その「孤独圏」は葛藤の深さに応じて、即ち自分を刺し貫く問いかけの深さに応じて言葉も沈黙の全重量を支えるだけの骨格性を持つようになる。ここに藤田の文章は、地下深く掘られたその問いかけの深さに応じた全深淵の容量を支える立体性を獲得するにいたる。したがって文章自体が最も根源的になるのだ。即ち、読書目録のような「研究レポート」や業績用の「論文」ではなく、「作品」として自立するだけの内的形式を揃えるに至ったのだ。その根源性は絶えず自分を貫くものとしてあった。そこでは、学問は学問としてあるのではなく、生き方の地平で見えてくるものと、したがってその生き方に即して、生き方の底の浅さや深さと連なる最も根本的な姿勢とかかわってくるのである。「根本の姿勢なしに本式に生きるということは在りえないであろうし、生きる姿勢と別個に人間の思想などというものがない」（「その姿勢――『花田清輝全集』に寄せて――」）とすれば、この『孤独圏』の思想形式」（「筆墨の徒」）こそは藤田の核心部分をなしていたと見て間違いないのではあるまいか。こうして藤田の文章の底深くに流れているこの

「孤独」（或いは「少数者」）という主題がここに浮かび上がる。その主題こそは藤田の文章を支える「立体性」の、その構造形成力の一極を形作っていたのである。

5

そうした「孤独圏」を支える「精神」とは状況との対決の中でしか生れないものだが、藤田はそうした「孤独圏」の内的ドラマを演じていたからこそ、他者の中にその「精神」が発生するドラマを「純化」して取り出してみせる名人となったのであった。藤田が注目するのは、対象処理工場と化した現代社会の画一的圧力に抗してその中に保ち続けられているもの——物事や他者や書物の底深くに埋もれている相互主体的な諸関係を生み出そうとする核心——がそれを読み取る人の内面に媒介されながら内面的「結晶」にまで形作られてゆく、その発生を個人が担う瞬間であった。それは、「鋳型」に唯々諾々と服従させ、機構上の「完結」と意味の「予定調和」を旨とするあらゆる制度的圧力のもとで、絶えず未来の何ものかに開かれている開口部であり、風通しのよい想像力に満ちた通風孔であったのだ。（注・9）したがってそれは「その他大勢」からすれば絶えず「異質」なものとして、即ち「少数者」とならざるを得ない運命の下にあるそうした精神の在り方であった。しかしそこには人類史の諸経験という普遍的水脈に通じるものが含まれていたのであり、藤田はそうした叡智を含んだ「独立」精神へ注目する人であったのだ。

しかも藤田は前述したように概念や言葉の手垢にまみれたものを先入見なしに我々の前に置き

なおし、全く予想もしなかったものと結びつけ再定義してくれたのである（おそらくこうした「純化」する方法とは正反対の別の一極から、即ち「多様性」から迫ったのが廣末保であろう。西鶴や南北や歌舞伎など都市のもつ多様性や異質なものの交錯から可能性に富んだ開放的な局面――異質なものが排除しあわず、影響しあい互いを豊かにする局面――を取り出している。廣末の、バフチンの都市的「多声性」への共感もそこに生れるであろう。ある意味で藤田が、作品に即した精神の一角、結晶体、誕生する瞬間などを実に鋭角的にとらえた「純化」を求める一種の原理主義だとすれば、廣末は混合的な開放主義であったかもしれない）。

　並みの大学教師の平板な、学説史を区画整理分譲する平面的文章、或いは売れっ子著述家たちの「たれ流し」のような文章とは明確に違う直立した文章が、その「孤独圏」と相関して生れたのである。即ち「碑文」のような直立した文章がそこに誕生した。碑文の特徴はその簡潔性にあるのだが、それはちょうど石に文字を彫り込む労苦に対応するように、文字は直立して刻み込まれていったのだ。言い換えれば、そこには「立体性」があった。その立体性とは、平面の持つツルリとした分かりやすさとは違って、ちょうど建物を見る場合、正面からだけではなく、いろいろな角度から見ることによって建物の相貌が変わるのと同じように、多面性ある奥行きと構築力ある思考性の厚みを共に感じさせる、そうした強度ある構造物の持つ立体感覚なのであった。したがってそれは、直線的な「分かりやすさ」を持たない代わりに、何かを感じさせ考え続ける力を内側に含んでいた。即ち、そこにおける立体性とは、構造形成力を持つということであり、

「構造」とは対立項を内に含んでいることに他ならないのだ（レヴィ・ストロースの「構造」主義も基本はそうである）。したがってそれは自分の「情緒」にべったりと寄りかかるナルシシズムの一方向性と対極をなすと同時に、またそれは単純に政治的時事的「トピックス」といった政局次元での対立項を意味するのでもなく、その対立項は表面の歴史的舞台構成を深みに向かって掘られたものであった。即ち「この社会の支配的傾向に対する」「生き方全体にわたる」（「葬送記」）対立項のことであり、この「対立面を通じて結合しあう運動の精神」（「『飢譜』讃——主義とは何かについての徹底的考察——」）は、個人にしろ集団にしろ時勢にしろ、相互「依存」のもたれかかりあいとは対極をなす精神の中からのみ生まれる姿勢なのであった。したがってそれは、文字や文章が「学説」の、或いは「通念」の平面に寝そべるのではなく、それを読む者の精神をも「直立」させるという意味でも精神的な「立体派」的文章となった。言い換えれば、各人が集団と地続きでない「個人」として自立的思考を打建てる側面、「問いかけること」を通して個々の片々たる事象ですら普遍的文脈に置き直し、その「構造」を吟味するきっかけへと絶えずいざなう側面を持っていたのである。その意味で知識や情報などの「完結」した結果を伝えるのとは異なり、問いかけをすることで絶えず開かれた性格を持ち、自律的思考への刺激を与える、という意味で「立体派」であったのだ。

その「立体性」は精神の発生ドラマをダイナミックに生き抜いている者にしか、したがって時代の諸力との葛藤と苦痛とを内に含みこんだ矛盾の真っ只中にいる者や、それに対する共感なしには生まれない文章であった。言い換えれば前頭葉からひねり出された文章ではなく、自らの、そして時代との構造的対立項をかかえこみ、それらと葛藤する生き方から生み出された根源性を含んだ力闘的文章なのである。そうした、自分を縛り付けている時代の諸力——どの時代でも客観的諸力は個人を通して現われてくるのだが、したがって或る意味で「客観的」研究などないのだが——を眼前に引きなおし、見据えるためにこそ藤田の「学問」はあったのである（苦痛の下にあっても、情緒的に苦痛に流されないという意味では自分の苦痛に対してさえ絶えず「分析的」であった）。

6

このように藤田の精神形式としての「孤独圏」は単純に社会から切り離され、それ自身の中に自足しているものではなく、逆にその中にこそ社会性の極点が一点に集中しているような「孤独」なのであり、その格闘性は文章に直立性をもたらしていたのである。また、その社会性のある「孤独」という点が、魯迅の「孤独」形式の持つ危機性や諧謔性や風刺性とも通低してゆくところでもあった（「筆墨の徒」、「竹内好氏に負うもの」）。しかも、野放しに自己の欲望を肯定する現代社会の中にあっては、この「孤独圏」の姿勢は、同時に「自制」の問題とも関連してゆく。ホッブスが言うように、人間は放っておけば絶えず人より優越し、賞賛されたいと思う存在であり、「寛容」とはこの優越した者による他者への距離感に他ならないのだが、こうした「優越」

を目指す絶えざる運動という、このとどまることを知らない「権力への不断のやみがたい欲求」(『レヴァイアサン』)のために「人はさらに多くの力や手段を獲得」する欲求に「死に至るまで」突き動かされてしまうのだ。この「欲求」の自然的傾向性に身を任せることを奨励する現代の競争社会は、遂にはその「利益追求」のために人を疲弊の極に追いやり、「一片の反省もなく」「人間社会を根本的基礎から破壊」(「宣言一つ」)するのみならず、地球自身も食い潰しているのである。藤田にあっては、そうした「苦痛の現場から来る信号」(「其の心の在り方の延長線を——古在由重追悼集会にて——」)を受信する感受性と開放的方位を持つと同時に、それを単純に「援助」するなどという一方向的「寛容」を示す態度においてではなく、そもそもの大本の始発の地点で、即ち自分自身の内側で、他者への優越の無限競争に陥らないために「自己規制」が、即ち慎み深く「抑制」する生き方が求められてくるのであった。それは「無駄な興奮」や「ファナティックな態度」(同)に対し、絶えざる吟味が働く姿勢であった。藤田が、膨張主義に抗した「小ささ」や、「グレイトネス」に抗した「小国寡民」にこだわるのは、この「品位」を求めたからに他ならない。

それは判断の局面で言えば、何をしないかを絶えず問い続ける生き方であった。「思考の基本で大事なのは恐らくこの『ない』の発見とその区別だろうと思う」(「五人の都市」、傍点は藤田)。地位や名誉を求めない、便乗しない、大勢に順応しない、通念の周辺だけで見ない、学説史を鵜呑みにしないなど、「しない」ことの価値を発見し続けたことを意味する。何かを「する」ことや「業績価値」が支配するこの現代世界の中で、藤田はむしろ「しない」ことを重要視した。その人が何をしないかによって、その人の価値がむしろ決まった。「しない」ことは「する」ことに比べ、何層倍かの意志と物事に対する選択眼、何を大切と見るかの価値判断が必要とされてくるであろう。そこには当面の局面を絶対化せず、複合的にさまざまな比較軸を自らの内側に保ち続け、単一の物差しで計らずに重層的に考え抜く姿勢があった。むしろそこでこそ人の根本的な価値感覚が試されるのであった。「大きく」ならない、有名にならない、膨張しない、言い換えれば小さくとどまり続けること、無名のまま宇宙に溶け込むこと、そのように自分の持ち場を受け持ちながら、この困難な時代に平静さと勇気を失わずに、人々との「関係」を形作ってゆくこと、それが藤田の生きる姿勢から垣間見える。現代日本の、「サービス」拡大の名の下に傍若無人に自らの安楽のために人を犠牲にしてやまない姿勢、そのような受益者としての特権のために、社会的諸領域を「開発」や「成長」の下に根こそぎにする画一社会の巨大な膨張主義の方向ではなく、その対極にある品位ある生き方、節操を持って自らの裡にとどまり続けることの大切さを、藤田は一貫して言い続けていたのではなかったろうか。

「一輪咲いても花は花」、藤田はかつて京極純一の『文明の作法』（中公新書）に出てくるこの諺にふれ、うんと金をかけたバラや、これ見よがしに咲いている大輪の花よりも、野の小道にひっそりと咲いている一輪の野草の美しさ、誰に知られなくとも自らのうちに充実している在り方、「評判」や「有名性」よりも自らの技量でごく少数の人に評価される生き方の大切さを説いていたことがあった。「人気」と実際の仕事によっていいものを作り上げられることとは違うのだが、「成功」が仕事の良し悪しの判断基準に結びつきやすい、そうした「広告社会」の中にいることを忘れてはならない、ということを述べていたのだ。ひたすら「成長」したり「膨張」したり「巨大化」する傾向——それが個人であれ集団であれ——に対して終始一貫して反対していた。「大きく」なることによって「個別」性への感覚が失われ、画一的に判断するか数量化して目標値を決めるやり方が一般化するのだ。言い換えればそれらは機械的なるものに転化する。即ち個々のものを抑圧する「体系」へと転化する。それは全てを一覧表に基づいて判断するような「分類」と「選別」だけを生み出す方向へ走るだけなのだ。そこでは余白が全て塗りつぶされ、余白や余裕によってのみ、即ち支配や力の「合い間」「間隙」によってのみ生み出される「創造的なもの」（E・M・フォスター（注・10））が、そして創造的なものと不可分な自由が根絶やしにされてしまう（学校現場における教師への「圧力」をはじめ、今この国と社会は効率本位にそうした「管理」強化の方向へひた走りに走っているのではあるまいか）。藤田はそうした硬直しているもの、機械的なるものを徹底して皮肉り、からかい、時にはパロディー化することを得意とした。そうしたものの「典型」がかつての天皇制国家であり、今もまた同じ思考の型として続く便乗主義的「翼賛」の社会状況であった。このように機械的に硬ばってゆくものに対しては、徹底的にからかうことがしばしばであり、その意味で藤田には絶えざる道化的側面があったと言えよう。また時にはエキセントリックに、時には呵責、苛烈に相手に応じた。それは集団や時代風潮に対してばかりではなく、個々の人間関係の中でも変わることはなかった（ある意味で、純化した側面を摘出する藤田の「学問」上の方法は「人間関係」にも適用され、そのつど絶交や破門が言い渡されたこともあったのだが、これは闇市的「蛮気」が「哲学的叡智」に媒介されずにしばしば「直接」に表出される場合に多かったと思う）。

7

しかし、こうした「品位」ある「孤独圏」の持ち主など、現代社会では少数派たらざるをえないことも事実であろう。それは「社会的人間にとっての生き方の正しさとは一体何か」といった、中野重治以来の、愚直に「正しさ」の感覚を問い続けた少数者であることを示している。しかもそうした「少数者」は絶えず「廃亡」の危機に立たされるであろう。「逆境の真っ只中で『廃亡』の深淵に臨みながら敢えて辛うじて立っている者」（「或る歴史的変質の時代」）であり、「自尊心を失い寛容の余裕を無くしたとしても当然であるような劣悪弱小の条件の下に置かれた者」（同前）であるのだ。藤田は、「敗者」や「小国」や「小藩」の中にひそむ「精神的直立」が如何なるものであるのか、即ち「『廃亡』に面した絶対的瞬間（極限的条件）における自由独立が如何なる行動様式として現われるべきであるかについての洞察」（同前）を福沢諭吉『瘦我慢の説』に即して述べていたのだが、福沢のみならずこの「流れに抗した」人々の裡に宿る精神的結晶体をこそ、藤田はその生涯をかけて一貫して我々の前に目に見える形で取り出し、形象化し続けたのではあるまいか。

確かにそうした「経験」を内に含んだ多くの作品は埋もれ、多くの出来事は過ぎ去り、少なからずの人々は忘れ去られつつある。戦前・戦中・戦後に生み出された「傑作」は、無言のまま歴史の地層の中で息をひそめている。そうした暗闇にひそむ「化石」と化した一片の「記録」に光をあて、人々の引き継ぐべき経験の「相互交渉の躍動」（「戦後の議論の前提――経験について――」）を含んだ記号として再生させ、その生きた姿を再形成することこそが歴史の「課題」であるのだ（同じ事柄について「或る喪失の経験――隠れん坊の精神史――」の最終部分にベンヤミンを引用した美しい文章がある）。そうやって「読む」という行為が水面の一段深い層へ達した時、「理解の新しい次元」が現われ、その反省的思考の新しい地平が条件反射の効率性のみを求める表面的世界を深みへと超えて、自らの立っている基盤をとらえる反省的眺望力と事柄を読み取る洞察力、問題群をとらえる注視力と他者の経験への想像力など、精神を構成する多様な層が形作られてゆく。そうした精神の重層性の一端がもたらされ、人がそのように生き、「経験」の持つそうした「相互交渉性」を内面化した時、出来事や書物の記憶についての自身の内に刻み込まれた「想起する力」がやがてはその人間の内実を形成し、遂には精神的骨格と化し、知恵としてその人生の布地に織り込まれると同時に、その精神の成熟は図らずも果実のようにその人生に「品位」をもたらしうるのかもしれない。藤田は、こうした「時代を貫いて生きる、精神の普遍的原型質」（「年記」）を含んだ作品を次々と最良の読み手として「媒介」してきたのであり、それに接する人々をしてそうした普遍則としての「経験」を自己の反省的省察の裡に到達させせうる、ほとんど最後の「普遍人の世代」なのであった。

（注・1）おそらく藤田は、思想史上の系譜では「快活民権派」であり、思想内容としてはイギリス自由主義・個人主義とマルクス主義とが逆説的に結合し、更にルカーチからベンヤミン、アーレントに至るまで、或いはヴァレリーやベルグソンからロシア・フォルマリズムに至るまでの深い「読み」が加わり……と「粗雑」な形では概略位置づけられるかもしれない。しかしそれらを支える骨格、構造とでも言うべきものが――ヘーゲル流に言えば「対象に内在する魂」が――そこには存在する。本稿はその「志向性」の一端に触れたものにすぎない。その「志向性」を理解せずに、現代の思想家、たとえばベンヤミンやアーレントとの「比較」を試みたり、藤田の個別の本の「読み方」を語っても、「論詳しくして当らず」（宣長）ということになるのではあるまいか。

（注・2）藤田省三「諒闇の社会的構造」、藤田省三著作集1『天皇制国家の支配原理』所収、及び「新編へのあとがき」（同前）。他に、藤田他の「雑談会　二〇世紀とはいかなる時代だったのか」（『シリーズ二〇世紀の記録　第二ミレニアムの終わり一九〇〇―一九一三』毎日新聞社）参照。

なお、若き丸山眞男も日本社会のアイマイ主義に対して次のように指摘している。「間違ってゐると思ふことには、まっすぐにノーといふこと。この「ノー」といひうる精神――孟子の千万人といへども我行かんといふ精神――は就中重要である。このノーといひえない性格的な弱さが、雷同、面従腹背、党派性、仲介者を立てたがる事、妥協性等々もろもろの国民的欠陥のもと」（丸山『自己内対話』みすず書房）。丸山のこの指摘は一九四五年（昭和二〇）に書かれているが、現在の会社なり役所組織の中で、一体誰がこの傾向から逃れているであろうか。勿論、この「否」は、都知事のような力あるもの、地位あるものの嵩にきた「否」でないことは言うまでもない。或いは同じく丸山の「つぎつぎと目新しい変化を追い求めることによって、現在目の前にあるものをフルに享受し利用する能力は減退の一途をたどる！」（同）という指摘を目にする時、この国にはついに「保守主義」すら誕生しなかったと思わしめるに十分であろう。特に、憲法や教育基本法をあたかも「時代遅れ」の「過去の遺物」の如くに葬り去ろうとする現在の「新しいものをよしとする」傾向を目にする時、丸山のこの批評は正鵠を射ていると思わざるを得ない。

（注・3）　この自明化した「生産」や「市場」概念への根本的疑義については、藤田「全体主義の時代経験」の八一頁の「註」、及び「マルクス主義のバランスシート」、「ゴミしか『生産』できない現代経済」参照。

（注・4）　こうした「叙事詩」や「国家創出過程の原理」への「横断的」視点については、かつて藤田から折りにふれ教えられたことであり、筆者の「独創」ではないことをお断りしておく。

（注・5）　正確にはそれは「写真」と言うよりは、ピカソの絵のように正面を向いていると同時に横を向いているようなものかもしれない（映画ならば時間的継起の中で人間の多面性を描き出すことができるが、それをピカソのように一枚の絵の中に描こうとすると多面性は同時性となって正面を向いたり横を向いたりする、と一応は「説明」できるかもしれないが）。一枚の原稿用紙にあらゆる要素を入れ込む「立体性」を持ち、それは文字における抽象画に近いと言える。そこでは抽象画同様、全てを基本的要素に還元し、その質的構造性を原稿用紙の背景に埋め込んであるのだ。

（注・6）全体主義社会の特徴は公的なものと私的なものとの境界がなくなり、「透明化」し、「個人」の秘密が隠匿できなくなるところにあるのだが、現代の徹底した社会生活の機構化と生活自身の産業社会の末端装置化は、その「個人」をして同時に非個性化した「個人」たらしめることにおいて「全体主義」と等価な姿を実現している。

（注・7）「切断」を俳句論や詩作品に即して論じている石原吉郎『海を流れる河』（花神社）を参照。この本は傑作だと思う。思えば、シベリアに「抑留」された時、石原の人生もまた「切断」されたのではあるまいか。また、俳句や詩作品といっても「文学評論風」に読んでも何もならない。詩は或る意味では現代に生きる人々の知覚を象徴的形式で凝縮し、統合する文学形式であり、その意味で詩は思想体系の「教義」とは違い時代と社会の身体性を凝縮しているものである。これは西郷信綱に教えられた点だが、歌が変わることは社会的身体性が変わること、社会の知覚構造が変わることの表現形式での現われであった。なお詩の持つこうした社会的象徴性については、不十分な議論のままではあるが第一部の拙稿を参照されたい。なお、武藤武美「浮浪文化と『第七官界』」、同「或る批評精神の形姿――正宗白鳥小論」（いずれも武藤武美『プロレタリア文学の経験を読む――浮浪ニヒリズムの時代とその精神史――』影書房二〇一一年所収）をも参照。武藤の論考は短いが鋭い優れた作品である。同じく武藤『物語の最後の王』（平凡社）の「和泉式部論」や「不安と混沌――王朝女性論序説――」などを読むと、この著者の並々ならぬ力量が分かる。

（注・8） 共通感覚とは、「機構」の表面に貼り付けられた標語や形式とは異なって、生活の中に実質的に生きた形で埋め込まれているものであった。したがって人間の感性の幅を広げる「感覚の重層的発展」をもたらすものであり、それは「時間割」的時間の中ではなく、自らの持続的な「時」の中に成熟の種として、しかも時々の「標語」や「スローガン」のように「時勢」によって変わるのではなく「形式を変えないで内容本位に」生き続けてゆくものであった。また、そうした「流れ」に自覚的に気付く時、人間の「伝統」意識と接続されうるものでもあった。即ち、「伝統」とは「共通感覚の時間的側面に外ならない」（深瀬基寛）のである。そこで言う「伝統」とは既存の「正統」や体制に収斂されるもののことではなかった。自然の時の流れに不意に訪れる或る瞬間、自分の生きてきた経験が、以前の何かの事柄（それが人であれ、書物であれ、事柄であれ）の中に、そこに脈打っているのと同じ経験を発見する時、自分の中の何かに気付き、何かが更新されてくる、そうした精神史的文脈と重なり合う「感性の広がり」が名詞化されたものが「伝統」に他ならない。その瞬間、感性はその文脈の何ものかと響きあい、感性が重層化され感覚の厚みが増してくる（卑近なことで言えば、自分の父親なり母親なりがかつて行なってきたことに「ああ、あれはそういうことだったのか」とハタと気付く時などがそれに当るかもしれない）。したがってそれは、生活事実から学芸の諸範疇の発見に至るまで「存在の大いなる連鎖」をなしている。伝統 tradition とはその語源において「手渡すこと」の意味を含むが、その「つながり」によって「感性の発展の場」（深瀬）が確保されるのであった。こうした「共通感覚」や「伝統」概念をはじめ、深瀬基寛は再評価されるべきであろう（『深瀬基寛集』全二巻参照、筑摩書房）。英文学の深瀬基寛と日本文学の山本健吉は、共に最良の「伝統」感覚を持っている。

今なお読まれるべきである。以前、藤田は、中野重治『室生犀星』にふれた折に、「戦前にも、戦中にも、戦後にも良い本がいっぱいあったが、それら全てが忘れ去られるのが悔しい」と珍しく「悔しい」という言葉を入れていたが、中野重治ばかりではなく深瀬や山本などの本もそうかもしれない。

（注・9）その「通気性」の良さとは、戦後の「闇市的状況」のもつ「開放性」を、「戦後」が終息してもなお個人的形態において保ち続けたところに生まれた力ではなかったろうか（藤田省三「戦後の議論の前提――経験について――」）。また私たちかつての学生も、藤田を通して、法政大学という「機構」の中に持ち込まれた「闇市的状況」の「開放的空気」を呼吸し続けたのではなかったろうか。制度や機構が磐石の如く確立した後になってもなお、「戦後精神」の開放性を一身に担っていたのだ。その意味で、最良の「戦後精神」は藤田自身という個人的形態を通して一貫して生きながらえたのではあるまいか。「高度成長」の過程を通して多くの人が「位階勲等」と制度の分類別の座席に納まり、同化し、あたかも「七五人で出発したが生き残ったは唯一人」（スティーブンソン『宝島』）といった状況の中で、藤田は最後まで一貫して上昇志向とは無縁の人であった。それは、藤田の闇市的「蛮気」が「哲学的叡智」に媒介されて維持し続けられてきたものであった。

（注・10）E・M・フォスターにとり、人々が生き生きとする条件は、政治的局面では多様性があることと批判があることとの二つであった。最低その二つがある時、そこにはじめて自由な展開と可変的諸関係が可能となるのである。それは「力」が一元的に統制していない「合い間」にこそ発生しやすいものであった。「全ての偉大な創造的活動、全てのまっとうな人間関係は、力が何とか前面に出てこられない合い間に生じる」「そうした合い間があることこそ人間として生きるという実験をなすべき最高の正当な理由があると考える」とフォスターは述べている（E・M・フォスター「私の信ずるもの」、『社会・文化・芸術』米田一彦訳）。創造的活動の母体であるそうした「力や管理や支配」の「合い間」「幕あい」「休止期間」という自由度をその社会が全てなくす時、かつての全体主義体制同様の「統制国家」が完成する。なおフォスター論については、拙著『サラリーマン読書人の経験——この苦しい20世紀的世界をしのぐ——』（同時代社）参照。

全体主義と時
——藤田省三断章

1

藤田の文章の特徴は、その「碑文」のような結晶性にある。その結晶度という点から言えば、おそらく『精神史的考察』においては「松陰の精神史的意味に関する一考察——或る「吉田松陰文集」の書目選定理由——」と「或る歴史的変質の時代」が最もよく、次いで「或る喪失の経験——隠れん坊の精神史——」となるであろうし、『全体主義の時代経験』では「今日の経験——阻む力の中にあって」を頂点として「ナルシシズムからの脱却——物に行く道」「『安楽』への全体主義——充実を取戻すべく」が続き、『「写真と社会」小史』で言えばアッジェ論とアーバス論というあたりになるであろう。それらは全て七〇年代から八〇年代初頭に集中しており、その事実こそは藤田にとってその時代が並々ならぬ結晶の時代であったことを物語っている（同じ時期に並行して西郷信綱の画期的な『古事記研究』が同時代現象として現われたのであった）。藤田は七〇年代の

「浪人時代」に古事記や史記や中世史などの古典を、人類学や神話学、或いはベンヤミンなど二〇世紀思想家群をはじめとした一連の理論的論考と交錯させて、「イロハのイ」「ゼロ」から学び直したのであった（その時代における、制度的・機構的「藩屏」と離れた「孤独」やそこにおける精神の営みの持つ意味については、いずれ誰かが書くに違いない）。

しかし、人がもしそうした結晶度という側面だけに目を奪われるとしたら、古陶器を愛玩する小林秀雄風の「骨董屋風のチマチマとした細い目」（「『飢譜』讃――主義とは何かについての徹底的考察――」）だけに終わり、焦点深度の深い花田清輝風の「遠望のきく大きな目」に達することは出来ないのではあるまいか。我々は、障子の桟の細かな歪みを気にかける精神の「指物師」を目指してはならない。斧のような鈍器に徹すべきなのだ。そうしておそらく「鈍器」こそは大木をも倒しうる。勿論、これは、「細部」をおろそかにせよ、とか、習熟の技を持つな、などということではない。ここで言いたいことはそのようなことではなく、藤田は何よりも「問題中の問題」（「精神の非常時」）、即ち最も根本的な問題を絶えず提示し続けた人である、ということなのだ。たとえその「問題」を考えることなしに、文体や構成の「密度」だけにとらわれてはなるまい。たとえ十分に結晶体としての形をとらず、何分の一かの結晶度であったとしても、著者の提出したその「問題」についてまず考えてゆく姿勢自体が求められるのである。そうした、「解答」の中ではなく「問題」の構成感覚の中にこそ――その文章における到達度は別として――、深みへと向け問題群の基底にまで達しようとする精神の問いかけの質と、何を大切と感ずるかの価値感覚とが最もよく表わされてくるのではあるまいか。

その意味で、今日の問題中の問題とは、世界を画一的な物件目録と化し、全てを「処理」してあやしまない集権的社会の出現、即ち全体主義世界の全面化という問題に他ならない。そこでは、かつてのナチズムであろうと、今日の「市場経済全体主義」であろうと、全てを計量可能なものに置き換え、あらゆる自由な相互的行為の領域を操作可能な「対象」と化し、対象処理の計算過程の中で効率本位に追従と隷属を組織化する「奴隷制の現代的形態」とでも言うべき社会形態を出現させた。藤田が最晩年に書いた「全体主義の時代経験」は、確かに結晶度という点では他の作品に遠く及ばないであろうし、問題の輪郭を書くにとどめた作品であると言えるかもしれない。しかし、その「全体主義」の問題こそは、我々をも巻き込み、世界中の人々を、特に「資本蓄積」に直接さらされる「自然経済」諸地域の人々を根こぎにし、しばしば「難民化」させて社会の片隅に追いやる元凶となっている問題であるのだ。藤田は『天皇制国家の支配原理』の著者であったため、しばしば「天皇制」の問題との関連で語られてきたのだが、しかし、藤田の生涯を概観する時、藤田に一貫していたものは、天皇制をはじめとする「全体主義的なるもの」或いは全体主義的諸傾向と絶えず格闘し続けてきた、と言う方がより正確ではないだろうか。

少なくとも藤田について語る場合、藤田が批判的に対決していたもの、即ち、全体主義が跋扈している現代という時代の「経験」を抜きにしては語ることはできないであろう。最晩年に書かれた「全体主義の時代経験」によれば、現代を特徴づけている全体主義は、「戦争の在り方における全体主義」と「政治的支配の在り方における全体主義」、そして「生活様式における全体主義」の三形態であり、かつてのナチズムに典型化して現われた前二者がいわば古典的政治的全体主義であったとすれば、最後の、そして最終的形態としての今日の「生活様式における全体主義」は、「平和的形態」をとって「市場経済全体主義」として生活事実に深く根を下ろし、それゆえ「社会の基礎的次元に達した」根本性を持つものであった。それは人々の感受性を根底から変え（『安楽』への全体主義――充実を取戻すべく」、「ナルシシズムからの脱却――物に行く道」等を参照）、しかも資本の効率本位の意志のもとで全世界的に席巻しつつあるものであった。特に現代日本においては、そうした「時代の風潮」が翼賛的「拡大」主義の中で更に加速され、それに乗り遅れるなとばかりの「便乗」と、時々の「力あるもの」「勢いあるもの」の流行による目標形成がたやすく行われるようになる。（注・1）藤田の立脚点はそうした「多数派」とは正反対に位置する「少数派」としての生き方であった。言い換えれば、藤田にとり、効率本位の画一的秩序をもたらすそうした「全体主義的なるもの」と鋭く対立するのは、感受性の深みにおいてそれらと同一化しない「精神の野党性」を持つ個人のみであった。そうした人々の中にのみ、人間を基礎付ける相互的で可変的関係を含む「経験」が成り立ちうるのであった。以下においては、まずそのける自覚的「少数派」の持つ意味を、次いで藤田が「今日における全体主義」の特徴として指摘したもののうち、もっぱら「個」の成熟に必要な「時間」にかかわる側面との関連で述べてみたい。

「生成経験と再生と復活の持つ本来の新しさは、今日への懐疑の中から、半ば『烏滸』としての質的な少数派——換言すれば精神の野党性——を生み出す過程としてだけ生まれ出ることであろう」(「新品文化」)。

2

ここで藤田の言う、人にも期待し、自らもそう生きた「少数派」としての「精神の野党性」とは、単なる「孤立」精神や「閉塞的個人」のことではなかった。そうした静止的「実体」ではなく、物事との相互交渉と、そのとらえ返しによって洞察に至る統合力とを、共に内に含んでいる「精神の運動」自体のことであった。それなしには人は成熟して賢さにまで至ることはない。それは自らの中にその精神の内部形式を持つ限り周囲の状況から独立し、そうして周囲の「秩序」と地続きに「運動」しないことにおいて動かしえない内面的独立性を確立することになる。「そうして動かしえない小さな存在は、それが外側から動かしえないものである以上、却て多数派を動かす要因となりうる」(「今日の経験——阻む力の中にあって」)。即ち、その「少数派」は、少数者としての形式の中に、画一化した多数派とは異なって、過去から現在にいたるさまざまな人類史の経験を深みにおいて統合する力を持ち、したがって他者の生活形式や知恵への豊かな共感をもって呼び起こすことが出来、そうした「理解」を通して「人間経験の再生」を担う限り「動かし難い社会的存在」となる。たとえ「少数派」であったとしてもそれは質的対立者となるのだ。

その質的対立者は、単なる政局的対立者とは異なって、時には最も良く敵の核心に肉薄しうる「戦士」ともなるのであった（この点については、中野秀人の戦前の傑作「眞田幸村論」を参照されたい。或いは「権力なき知性が団結なき闘志」をもって「単身」よく戦い抜くことについて言及した、周知の林達夫「反語的精神」も参照）。それは、現代日本に支配的な、人脈の増殖によって徒党を組み、「相互依存」のその「勢力圏」の中で安定しようとする藤田の言う「血色の良い屍体」と化すのでも、またその逆に「私」に頑なに閉じこもるのでもなく、深い射程をもって叡智を形作る質的「少数者」なのである。したがって、時代の表面ではなく時代の奥深くに隠されている精神の水脈を、焦点深度深く集約することも可能となるのだ。

言い換えれば、この少数者、集団主義と地続きでないこの「個」という在り方こそが何かを感じとり、考え始めることの基盤なのだ。それは、ありとあらゆる既成の用語やカテゴリーの中を動き回り、自動的に回答する「精神的自動販売機」と化している「業界」人間や「組織人格」とは異なって、あたかも閉塞社会の「長崎出島」のように時代の深い変動を知覚し、気づくことによって自動的な日常に「中断」を持ち込む基盤となる。藤田が指摘したように、日常の自明な「工程表」と化した物事の自動運行が「中断」する時、物事に直接向き合う「極度の覚醒」（「ダイアン・アーバスの写真――現代の啓示」）が生じる。そのポッカリと空いた「裂け目」や「隙間」において、人は単なる効率本位の「有用性」や目の前の利害算段から解放されて「時々ものを考える、それ故時々『私』が存在する」（ヴァレリー）という「私の」思考の発生地点を持つことが出来るようになる。即ち、日常の自動性を中断し、立ち止まり、かろうじて息をつけるその「隙間」で、人は過去に連なる意味ある経験や事物を想起する力を呼び起こし、内省を始める。歴史につながるこの「記憶」の「想起」とそれらを咀嚼する内省のみが、その時間の遠近法の中でがんじがらめのこの「現在」を相対化する視点を形作るのだ。そこではじめて人は事物の流動への表面的な「熱狂」や「没我」、或いは己の損得勘定から世界を「物件目録」と見做す計算づくの態度に対し冷静な距離を置き始める。言い換えれば、その時、人は「深さ」を持ち始め、計測可能な外面的時間とは異なるベルグソンの言う自らの中の「持続した時の流れ」を生き始める。この、時を彫り込む「深さ」こそが「独立」精神の果実であり、人間の内実となってゆくのだ。「記憶《メモリー》と深さは同一である。というよりもむしろ、想起《リメンバランス》がなければ人間にとって深さは存在しないからである」（ハンナ・アーレント「権威とは何か」『過去と未来の間』引田隆也・齋藤純一訳、みすず書房）。

　そこから、現代社会の利害算段と実用本位と空文句によって、日々せわしなく追いたてられるように物事を「消化」する態度とは異なった、太古から連なる物事や人間の「記憶」を想起し、その「時」の岸辺から洗い出された意味ある経験や出来事を咀嚼することを通して、価値の緑野へと目を見開く感受力が生み出されてくる。その「時」の累積がやがては「知覚の統合体」の沃野となって世界の見方を更新してゆく。それは荒廃し乾燥した大地に送り届けられた価値感情の水路となる。言い換えれば、価値は「時間」の中でのみ形作られ、そうした時間の中を「訪ね歩くこと」(「経験」すること)こそが価値感情の源泉であるのだ。藤田が、「その意味で『経験』の構造を考察するには『時間』の要素を抜きにしてはならない」(「新品文化」の「註2」参照)と述べているのは、概略以上のような関連を指しているのではあるまいか(空間像と時間体験の仕方は対応する。後者を欠いた「空間」は茫漠とした「絶えざる今」でしかない。たとえばそこには、都市のモニュメンタルな建物のように目にも彩なる構成的「空間」は生まれるが、人間の実質を形作る経験的「時間」、即ち記憶は生まれない。身近な例で言えば、永年共に暮らした連れ合いや家族を亡くした時、深い喪失感に襲われるのは共に生きた「時」を共有し、そこに価値感情が芽生え深い淵のように記憶が「時と共に」堆積し、身体を刺し貫いた自己の「経験」と一体化しているからに他ならない。単なる「空間性」は価値を生まないのだ(注・2))。

したがってそうした「時」や「記憶」を欠いた社会は、その場限りのものが乱舞しては奔流のように消え、全てが直線的「反応」の水準に落とされた最も瑣末で機械的な社会、ひと言で言えば非人間的な社会となる(「全てか無か」といった信号反応に還元する号令主義が喝采され、「殲滅的思考」しかない石原都知事のようなアジア的「小英雄」と親和的な社会がそこに誕生する)。絶えざる「今」と「瞬間」の連続しかない社会は、人間性の内側を形作る「記憶」を欠いた最も非人間的で悲惨な社会となってゆくのだ。そこでは時間により形作られる価値の厚みを欠いて、絶えず「他」との空間的「引照」基準だけが評価の唯一の対象となり(それが「外国」であれ内なる「敵」としての「他の」社会階層であれ、或いは組織体での「比較」評価成績であれ)、絶えず敵意の波によってのみ己の「自我感」を感ずる「憎悪形式」が唯一の社会感情として充満する社会形式が生まれる（戦前のナチスであれば「アーリア人種の純血を守るためにユダヤ人を叩き出せ」といった「敵意の波」であり、現在のこの国では「企業は働きに働いているのに役所は無能であり、公務員は楽をしているように見える、だから同じようにしろ」「猛烈なれば全てよし」という「引きずり落とし」主義であろう。自我の積極的目標が何もない代わりに、唯一他者の悪口を言うことによってのみかすかな「自我感」を感ずる、そうした「引きずり落とし自我」がこの国の唯一の「自我」形式になりつつある。石原都知事などはこの国に充満しているそうした憎悪の「自我」形式の積分化された象徴であろう）。そうやって絶えず他との競争関係、位置関係でのみ考えるところでは、自らの存在の裡にゆったりと安らうことは忘れ去られ（現代人は「くつろぐこと」をもはや知らない。「くつろぐ」ことは次に仕事をするための単なる「充電」期間となった）、あらゆる奥行きと精神の弾力性を欠いて威張りちらし、時にはささいなことで争い、一挙に暴発する態度が一般化してゆく。即ち、あらゆる対象は厚みをなくして平板化し、したがって全ては「選別」の対象と化し、その時々に威張るか怒るかの「反応」だけが唯一の存命信号となる形で当人の存在もまた限りなく平板化する。それは他への展望を全く欠いて、完全にエゴイズムの閉鎖性に囲い込まれることを意味すると同時に、単色化された感情がより単線化され、余計に時間が平板化されるから「退屈」になり、そこから更に「何か面白いことはないか」という刺激を求める形で、生は「快か不快か」「損か得か」の両極信号の中でその循環を形作るだけで終わる（「『安楽』への全体主義——充実を取戻すべく」）。

言い換えれば、「生きる時間の経過は、立体的な構造の形成・再形成」（同前）であるにもかかわらず、そうした時系列の中でのみ、その紆余曲折の中でのみ生み出される豊かなふくらみをもった価値が忘れ去られる。そこでは限りなく直線的で、その意味で「空間」性のみが肥大化する社会となって、全ては目先のもの、その場限りのもの、その都度の「消費財」（物も感情も）として、瞬時に廃棄される。瞬時にして世界の出来事が届く衛星放送や瞬時にして交信する携帯電話など、「同時性」だけが、即ち空間性だけが肥大化し、「技術革新」され、したがってそれのみがたやすく「全体化」する。その「同時性」の社会的制覇の中では熟成と価値の継続の中でのみ生き延びる「時間文化」は気化し、したがって時間的展望の中でのみ生まれるあらゆる「反省」を欠いて、全ては「果てしない今」「絶えざる現在」の無窮運動と化し、その「消耗戦」の中で、人も、そして地球も共に食い潰されてゆく。かつての全体主義にとり「目標」などというのはその時々の「スローガン」の中にしかなかったのだが、こうした本来的な確固たる「目標」が不在であるところから、全体主義では全てが時々の「手段」と化すという形で「運動」自体が本体となり、時々の実用的手段やスローガンに全てを「動員」する形で、シニカルでニヒリスティックな全体主義の「実用主義」が成り立っていた。今日の「市場経済全体主義」でも、「競争」自体が自己目的化しているため、かつての古典的全体主義同様、「競争」関係を至上命題とした時々のスローガンだけが「実在」し、人々をやみくもに「動員」することになる。それは売り上げや利益であったり、作業件数や取引高であったり、全社一丸となった精神訓話であったりとさまざまだが、そこでは「運動」自体がしばしば自己目的化し、「目標」に向かっての有無を言わさぬ画一的「忠誠」だけが全面化する。「目先」の目標が全てとなるのだ。このように全体主義の特徴はその「無窮運動」性にあるのだが（ジグマンド・ノイマン『大衆国家と独裁』等を参照）、藤田が「全体主義の時代経験」で述べているように、今日の「全体」主義もまたかつての古典的政治的全体主義の、その「目先」だけの「運動性」の側面を受け継いでいると言えるのだ。そこでは「利益」のために人間自体や地域社会や自然を鉄の顎で食い尽くすような、瞬時も休まない運動性、無窮性が世界を覆いつくす。こうして全てを分解する世界の液状化、流動化が際限なく進んでゆく。絶えざる「その場限りのもの」が奔流のように登場し、記憶を無化する社会、全体主義の特徴としての全てを間断なき流動に呑み込む「空虚な無窮動」（「全体主義の時代経験」）が、かつての政治的号令としてだけではなく、資本の意志の形をとって全面展開している社会がそこに訪れている。（注・3）

3

こうした「包囲網」や「現代社会の構造的危機は出口や抜け道を持っていない」（「『安楽』への全体主義」）。しかし、「だからこそ」と藤田は言う。生活の何気ない「一日一日の生き方の選択に際して、また他人との交渉に際して」「小さな充実」（同前）を取り戻すこと、そのことのみが「諸感情の現代的倒錯」（同前）を生活圏の彼方に少しずつ押しやるのではないのか、と。そうした「健全さ」を一人一人が追求しない限り、どこにも出口はない。しかも「その健全は」全体社会の画一主義と平板な量計算とは対極にある「平凡陳腐な具体性と現象性の中にこそある」（「全体主義の時代経験」）。平凡陳腐なものに対する小さな発見は充実を生み、その充実は日々の生活を支える基となってゆく。

発見とは「持続した時の流れ」の中にひたり、「見ること」を取り戻し、あらためて「気づく」ことに他ならないのだが、そこでは現在の自明で平凡陳腐な事柄や過去の意味の完結したありふれた事象が、時に見慣れないものとして、時に驚きをもって「意味」の輝きとともに見直されてくる。「退屈さ」とは全てに対する関心の欠如態だとすれば、荒涼としたその果てしない現在を中断させ局地化する形で、「関心」が歴史に媒介されて生み出されてくる。時の流れを通して人を支える諸価値の「持続」に気づいた者は、最も自明で退屈であるものからすら、それが現在であろうと過去の事跡であろうと、人間の諸行為であろうと古典であろうと、その歴史の暗がりの中から人がかつて生き、葛藤し、自らを支えてきた精神の痕跡や断片を新しく救出し直し「結晶」として形象化する。その「結晶」こそは、絶え間ない「今」に寸断され、その拡散の中で意味を見失い混沌へと投げ込まれる、そうした「時の深淵」に架けられたアーチなのだ。

言い換えればそれは、時の忘却の中から救出された痕跡を「結晶作用」によって形象化し、人々を支える持続的価値という「時」の発見によって逆に寸断化された「時」を組み伏せる、そうした「持続的」時間の発見による「自然的」時間の克服なのであった。「実用本位」や貸借表の計算しかない頭には、それは虹のように渡ることの出来ない橋であり、「仮象」にすぎないと「現実主義的に」言うかもしれない。いかにもそれは「仮象」の橋であろう。しかしそれは、人間社会の流亡と忘却、荒廃と虚無の深淵に架けられた橋であり、唯一人間社会が未来へ存続するために架けうる橋なのである。(注・4)

未来に架けられたこのアーチは、株屋のように予測したり投機したりする「計算」の延長線上にあるものでも、また同じく政治家のように「対策」を講ずる操作の対象となるのでもなかった。その架け橋にあるものは、どんな意味でも「利益」でも「解答」でもなかった。むしろ、制度的に凝固した「解答の山」の量産機構とは対極にある、大勢に便乗しない「個」としての、即ち「少数派」として考え続ける限りにおいて見えている橋であり、その時に唯一渡れる橋であって、したがってそれはどこにもあり、どこにもないとも言えるであろう。しかもそれは、「虹」というよりは「二河白道図」のように、一方では火炎が、他方では冷気吹きすさび全てを凍結させるものの間に通じている一本の道であり、「個」として生きることはそうした狭間にかろうじてつけられた一本の道を歩くことであるかもしれないのだ。或いは、どこにもありどこにもないその橋は、「思考の方位そのもの」、現代社会の画一的大勢に同化しないその「方向」感覚がある場合にのみ作られる橋であり、そこにおいてのみ見える橋である、と言った方がよいかもしれない（単なる推理能力、論証能力があれば誰でも「論文」などを書けるのに比べ、「方向性」だけは自らの生活経験やその葛藤の中から摑み取ってくるしかない。しかもその「思考の方位」こそが全てを決する）(注・5)。

こうして、藤田に生涯一貫していたものは、現代社会の荒廃と意味の拡散の只中にそうしたアーチを架ける姿勢であった。そのアーチの立体構造を支える支柱の中には、現代社会の膨張主義・欲望自然主義に対する「小さな生活」への決意と、完結性と自己封鎖性を誇る体系性に対する小さな「断片」への注目とが共に対応しながら書き込まれていたのである。それが最後まで変わらなかったことは、少数者の中に脈々と流れている精神史的水脈を、アッジェやダイアン・アーバスなどに即しながら結晶化した晩年の作品「写真と社会」論を見ても頷けるであろう。しかもそこではまた、藤田の特徴をなす内側から潜りぬけ「享受」しつつ「批判」する方法と、過去の事物や「断片」の「引用」を人類史の普遍的文脈や経験に「翻訳」する方法とが重層化されていたのであり、その底に少数者としての「思考の方位」の大切さが終始指摘されていたのだ。藤田はそれを若き頃の「師匠」である丸山眞男からのみならず、晩年に至るまで古今東西の作品にわたってその形象を訪ね歩いた（「経験」を意味するギリシャ語の原義は「訪ね歩く」ことだそうだが）のではなかったろうか。藤田はその肥沃な「経験」を私たちに伝えてくれたのだ。

4

藤田の核心部分をなすと思われる全体主義に対する態度を、「少数派」としての自覚的位置や

「時」と個との成熟との問題や、それを無化する今日の「市場経済全体主義」の持つ「無窮性」との関連の中で、ホンのその「側面」だけを取り出す形で見てきた。最後に次の点を、今日の状況を踏まえて、繰り返しとなるが敢えて述べておきたい。少なくともそのことは「有名なれば全てよし」「勢いあれば全てよし」とする現代日本の「広告社会」とは正反対にあるもの、藤田が絶えず注意を喚起していた「思考の方位」――少数者として生き延びること――を確認することになるであろう。

或る意味で、勢いある者、時勢の風に帆を膨らませてそれを自らの実力と思い込んでいる者、集団主義にならないと落ち着かない者、団結主義こそが「秩序」だと思い込んでいる者、そうしたものを政治的単位で「右翼」と表現するとすれば、「左翼」とは永遠に敗北し続けるものの喩えになるかもしれない。未だかつて勝った左翼などというものはありえない（社会主義などソビエトにしろ中国にしろ未だかつて実現したことは一度もない）。勝利者は傲慢と自足の中でのうのうと暮らし続けるであろう。私たちはと言えば、素寒貧であるばかりではなく、たえず矛盾と葛藤に引き裂かれ、立ち往生と困惑を繰り返すばかりかもしれない。しかし、苦しみと矛盾葛藤によって、私たちは何かに「気づく」ことが出来るのだ。それは何か大切なもの、私たちの感受性を開拓してくれる信号であるかもしれない。その信号によって私たちは「考える」ことができるようになるのだ。同じような圧迫の痛みを受けている者を知ることが出来るのも、自らに刺さったこの「痛み」によるのではないのか。そこに他者への通路もはじめて生れる。我と我が身が引き裂かれているからこそ、その日常に開けられたその「隙間」からものを考え始めるのだ。「無葛藤人種」や「業界」人間とはそこが違うところである。私たちは人工的に設定した擬似問題に答えているのではなく、自らが呑み込まれている巨大な「鯨の腹の中」におり、その中で七転八倒し、多かれ少なかれ辛うじて日々のなりわいを維持している。苦しいからといって日常に開けられているこの隙間や分裂を無理矢理塞ぐことをしてはなるまい。この世の重心が本当はどこにあるのかをそれは教え続け、圧迫を構成しているものに絶えず目を見開かせる「もと」となっているからだ。

藤田が述べたように、確かに現代世界の圧倒的な「社会の崩落」と「文明史の終了」と「廃墟」の中で、誰もがにっちもさっちも動きがとれないかもしれない。しかし、痛みを自覚する者はそこから考えることを始め、自らをも含む現代社会のこの便利至上主義の生活を反省的にとらえ返し、自らの何気ない「生活」や「品位」こそが「健全さ」の最後の砦であることに思い至るのではあるまいか。また、そこに同じような他者への注目もまた生れる。腰を引かず、むやみに嘆かず、個人として真っ当な判断力を保ち、当たり前の健全な生活を目指すこと、生きることを根底において支えているのはこうした「平凡陳腐」なことや「友愛」の中に含まれている感受力の幅と深さではなかったろうか。そうして我々をも否応なしに巻き込む生活上、産業上の全体主義に対する最大の抵抗素もまた、そうした拡大主義や画一主義とは正反対の小さな生活の中に隠されている。藤田自身が最後に自筆で書いた書評のタイトルをそのまま使えば、「小さな希望の

種子」（『全体主義の時代経験』）はそこに宿っている。そのことは夙に藤田が繰り返し指摘していたことであった。(注・6)

こうしたことは「ゴマメの歯軋り」にすぎないと言うかもしれない。確かに力関係において我々は「劣悪弱小」であろう。しかし、私たちが必然的にこうむるこうした「敗北」についても、もとより左翼は敗北し続けるものであり、そうして「左翼」とは敗北することにおいて自らのうちに絶やすことの出来ない品位を我がものとする者の譬えであるとするならば、左翼とはそれらを保つことにおいて永遠に立ち上がり続ける少数者のことではなかったろうか。(注・7)そうして「敗北」することにおいて、はじめて人は物事の基礎に達する深さを獲得するのではあるまいか。何事もその「基礎」からしか出発できないのだ。

支配的勢力としての「大勢」や「団結精神」とは正反対に、こうして絶えることなくたゆまず生きるそうした質的少数者の味方、それが藤田省三であった。現在、一方で強権はとどまるところを知らずに「戦争狂時代」となり、他方、社会の解体はあちらこちらで雪崩を打ち、こうした強権的秩序回復指向と社会の解体・流砂化現象とは並行しながら、しかも両者共歯止めがきかない状態に陥っていることは確かであろう。危機は深い。そうした時代に対し、単発的で派手な街頭の「機動戦」ではなく、個々人の地道な、したがって深い根とそこからの養分を必要とする「陣地戦」（グラムシ）の秘めやかな戦いの中で、藤田は「思考の方位」を決して見失うことのないよう静かにいつでも傍らに佇んでいる。歌もなく、旗もなく、炎もなく、光それ自身と化した北極星のように、「一本の矢印」を指し示しながら今なお藤田は現代社会の圧倒的圧力に抗する全ての人々と共にそこに立ち続け、行く手を照らしている。

（注・1）この国はかつて「流行」した時代遅れのレーガン＝サッチャー路線をいまだにひた走りに走っている。他にもたとえば、コンピュータをいじれることが「良い」ことであり、ネットで発信することが「最先端」とする「流行」がある。しかしそこにあるのは「情報」のやりとりであって、いささかも「知的能力」とは関係ないものなのだ。大切なことは物事や他者に対する想像力、したがってそのものの由来、歴史、成り立ちをきちんと勉強し理解することであるにもかかわらず、「情報交換」がオールマイティーになってしまう。大切なことは「情報」ではなく「知的能力」の方であろう。或いは現在の「きな臭い」この国の風潮もそうであろう。日の丸、軍事援助、「民営化」、グローバリゼーション……時の勢いに乗り遅れるなとばかりに、目標形成が「流行」に拠っているのだ。

藤田はそうしたものと正反対の生き方をした人であった。即ち時代から見れば少数派であり、またそうした少数派にエールを送り続ける人であった。少数派とはその他大勢派から見れば敗北者に見えるにちがいない。また時々の力関係からしても「敗北」することはあろう。しかし自らの内面的正当性は時々の「力関係」や「勝敗」とは何ら関係のないことではあるまいか。力関係上の「勝敗」や、或いはこの世の「栄誉」やらと、自らの内面的「正当性」とは何ら関係のない全く別範疇のできごとなのだ。しかるにしばしば力関係で「敗北」すると、たちまちにして自らの「正当性」も投げ出してしまう傾向が、明治以来の歴史で事欠かない。表面上の物理的「実力」と、深さをもつはずの「内面性」とがたやすく連動するのもこの国の「伝統」かもしれない。たとえば、藤田の「大正デモクラシー精神の一側面」は、内村鑑三や有島武郎から自然主義に至るまでの内面的独立の形成過程とその失敗を跡付けた作品として読むことができる。

現在もまたこの国は、極右の首相（小泉）と極右にして品性も欠いている都知事（石原）を頭に戴き、それに連なる形で「多数」であろうとして我先きに競争する社会となっていることは周知のとおりである。勿論そのことは単に「政局」という特殊分野だけに限らない。政局などはむしろこの国の行動様式の「集中的表現」であって、どの集団であっても同じ行動様式が貫徹しているのだ。そこにあるのは、全員が「多数であろうとする」ことによって全員が等しく集団へと凝縮する「団結」精神であろう。「団結」精神とは、自分が中心にいる、或いは中心にいたいという所属願望であり、中心への接近意識であり、そのため徒党を組み、「仲介、従属、圧迫の連鎖」を形作ることに他ならない。指導者の口真似をし、他人の頭で考え、行動様式は商売人根性で貫かれることになる。そこでは「所属」価値が問題だから「周辺」は「異物」として排除される。その意味であらゆる開放感を欠きながら所与の集団を自己目的化する「お家第一主義」が全面化する。或る意味で、集団への求心力が右翼の特徴であり、「右翼」とは絶えず徒党を組み集団へと還流する意識形態であるとするならば、その意味で程度の差はあれ集団大事の「薄められた右翼意識」を全員が分有するような、そうした時代となっている。それは、遂に「個」が析出されず、大小を問わずどの集団であれ、「首長」につながる形でもたれかかりあう相互依存の社会であり、その意味でかつて石母田正がとらえた「首長制」や「総体的奴隷制」の社会が、即ち

「アジアでは、奴隷制の精神が支配し、決して消滅したことはない。（中略）そこには常に奴隷制の英雄主義が見られるであろう」（モンテスキュー）社会が現代的形態をとって未だに生き続けていることを意味している。この国の最新の資本主義体制は未だに古代の柵以前にとどまり、たやすく「英雄」に熱狂するのだ。

（注・2）人間にとり、時間性のみが価値を生むこと、それと対極的な空間性の問題については、統合失調症と全体主義とを関連づけたジョゼフ・ガベル『虚偽意識――物象化と分裂病の社会学』（木村洋二訳　人文書院）参照。この本もまた、かつて藤田から教えられた本であった。なお、価値形成と時間性については、木村敏『分裂病の詩と真実』（河合教育文化研究所）、同『生命のかたち／かたちの生命』（青土社）等も参照。統合失調症においては「時間」が「陥没」し、「空間」表象のみとなることについては『中井久夫著作集』全6巻（岩崎学術出版社）を参照のこと。なお、「精神医学」は個別の特殊分野と言うよりも、現代に生きる人間を理解するための「人間についての総合力」を含んだ数少ない学問であると言える。かつてこうした人間事象についての「統合力」を持ち、人間についての「総合感覚」を持っていたのが丸山眞男の「政治学」や「思想史学」であり、或いは石母田正の「歴史学」であり、そして西郷信綱の「古典学」等であった。それらの人々は時代と人間経験を作品を媒介とする形で集約し表現することにおいて、戦後の学問を飛躍的に高めたのであったが、そこには同時に人間についてのまぎれもない「総合感覚」が働いていた。現在、そうした「統合力」を感じさせるのが中井久夫などの精神医学であろう。また、「現象学」についても哲学者の書いたものよりも精神医学者の書いたものの方がはるかに面白いことにも、その「総合力」や「現場感覚」の差が現われているのではあるまいか。

（注・３）簡単に言えば、全ては歴史性を欠いた「果てしないゲーム」となり、今日のおもちゃとしてのテレビゲームなどは、その社会の縮小模型、縮小体験であるからこそ、その社会と親和的に浸透し、人々はそこにかすかに己の人生の予感を感じながら、絶えざるエンドレスゲームとしての人生——それはもはやかつての人生ではなく歴史性を欠いた、即ち「成熟」することのない「人生」なのだが——をそこで「ゲーム」として「繰り返し」模擬体験しているのだ。エンドレステープが元に戻るように、ゲームもまた次から次へと繰り返され、やがてその都度棄てられる。まるでそれぞれの人生のように無意味に。勿論、ゲームは「冒険譚」の電子化として面白いように作ってあり、またかつてのように屋外での遊びの基盤がなくなったために遊びが室内化したことも事実なのだが、ゲームがこれほど爆発的に社会的に受容される基盤は、そうした社会の深層構造をなす「知覚」との親和性にあるのではあるまいか。かつてメルロー・ポンティが述べたように「知覚」は頭脳に集約される「意識」や「思考」のような前頭葉の働きとは違って、時代の無意識、社会的身体性、歴史的身体性を凝縮し象徴的に表現してゆく。

藤田は、晩年のその全体主義批判や「新品文化」批判のみならず、既に早くから『『高度成長』反対」や「『みすずセミナー』を始めるにあたって——智慧の優位を求めて——」などの「インスタント文化」批判に見られるように、一貫してそうした価値形成的な「時」を失った、したがって自己反省的な能力を欠いた今日の社会状況への批判を繰り返し行なっていた。「新品文化」とは、全てが「完成品」として我々の目の前に現われることであり、したがって「完成品」とは途中の「過程」を全て省略し、時間の短縮形として、時間が商品へ物化された形態であると言えよう。「ゲーム」などもまた自己「完結」した完成品である。予期しない「偶然」や「出会い」、その意味での「開放性」はない。既成性と所与性の仕組まれた「完結」文化の等価品であり、記憶を抹消したその都度の「新品文化」の縮小模型なのだ。

(注・4) むしろそうした「仮象」、フィクションの中に生まれる「真なるもの」(リアルなもの)こそが人間社会の核心をなし、本質を形作っているのではあるまいか。人間社会の諸「制度」に始まり、野球やサッカー、小説や演劇に至るまで全てフィクションで成り立っているにもかかわらず、人は「迫真的に」熱中したりする例を思い浮かべれば十分であろう。「神は死んだ」と言った一九世紀のニーチェから二〇世紀の「ポスト・モダン」の連中に至るまで、そうした「唯名」批判論者たちは、全てのフィクショナルなものを「それは嘘だ」と言って引き剝がしたが、そこに生まれるものは「リアル」なものではなく、寒々とした「物体」にすぎなかった。逆から言えば、誰もがフィクションを在る「かのように」生きているのだ。「仮象」にこそ真なるものがある、それが人間社会の本質なのである。「仮象」の持っている「本質性」と「表面性」の持つ「深さ」こそが、全ての価値を剝ぎ取った現代という散文的世界の極致にあらためて見直されてくるのではあるまいか。この点を衝いたのはジョージ・スタイナー『真の存在』(工藤政司訳 法政大学出版局)である。

おそらくそうしたフィクション「形式」(それが自律規範であれ、法であれ、宗教であれ、伝統であれ)によって自己規制するという考えのないところでは、実質的に絶えず個々の眼前の「人間関係」に直接規制される事態が起きる。フィクションとしての「形式」は「自由」と相関関係にあり、人間にとり大切なものであるのだ(かつて安田武が「型の文化」再興を言ったのもその文脈からである)。

（注・5）　藤田の声、或いは「思考の方位」は、どの世界にしろ「エスタブリッシュメント」と呼ばれる人々や、金儲けや立身や周囲の評判を気にしながらあくせくしている人々に届く声ではなかった。勿論、「学界」などという「業績」を計算し、狭い人間関係の序列を争う場所に向けられた声でもない。生前、藤田は「大学教師などは無葛藤人種だ。問題からはいつでも逃げ出せる。そのくせ地位と名誉だけは独占して、その上にあぐらをかいている」と常々言っていたが、勿論藤田はそうした「大学教師」ではなかった。藤田は大学に席を置いてはいたけれども、どちらかというと大学を越えて声の届く「普遍人」（コスモポリタン）と言ったほうが正確かもしれない。若い頃、教授会などにもめったに顔を出さず、やむを得ずたまに顔を出すと、他の教師から「あの人は誰ですか」と囁かれることもあったという。そうしたことも意に介さないほどに「顔見世興行」の精神に基づく「出席」や「参加」からは縁遠い人であった。

しかし念のために言えば、何もマイナーであることそれ自体に実体的な意味があるわけではない。マイナーであることを「売りもの」にする人々もいるはずである。しかしそこにあるのは販路拡大の商売人根性によるまがいものの「主体」の錯覚か、「教祖」と化した自己実体化による閉塞的な退行でしかない。それらは形を変えたエゴイズムの噴出であって、普遍的水脈や叡智への通路を持たない。藤田はそうした自閉的「硬直」には目もくれなかった。

藤田の「精神」は、地位や名誉や大勢に同化することなく、孤立をも恐れず、ひたすら本質的なものに向き合おうとするそうした「精神」の発生する場所に常に敏感であったと言えよう。それが書物であれ、人の事跡であれ、言行であれ、立居振舞いであれ、それらが現われでた「瞬間」を藤田は実に鋭角的にとらえ、離さなかった。会話の際にもピタリと相手の一点を実に急峻に言い当て、衝いてくるのであった。しかもその発生する瞬間を記述する際も、あたかも入射角と反射角とが同一であるように鋭角的な着眼は同時に実に掘りの深い鋭角的立体性をもって記述することを可能にした。藤田の批評精神は自由にカメラアングルを変えながら、それらの生ける立体像の深奥に迫った。古今東西様々な比較軸を用い、予想もつかない飛躍力をもって異質のものを同一地平のものとして叙述し、個別的なものを普遍的な文脈の中で、また古典的なものを同時代の相の中に置き換え、時には比喩を用い、時にはユーモラスに語り、「個別」の事象が絶えず大きな振幅と地平のもとで結び付けられ、とらえ返されていった。会話にあっては息をのむようなスリリングな一瞬を味わうことも一再ではなかった（そうした会話の後には心地よい知的興奮が残った）。

（注・6）藤田省三「『安楽』への全体主義――充実を取戻すべく」、「全体主義の時代経験」）。後者は藤田が以前発表した雑誌発表原稿を全面的に書き改めたものであり、我々が否応なしに巻き込まれている市場経済全体主義や、現代社会が向かおうとしている「方向」についての見取り図となっている。最晩年に不自由な体の中から搾り出すように書いたこの作品は、いわば「現代への遺産」であり、荒削りではあるが一本の太い主題性が貫いており、現代とは何かを考える人にとり避けて通れない作品であろう。注意深く読み継がれる価値があると思う。

なお、あらゆる全体主義的な萌芽に敏感であったオーウェルも、「平々凡々」であることに含まれる人間生活における「健全さ」や「品位」に絶えず注目している点については、拙著のオーウェル論を参照されたい（本堂明『サラリーマン読書人の経験――この苦しい20世紀的世界をしのぐ――』同時代社）。

また、イギリスにおける「平凡」な社会生活の中に含まれている「健全なるもの」については、森嶋瑤子『英国コミュニティ・ライフ』（同時代ライブラリー、岩波書店）を参照。この本を読むと日本は「便利」な国だが少しも「豊か」ではないことに気付かされる。日本は「便利」になれば「豊か」になると考えていたのだが、実は「便利さ」と「豊かさ」は相反するものだったのではあるまいか。たとえば、アイルランドの首都ダブリンを流れる河は大都市なのに美しく、労働時間は守られ、パブでの人々の楽しみ方は素朴であり、都市形成に人々は選択権を持ち（たとえば高層建築を住民投票で拒否することが出来る）、絶え間ない音楽（雑音と言ってもいい）や視覚的雑音としての看板はない。或る意味で「豊かさ」と「静かさ」はセットになっており、「便利さ」と「忙しさ」もセットになっている。ヨーロッパは「豊か」であり（ヨーロッパの小国アイルランドは経済水準は日本より低いがしかし「豊か」であるという意味で）、日本は「便利」なだけの国だ。日本はそこら中コンビニだらけになっている（所謂「コンビニ」だけでなく企業も役所も含め日本社会自体が「社会のコンビニ化」現象を起こしている。言い換えれば、二四時間営業に見られるように、社会全体を「一億総歌舞伎町化」しようとしているのが現在の日本である）。そうやってシャカリキに働き、便利だが貧しい国が日本なのだ。「便利」にするためやみくもに働きに働く社会が常態化しており、旧ソ連が「収容所列島」だとすると日本は「労働監獄」のような国となって、人々が呻吟していることは周知のとおりである。現在の労働の現場にあるのは無制限「競争」であり、若者から中高年に至るまで誰もが希望を持てない社会となっている。しかもその「競争原理」の中身は大正時代の成金主義の全面拡大に他ならない代物なのだ。資本主義は本来抑制がきかず、自己増殖してゆくシステムであり、現代日本に見られるのも資本の意志の自己回転だけである。そこでは人は疲弊し尽くす。森嶋の本は「社会」とは何かを考え直すきっかけとなりうる。

ついでに、もっと軽妙な形ではあるが、市場経済全体主義の一環としての日本におけるグローバリズムの動向を批判したものとして、東京新聞におけるコラムを集めたロナルド・ドーア『「公《おおやけ》」を「私《わたくし》」すべからず』（筑摩書房）を参照。「私企業」を平然と「民間」と表記することへの批判も含めて参考になる（かつて福沢諭吉は日本に「民間公共なし」と看破したが、「私企業」はいささかも「民間」ではない）。また、「市場経済全体主義」としてのグローバリズムを批判したものとして、デビッド・コーテン『グローバル経済という怪物』（西川潤監訳、桜井文訳、シュプリンガー東京）、同『NGOとボランティアの二一世紀』（渡辺龍也訳、学陽書房）がいろいろと教えてくれる。

（注・7）こうした「品位」ある「左翼」の一人が藤田とも親交のあった永山正昭であった。かつて藤田は、永山正昭『と いう人びと』（西田書店）について次のように述べていた。この本は劇的な「体験」や鬼面人を驚かすようなことが書いてあるわけでも、また現代思想の小難しい「概念」が羅列されている本でもない。しかし、人と出会い、人と付き合う場合、どういうところで付き合うべきかを非常に深いところで教えてくれる本であること、或る状況の中でその人がどういうひと言をぼそっと発したか、心の中に含まれている真なるものが出てくるそういう場面を書きとめている本であること、また、著者は謙遜無類の人であり、戦前の海員組合を作り労働運動に従事し、貧乏ではあるが無類の読書家であること、『と いう人びと』という題名からして詩的であることなどを語ってくれたことがあった。丸山眞男や藤田と親交を持ち、「一輪咲いても花は花」を体現し、凛として生きたこうした人々が世の中にはいたのであり、そうした人々の持つ地位や名誉や所属など関係なしの「独立」した「品位」ある精神は他の人々をも勇気づけるものであって、おそらくそれこそがこれから先の「破局の時代」に最も必要とされるであろうことをそれは教えているのではあるまいか（なお『という人びと』のあとに『星星之火』が没後の二〇〇三年、みすず書房から刊行されたことを付け加えておく）。

また、おそらくそうして生き残った「左翼」（これは何も政治的立場だけで言っているのではない）のもう一つの別の批評性のあり方がカレル・コシークであろう。コシーク「世界の建築術——都市の機能化とポエジーの無力について」（『みすず』二〇〇三年九月号所収）を参照されたい。「崇高なるもの」を失って、ひたすら「即物性」だけが「全体化」した社会の「末路」がどういうものになるかを論じたこのコシークの論考は傑作である。かつて『具体性の弁証法』（花崎皋平訳、せりか書房）を書いたこの著者の「雌伏二十年」の快作と言うべきであろう。

その精神の姿勢
——理解の前提のために

〔はじめに〕

この文章は、二〇〇四年四月二四日に日本社会文学会関東甲信越ブロックで行なわれたシンポジウム「藤田省三からのヒント」（会場・早稲田大学文学部）での講演原稿だが、全体が冗長で長すぎるため、後半部分のみを掲載することとした。後半部分には藤田の講義内容に触れている部分もあるため、資料的価値もあるかと考え、掲載するものである。

〔戦後における制度化、完結性の制覇〕

戦後の話から大分ずれてしまいましたけれども、一九四五年（昭和二〇）の機構のない時代、無機構時代の社会的平等感と開放感とは、その時期が過ぎてしまうと階層化の序列に組み込まれて分断されてしまいます。端的に生活意識の違いが生まれてしまうわけです。現在のような機構や制度の固まった時代では、全てが利害関係の網の目にからめとられて、内面からそれに組み込まれていってしまうわけです。全てが商品化して、その利害の構造に組み込まれてしまう時代が訪れており、制度と自由な想像力との相関関係はシェーレを描いて構想力自体が没落してしまう、誰もうそんなことは考えないようにしている、日々の生活の中で便々と過ごしているわけです。機構の中にいやいやでもへばりついて、どうやって出世するとかどうやったら金が手に入るとか、どうやったら見てくれよく安楽でスマートな人生を送れるかとか、そんなことだけを考えて、日々過ごすようになるわけです。

何かが終わり、何かが始まろうとしているわけですが、それは現在を生きている我々にはぼんやりとしかわからないのですが、ただ今は豊かであると共に不毛な時代でもありまして、非常に難しいということを自覚しないと学問にしろ何をやるにしろ方向違いになりやすいことだけは確かだと思います。

〔不毛の経験〕

つまり、過渡期というのは本来豊かであるはずなのに、全くの文化的不毛だけが唯一の経験であるかのような時代が訪れているわけです。皆さんよくご存知のように、ものすごい情報過多で、情報的知識だけが圧倒的に多い社会になっておりまして、そこでの情報の消化不良だけが唯一の経験であるかのような、そして知識が経験的知識ではなく情報的知識だけになっている社会が訪れているわけです。或いは皆さんもここに藤田省三という情報を得るためにいらっしゃっているのかもしれませんが、藤田さんは七〇年代に入りましてそうした状況を根底から批判する局面に入ってゆくわけです。

〔もう一つの過渡期としての高度成長社会〕

先ほど戦後という過渡期のお話をしましたけれども、そのあとでもう一つの過渡期としての高度成長社会が一九六〇年前後から始まっておりました。これによって日本社会は一変してしまいます。人間が感受性の底から変わってしまう形の全体社会が実現するわけです。そのことは藤田さんの「『安楽』への全体主義」をはじめとする一連の作品に詳しいわけですが、かつてのナチズムとかファシズムとかの一時代の政治的軍事的全体主義とは全く違う、人々の感受性の深みから覆してしまうような全く新しい形の全体主義が、しかも誰も全体主義と思わないような、生活の底から変えてしまうような全体主義が、その意味で人類史上、初めて人間の感受性を食い尽くす形での全体主義が実現したわけです。右であれ左であれ全体主義の時代。同時にそれが地球をも食い尽くす形での全体主義が実現したわけです。

資本主義というのは本来抑制が効かないシステム、自己増殖してゆくシステムですから、実在しているのは人間ではなく資本の意志の自己回転だけになって、競争原理至上主義のもと全てを食い尽くす、地球を食いつぶし、人を疲弊させて社会のコンビニ化と言いましょうか、社会全体がコンビニ化して回転しているような社会が実現したわけです。公共施設であれ何であれ、とにかく便利さだけを求めて、とにかく「開いていればいい」というわけで、のべつまくなしに二四時間開いているのがいい、というような、言わば「一億総歌舞伎町化」するような方向で社会全体が動いているわけです。

言い換えれば、その過剰な生産活動の中でだけ自分の生存が確保されているような、或る意味ではあさましい時代になっているわけです。人間とは自分の欲望のためには自己抑制がきかない生物ですから、動物ならば本能で抑制しているのに、そのブレーキのきかない生物が人間で、その意味では動物以下なのですが、七〇年代以降の藤田さんというのは、そうした生物としての人間の原罪も含めて、制度化の極致とは何かとか、そこから離脱する方向はあるのかとか、人間は復活しうるのか、といったテーマで授業を展開していったわけです。非常に現代的な世界を真正面に見据えて、思索を展開していったわけです。

〔典型としての車の行動形態〕

現代社会といいますと、たとえば、現代社会で誰もが目にするものに車がありますけれども、車の特性は何かといったら、直接の目標に向かって一直線ということで、途中、道で知っている人と出会っても「やあ」とか何とか挨拶するわけにもゆきませんから、その意味で偶然の出会いとかを全て排除する中で成り立っている、そうした車に典型化されているような、目的一直線へと向かったピストン的な行動形態が非常に大きな割合を占めるようになってきたわけです。

言い換えれば、ピストン的な行動形態というのは限りなく機械的な行動形態であって、お互いの相互性を前提とする社会、先ほどの道で会ったら「やあ」とか何とか言う、そうした自由な相互性を内容とする社会というのがどんどん縮小して、全て一件処理のような作業工程に人間の行動形態が近づく社会が実現しているわけです。お互いの相互性ではなくて、全てが対象となって、その意味では全てが物件になって処理する、人間関係もそうですが、全て目標一直線といった、そうした工程表のような社会になってきているわけです。

車社会というのはそうした意味で現代の行動様式の典型と言ってもいいもので、要は機械と同じ行動パターンに限りなく人間が近づいていっているわけです。つまり目標にむけて一直線にスケジュールどおりに行動する、そうすると確かにスケジュールどおりの予定表の世界の方が能率は上がるわけです。しかし途中で偶然出会うものが限りなく少なくなる、遭遇するということが少なくなるわけです。

小さな子供、幼児なんかですと、道を歩いていても「あ、猫がいる」とか「あ、花が咲いている」とか言って、偶然出会うとそちらの方に歩いて行ってしまいますけれども、大人の場合は脇目も振らずサッサカ急ぎ足で通り過ぎてしまうわけです。

〔リアリティーとは何か〕

実は、そうした偶然の出会い、予期せざる発見、予想以外のものが人間にとってのリアリティーあるものになってくるわけで、カール・ポッパーは「現実とは予期せざる結果のことを言う」と言っておりますけれども、予期するだけであれば予定表にすぎないわけで、ポッパーの言う現実ではなくなるわけです。そういう意味では車社会、予定表どおりの工業社会というのは、全てを予定表にしてしまうわけですから、現実をどんどんなくしていってしまっている、予期せざる出来事としての遭遇をなくしていってしまっているわけで、当然その中にいる人間は現実感をなくして、リアリティーというのをどこにも感ずることができなくなって、生きているのか死んでいるのかさっぱりわからなくなる、そうした非常に希薄な日常の中に置かれてしまうわけです。それでもって、昔の三田誠広さんの小説の題名のように『僕って何』とか何とかつぶやきながら皆生きているわけです。

ついでに言いますと、この「リアリティーとは予期せざる結果のこと」であるということを別の局面から、文学にそって言っているのがルカーチでありまして、たとえばバルザックは根っからの王党派だけれども、その小説は見事な王党派批判となっている、このように意図は絶えず裏切られ、食い違ってゆく、それがリアリズムなんだ、とはっきりとルカーチは言っているわけです。

〔典型としてのコンピュータ〕

それからコンピュータというのも、車と同じく目標への最短距離を最短時間でゆこうという機械ですけれども、人間同士の間では「対話」というのが成り立ちますけれども、しかしコンピュータとの間には「対話」ではなくて一方通行の「指令」しか、その信号操作しかない世界で、画面上の文字を見ているだけなのですね。人間と向かい合った時には、相手の何気ない仕草や声のトーンや表情など、ちょっとしたニュアンスや変化に気がついて、人はそれに応じて反応を変えてゆくから、人間行動における象徴を読み取る能力が出てきますが、コンピュータにはそうした「表情」というものはありません。

しかもそこで応答が帰ってこないのは、単なる操作ミス、エラーであって、何度でもやり直しがきいてしまう。つまり人間との間では失敗とか敗北とか、或る意味で自分の根底から揺り動かされる経験とか自分に深く食い込んでくる部分があって、その行きつ進みつ、後戻りしながらまた考えてという、そういう矛盾の共有や葛藤や過程というのがありますけれども、機械との間にはそうした「葛藤」というのはまず起こりません。その葛藤によって、人間というのは考える力を取り戻して、そこにまた深さというのが生まれるのでしょうけれども、コンピュータとの間にはやり直しの聞く「操作ミス」「エラー信号」だけしかありませんから、どんどん思考の倹約が進んでいってしまう側面があります。

確かにコンピュータというものは便利で、検索ボタン一つで呼び出せる時代になっているわけです。一種の「情報の百円ショップ」とでも言ったらいいのでしょうか。しかし本質的なことを発見することは、その探求プロセスと不可分でして、手間暇かけて熟成して、手馴れて、その中でセンスが磨かれ、方向感覚が生まれてくる、というように総じてその探求過程自体が本質的なものの発見と結びついてゆくわけです。それら全てをカットして、ボタンやキーの一押しで出来ることは「調べる」ことくらいしかないのですが、しかし学問というのは単なる「調べもの」ではなくて、作品を読む「読み」という意味の世界が介在します。子供を育てることだって、「オギャー」と赤ちゃんが誕生して、ボタンの一押しで青年になるわけではなくて、それこそ手間暇かけて育ててみて、初めて分かることがいっぱいあるわけです。人間を育てることですらそうなのですから、自分の中にある学問を育てることでも同じです。

コンピュータというのは、或る意味で画一的・表面的で、奥行きや深さはそこからは生まれてきません。もっと世界はでこぼこしているのに、そういう深さの無い世界になっているわけです。平面性が全てになっているわけですが、精神史という場合の「精神」とは深さを持つということですから、やはり学問というものを単にコンピュータの手続きの一側面にしてはいけないと考えます。

ハンナ・アーレントは、人間は「意味」を考え続けるから人間でいられる、と言っていますが、閉鎖系の完結した条件の中で実証・証明してゆく自然科学との違いはそこにあるわけです。物事を証明する「科学」からは「真理」が生まれるが、人間世界は「真理」によってではなく「意味」を考えることによって維持されてゆくと考えるのがアーレントなのです。会社や役所や学校は、アーレントの表現を借りれば「意味なき目的の連鎖」の体系にすぎない、意味のない「目的」の連続だけ、それが外から降りかかってくるだけの世界なのです。コンピュータもまた手続きの世界だけで意味とは無関係です。コンピュータは意味を考えないわけです。しかし人間の核にあるものは「意味と意志」であって、いろいろと考えて自分で始めることが出来るということ、その「意味」を考える「思考」と「意志」こそが人間を形作るとアーレントは言うわけです。

〈制度化の貫徹〉

こうして車やパソコンに典型的に現われているような直線的行動様式が生活の隅々に渡って貫徹して、すべてが一方通行の反応とか信号の水準に落とされて、相互性を核とする人間の社会がもぬけの殻になりつつあるわけです。勿論そうしたことばかりではなくて、一方で藤田さんが「新品文化」とか『「安楽」への全体主義』で書いたように、身の回りにあるもの全てが製品化して、全て製品に取り囲まれて生活しているという現状がありまして、もはや「唯物論」ですらなく「唯品論」のような形で我々は生存しているわけです。

行動形態にしろ、製品による安楽への「囲い込み」にしろ、機構の中での働き方にしろ、それら人間を取り巻いている全てのものが、開かれているのではなく完結している、袋小路のように行き止まりになっている、そうした小さいユニットが積み重なって社会が出来上がっている、そういう時代になったわけです。

〔世界の居心地の悪さ〕

人間生活の全局面にわたって制度化が貫徹して、制度化の極致のような時代にいるわけですから、息苦しくないはずがないわけで、全体主義の小さな粒が横並びに並んで、その小さなユニットのそれぞれでものすごく関心が内攻していて、人事とか人間関係とか、出世したいとかいう小規模権力欲とか、そうした中で全員居心地が悪いと思いながら、その中で何とかまぎらかしながら生きているわけです。

どんな組織、どんな集団でも、人脈の増殖みたいなものでやってゆこうとして、その尻尾につながるとか、徒党を組んで力を頼むか、さもなければ「私」の世界に籠るしかないところへ追い込まれて、しかも籠るべき「私」というのが希薄になって、どこへどうつながったらいいのかさっぱり分からない、みたいな、つまり日常性というのがものすごく希薄化して、私というのがあるのかどうかすらわからなくなって、せめて相手の背中をどついてやろうというわけで「蹴りたい背中」（注・当時の芥川賞の小説の題名）が出てくる、という三題話みたいな世界になってくるわけです。「蹴りたい背中」ではないのですが、他者に対して何か仕掛けないと自分の位置も定かでないとか、或いは他者に対する非常に薄められた憎悪形式・悪意の形式が出てきている、蔓延しているような、それは満員電車における小競り合いから、組織の中での非常に否定的な足の引っ張り合いとか、公務員に対する引きずり落とし主義とか、或いはストーカーにみられるような典型的な行動様式にいたるまで、社会に充満しているような気がします。

〔七〇年代の浪人時代〕

まさにそうした高度成長時代以降の、一変した日本社会の中で、一九七一年頃から約一〇年ほど、藤田さんは法政大学をやめて浪人生活に入るわけです。

その間、藤田さんは細々と原稿を書いたり、北海道大学や千葉大学などへの集中講義、いわば出稼ぎですね、それでもって生活費を稼ぎながら、一方で、自宅で研究会を開いていたわけです。研究会といっても別々のグループがいくつかあったわけですが、その中で当時の法政大学の卒業生が何人か集まって、たまたま私もいたわけですが、三ヵ月に一回くらいでしょうか、藤田さんの家に上がりこんで、いろいろと教えてもらったわけです。

そして、この一〇年間で藤田さんは、文字通りゼロから、イロハのイから勉強し直していたわけです。古事記については、西郷信綱さんの神話研究会に入って勉強して、そのほか、たとえば司馬遷の『史記』を、白川静の『説文新義』を片手に、当時その本は刊本ではなく、和綴じの本で何分冊もあったわけですが、それをひも解きながら、一字一句漢字に当たりながら読んでいたわけです。勿論、その他にもマリノフスキーなどの人類学の本もありましたし、ベンヤミンとかアーレント、アーレントについては藤田さんは亡くなるまで一一回読み直したと言っていましたが、そうした本について勉強し直していたわけです。

この浪人時代がなかったならば、藤田さんはおそらくただの非常に頭のいい人、丸山門下の才気煥発な秀才で終わっていたかもしれませんが、この一〇年で日本社会を突き抜けて現代世界の根底にまで達する主題の核心、さらにはそれに対する根本的な批判的精神の在り方を身につけたと言ってもいいかと思います。

〔存在としての人間を振り返る〕

根本から勉強し直すということは、通り一遍の概念で見ないということですから、大本の経験に立ち返って、人類学や民俗学を通して人間社会の生活形式の在り方がどうであったのか、言葉というのは本来どういうものであったのか、そういう個々の事柄に即して、基礎の基礎を潜って勉強し直したということです。そもそも人間はどういう生活をしていたのか、存在としての人間は何だったのかを、今こそ、人間と社会が行き詰った時にこそ考え直さなくてはいけない、このままでゆくともはや人間は人間ではなくなってしまう、政治学とか文学とかそうした枠の中だけではなくて、自然史とかいろいろなレベルで考え直さなくてはいけない、ということで、算盤で言えば「ご破算で願いまして」というところから出発していったわけです。

藤田さんによれば、存在としての人間を考え直すには二つの視点がありまして、一つは動物との関係でとらえること。人間にとっての親しい友人の目から見るということですね。それから、二つ目は、人間の歴史における深い時間帯の中から考えること、これはがんじがらめの現在を突き放すために他者の目で見るということですが、たとえば「私は近代史が専攻です」とか「私は江戸の政治思想史が専攻です」というのではなく、もっと深い時間帯の中、人類史的な文明の発生地点から振り返ってみる、その中で人の生活様式はどのように出てきたのか、人間の歴史の大本と関連させながら、そもそも人間はどう生活してきたのか、それが制度化を経てどう変わったのか、を考えていったわけです。

この二つの視点はいずれも他者の立場に立って物事を見なければ自分の今いる位置とか姿とかは分からない、ということで、それが現在を反省する元になるというわけです。

〔大学での講義内容の変遷〕

藤田さんが浪人時代に入る前の大学の講義は、たとえば京極純一『政治意識の分析』（東京大学出版会）をテキストに戦後の政治史や政治的観念や行動様式の特徴をとらえるとか、或いは、現在は東大出版会から刊行されておりますけれども、当時は手書きのガリ版刷りの冊子のような形であった丸山眞男さんの『日本政治思想史講義』を種本に思考様式の特質を考えるとか、同じく丸山さんの『現代政治の思想と行動』（未來社）の中の代表的な論文を取り上げるとかであったわけですけれども、浪人時代以降、一〇年経って法政大学に復帰した後の講義は、全く独自の内容になっておりました。

それは、今申し上げました、人間の本来の生活形式はどのようなものであったのか、また人間にとっての最初の制度化であった国家制度はどのように出来たのか、その国家形成の原理は何か、どのような特徴をもっていたのか、またそれによって元々あった社会関係はどのように変わってゆくか、更には、その制度化の極致である現在の生活はどうなっているのか、そこからの離脱の形式にはどのようなものがあったのか、或いはまた人という生物はどのように発生して、他の動物とは異なってどのようなリスクを背負うことになったのか、そして人はどの範囲でどの程度生きるべきなのかを、存在としての人間について出来るだけ知っておく、いろいろなレベルで知っておくことが大切である、ということを主眼に講義を行なっておりました。こうした存在としての人間を知るやり方は昔は宗教的な形で「原罪」という形で行われていたわけですが、しかし今は宗教に代わって別の形がとられねばならない、ということで、たとえば自然史の中から人間の「原罪」を捉え直すことを行なっていたわけです。

先ほど少し触れましたけれども、本来人間というのは抑制力がきかない生き物でほうっておけばどんどん他の生物や環境を侵食してしまうわけですが、原始社会の中ではどうそれが抑制されていたのか、そのタガが外れることによってどのようなことになるのか、といった形で、生物社会から人間の生物としての特質をとらえると同時に、さらに原始社会から国家制度の形成や国家形成の原理などについて、実に幅広い領域を鋭い視点から一貫した思考のもとで講義していたわけです。

〔端午の節句〕

ただ、今申しました制度化ということについても、藤田さんは始めから小難しい話に入るのではなく、入り口はどこにでもあって、誰もが当然のように思っているものからスッと入ってゆくところに藤田さんの講義の特徴があったわけです。

たとえば、今日は四月二四日でもうすぐ五月になるわけですが、五月五日は皆さんご存知のように今では「こどもの日」、昔風に言いますと「端午の節句」という季節の区切りの季節であったわけです。五月五日ということで、その日のお風呂に菖蒲を入れた菖蒲湯というのが、子供の頃経験されたとか、或いは皆さんお宅でおやりになっている方もあるかと思いますが、菖蒲をお風呂に入れるというのも、『古事記』に「葦黴《あしかび》の如く燃え出る」という言葉がありますけれども、それと菖蒲は全く同じでありまして、鋭く大地に育つ生成の象徴として、緑の爆発の象徴としてお風呂に入れるわけです。つまりそこには、植物がすくすく育つように人間の子供もすくすくと育ってほしい、ということで、大地の再生産と人間の再生産とがリンクされるようにとの願いが込められていたわけです。つまり、菖蒲湯というのは、勢いよく恵み出るもの、その成長を植物であれ、子供であれ予祝するという行為であったわけです。

〔世界史的季節祭としてのメイ・デー〕

これと同じことがやはりヨーロッパにもありまして、ヨーロッパでは五月一日、それをMay Dayと称して同じお祭りをやっていたわけです。イギリスの古い民俗行事では、May・Poleという樹木の若木を立てて、その周りを輪になって踊り回るとか（日本で言えば諏訪の御柱というのがそれに近いかもしれませんが）、子供の行列にネギ、これは日本では菖蒲になるわけですけれども、それを挿して練り歩くとか、五月の女王という若い女の子と、Jack in the Green という、緑のジャックと言うのでしょうか、ジャックというのは若者の代名詞のようなもので、日本で言えば「太郎」とか何とかいう言い方になるかもしれませんが、この二人が対になって、聖婚の儀式を象徴的に執り行うとかの季節祭があるわけです（J・ハリソン『古代芸術と祭式』）。

こうして見ると、ヨーロッパでの五月一日の May Day と日本の端午の節句というのは、同じ性質の季節祭りでありまして、その意味では世界史的な規模を持つ季節祭であったわけです。収穫に対する予祝として、大地の生産力がまさにこれから花開く季節に執り行われるわけです。冬枯れの大地の死から大地の再生へ、冬の間、枯れ果てていて、まさに死んでいる大地に、新しく育ちつつある生命そのものを呼び戻す、その区切りが五月一日のメイ・デーで、大地との交渉に生きている人にとっては大切な祭りであったわけで、それが、現在かろうじて菖蒲湯のような子供向けの慣行として今に至るまで残っているわけです。

〔労働者の祭典としてのメーデー〕

そうした民俗行事としてのメイ・デーと、一九世紀以来の生産労働者のメーデーとが重なりまして、近代になりますと働く者のお祭りとなったわけです。生産の豊かなることを前もって祝うということでメイ・デーとつながってくるわけです。日本では大正時代になりますと労働者の祭典として「メーデー」として輸入するわけですが、何のことはない昔からある端午の節句のことでして、日本で五月一日のメーデーと五月五日の端午の節句とが別れ別れになったのは、舶来品は舶来品として受け取ったからに他ならないわけで、本当であれば五月五日の端午の節句を所謂「メーデー」にしてもちっともおかしくなかったわけです。

〔過剰実証主義の世界〕

その五月ですが、言葉には本来の意味がありまして、元々の日本語では五月は「さつき」と読んでいたわけです。「さつき」の「さ」というのは、他にも「さつきばれ」とか「さおとめ」とか、或いは古事記にも「さほびめ」というお姫様も出てきますが、その「さ」というのは本来は褒め言葉であったわけです。英語で言うMayも同じで、おそらくmaiden、つまり「処女（おとめ）」からとられたのであろうと言われていますが、これからまさに花開く、生産力豊かなものの象徴としてその言葉があったわけです。

しかし現在の日本では月の読み方は「さつき」とか「霜月」とか呼ばないで、一月、二月、三月……というふうに読んでいるわけですが、しかしイギリスなどではザ・ファースト、セカンド、サードなどと野球のような読み方はしていないわけで、今でも、ちょうど我々が英語を習いたての頃に真っ先にジューンとかジュライ、オーガストと習ったように、メイとかエイプリルとか読んでいるわけです。

今はひと月ひと月の個性を抹消して一月、二月という、いわば過剰実証主義のような形になって、他にも「ウシミツドキ」とは言わないで午前二時と言いますし、土地は何平米《なんへーべえ》と言ってどこそこの土地とは言わないわけです。確かに制度は実証主義化が進まなければ成り立たないわけですが、その結果、時間的にも空間的にも制度化が貫徹し、きれいに平面がのされて、存在の具体性というものが消し飛んでいるわけです。そのくらい制度化、実証主義化が全面化して、個別性の表面が消えてしまっているわけです。

したがって、存在の根本性を具体的に振り返ってみることがいよいよ必要になってくるわけで、さて、それでは人間というのはどのように存在してきたか、ということで、人間の歴史の大本と関連させながら、そもそも人間はどう生活してきたのか、それが制度化を経てどう変わったのか、について藤田さんは講義していったわけです。

ちょうど、藤田さんの「或る喪失の経験――隠れん坊の精神史――」が隠れん坊という何気ない子供の遊びから人類史的規模を持つ深い精神史的領域を切り開いていったのと同じように、ここでも「端午の節句」とか「菖蒲湯」の話から、そうした世界史的規模を持つ季節祭の話へと入っていって、本当に何気ないありふれた事柄から、いろいろな世界を展開してみせ、且つ制度化とは何か、二〇世紀とは何であったのかを押さえながら講義をしていったわけです。

浪人後の藤田さんの講義の輪郭はおおよそ以上のようなものであったわけです。

〔二つの過渡期とその生き方〕

このように藤田さんは敗戦後の機構が吹き飛んだ戦後の過渡期と、それから今申し上げました高度成長後の一変した日本社会という二つの過渡期をよぎったわけです。

もっぱら前者の時代には天皇制の研究や日本的な思考や行動様式の特質に目が向けられ、後者の時代には制度化が貫徹した時代状況の真っ只中で、その核心に迫ろうと、人間の感受性を根底から変えてしまう現代社会の諸力、その根底にある支配的諸力について、抽象度の高い文章で、個別性と一切かかずりあうことなく、しかも断片をつなぐモンタージュの手法で作品を作っていったわけです。

〔自分の支え方〕

しかもその時期は同時に藤田さんの浪人時代でありまして、そこでの自分の支え方、自分の中の結晶の作り方がその後の藤田さんの中に一貫して生き続け、あらゆる小手先の見てくれを鋭く嗅ぎ分ける批判性の元となっていったわけです。

これはたとえば、戦争中を生きてきた花田清輝とか中野重治とかの、戦争中の生き方、頑張り方、自分の支え方、そうやって凌いできたその姿勢が、戦後に一気にその蓄積を出して行ったのと同じように、或る意味でそれと相似形をなす精神の在り方がそこにあったわけです。困難を極めた時の自分の支え方、世の中に対する姿勢、自分や社会を吟味する批判的精神、花田や中野のその姿勢、それらが戦後に開花したのと同じように、藤田さんにとってはその浪人時代に、根底から勉強をやり直し、自分の余計な虚栄心で動いている部分を引き剝がし、制度やその勢力圏の中に焦点を形作るものではなくて、沈黙の底にひそかに結実してゆくものに一貫して注目していったわけです。それは沈黙によって初めて可能となったと言ってもいいかもしれません。

〔言葉の危機と沈黙〕

人間の世界の根本的危機の、その文化的表現は言葉となって現われますが、その言葉の根本的危機はどう表われるかと言いますと、自制心がなくなって、のべつまくなしに書くようになるわけです。

人間にとって「あ、これは発見だ、気が付かなかった」という自分にとっての意味ある結晶というのは、せいぜい一年に一つあるかないかくらいなんですけれども、それをのべつ幕なしに書いているということは、いくら才能のある人間にとっても明らかに自分の言葉でないものを書き散らしているにすぎなくなるわけです。

そうした時には沈黙の意味をあらためて知ること、沈黙の世界の大切さを知ることが必要になってくるわけです。そうやって、沢山おしゃべりをする虚偽意識と、アイロニーやメタファーの違いがどういうところにあるかと言えば、アイロニーやメタファーはどちらかというと沈黙の世界に近い言葉であって、したがって藤田さんの書くものには沈黙の世界と接しているようなアイロニーやメタファーに近い文章となっているところがあるわけです。浪人生活以降の藤田さんの文章上の特徴は、そういったところにあるわけです。

〔「個人」の成立〕

いいかえれば、そのことは何を意味しているかと言いますと、それは徹底して機構や制度や流行世界の影響を受けずに、独立した孤独な個人に立ち返ったということです。

我々でしたら機構や制度の中で、その人脈の増殖みたいな、その末端につながろうとしたり、ナントカ学派の末端につながろうとしたりするわけですが、藤田さんは浪人のその一〇年間ですっかりそれを断ち切って個人そのものに立ち返ったようなところがあります。比喩的に言えば、東大を総本山とする業績の信仰体系から離れ、学問上の「無教会派」になっていったわけです。

或る意味で自由とは人の影響を受けないということ、最後に決めるのは自分しかいないということなのですが、他方で人間は生産機構のアンサンブル、関数に過ぎないという見方もありますし、集団の一員であるという見方もありますし、或いはフロイドのように今考えている自分というのはむしろ仮の姿で、無意識こそがその自己を決定しているという見方もあることは確かです。そうやって自己というものを消去する見方は確かにあります。しかし、今ここに生きている自分というのも確かな存在でして、結局はこの自分からしか出発できないのではないのか、誰も自分を助けてはくれないし、自分の子供の面倒だって見てはくれない。自分で自分のことをやるしかない、生れ落ちた時から人間はそうです。動物とちがうところはそれです。

近代主義、個人主義が大切なのは、そうした自分に気付かせてくれるからです。いくら人に言われたって嫌なものは拒絶するしかない、そうやって自由とは人の影響を受けない、最後に自分で決めるということなんです。日本の文学者で言えば自然主義の偉さにはそれがありますし、日本社会を拒絶して、自分を確保していったわけです。花田清輝だってそうです。自律的個人とは何かを絶えず考え続けたカントやスピノザが大切なのも、そうしたことに気付かせてくれるからです。その意味では、藤田さんは最後には良くも悪くも徹底した個人主義者になっていったわけです。

この制度からはずれた「個人」のことについて、藤田さんのことを或る人は「バーバリアン・アズ・フィロソフィアー」と表現しておりましたけれども、「バーバリアン」は「野蛮人」と言うよりもむしろ「野生の人」と言った方が正確かもしれませんが、レヴィ・ストロースの言うように、文明とか制度に絡め取られている「飼いならされた思考」「栽培された思考」に対立するものが「野生の思考」であるとすれば、藤田さんは紛れもなくこの「哲学者としての野生の思考」「哲学者のような野生の思考」を終生持ち続け、実に鮮やかな文明批判、制度的思考の批判を行なってきたと言えるのではないでしょうか。

〔危機感の深さ〕

それは藤田さんだけではなくて、戦争中の花田清輝や中野重治だってそうですし、或いは戦後の石原吉郎だってそうですが、そうした人の持つ面白さは何かと言ったら、「個」の持つ面白さなんです。そうした「個」というのは危機感なしには出てこないわけです。危機的な孤独感の中で初めて「個」の自覚が出てくるわけです。集団とか組織とか、或いは学説とか世界観に地続きにつながっている、その中で安心していられるというのではなく、どこからも離れている、その危機感の深さをとらえないと分からなくなってしまうと思うわけです。

ベンヤミン流に言えば、「危機の瞬間に思いがけず歴史の主体の前に現われてくる過去のイメージをとらえること」、藤田さんの浪人時代以降の作品というのは、そうした過去の断片を次々にとらえていって、過去の全人類の歴史を想起しながら、それらをモンタージュしていったと言ってもいいかと思います。

そうした藤田さんの生き方を敢えてひと言で言うならば、最良の左翼精神とその結晶、言い換えれば、生涯かけてただ一つのことを、即ち野党精神のあるべき在り方を示し続け、その学問、その社会批評、その生き方において、生涯にわたってそれを示し続けたと言えるのではないでしょうか。

〔根本的なこと〕

ともかく、そうやって根底から人間について考え続けるその姿勢が、大学という制度、専門分野という区画を超えて、学問をなりわいとする人々やその予備軍だけでなく、実に多くの何がしかの物事を考え続ける人々の豊かな感受性の、その底に届く声となったように思います。

藤田さんが投げかけたことは、単に或る分野でどううまくやるかということではなく、絶えず根本的な批評性を持ちうるかどうかを問い続けていたような気がします。一つの根本的なことを知ること、それが充実の素になるわけですが、何をやるにしてもそうした啓発力があるかどうか、自分の感受性を開いてゆくことができるかどうかを常に問いかけ、求め、期待していたように思います。

〔中野重治『室生犀星』〕

人間というのは、誰しも年を取ると世の中の大波小波を掻き分けてきた分、段々と自分の感受性がすりきれて、時に投げやりになり、時に人間嫌いともなり、いわば物事の味覚を感じ続ける舌がざらついてきますが、そうした時に中野重治さんの傑作評伝『室生犀星』の中の表現をそのまま使えば、人は再度「母乳へたちかえる必要がある」。母乳とは赤ん坊の時に自分を養い育ててくれたものであり、命の元でもあったわけですが、それをもう一度味わうことによって、どれだけ自分の舌がざらついたかが分かるようになり、そこからもう一度自分を養い育ててくれるものに目を向け、自分を立て直すきっかけを与えてくれるというわけです。中野にとってそれは室生犀星の詩であったわけです。

藤田さんが、手前のところでごまかすのではなく、絶えず人間の大本の経験に帰らなければならない、本来の人間社会はどうであったのか、人間の大本の経験はどうであったのかを問い続けたのも、歴史をたどることは深みに達するということであって、その底に達すること、根源を問題にすることであって、その出発点、オリジナルポイントに帰ることによって、再度自分を確かめるしかない、そうした自分にとっての大切なものに再度目を向け、そこから切り返すしかない、ということを言いたかったからに他ならないと考えています。

藤田さんの本だけではありませんが、この絶望的な時代には、学問という形であれ、どういう形であれ、深い底を潜り抜けて、そういう「母乳」に当るものを自分で見つけ直すことが求められているように思います。そうやって人をして人たらしめる充実の素にまっすぐに向き合う姿勢を保ち続け、権力なき知性、独立した知性によって初めて可能となるそうした人間を支え続ける健康さの素への注目によって、からくもこの生きにくい時代をかろうじて凌いでゆくことが出来ると言えるのではないでしょうか。

〔それにもかかわらず……〕

人は年を重ねるほどに、生きる途上ではさまざまなものに遭遇します。人間の愚かさややりきれなさに直面することもあります。超え難い苦しみやかけがえのないものの喪失、打ち消しがたい哀しみや寄る辺ない不安に出会うことだってあります。そうした苦境にあっては、時に投げやりになり、時に人を人とも思わなくなったり、先行きがおぼつかなくなったりすることは、人として自然なことであるかもしれません。しかし、そうした時にこそ、かつてパウル・ティリッヒが『存在への勇気』の中で繰り返し使っている言葉を使えば、「それにもかかわらず」と言いうる勇気を持つことが大切になってくると思うのです。

苦しみや哀しみが消え去ることはありませんし、それらの否定的なものは、本人の存在を否定するという意味で、いつも人を「非存在」の淵に立たせます。その上、人はいつしか死という「非存在」にも臨まなければなりません。そうした「非存在」に四囲を取り囲まれ、否定されても当然な、あるかなきかの自己を「それにもかかわらず」と肯定することは勇気のいることです。

多くの人たちが否定され、「非存在」へと追いやられ、苦境に立たされる現代という時代と社会にあって、否定的なものや不安「にもかかわらず」絶望を自己の中に引き受けること、絶望「にもかかわらず」受け容れられるものとしての自己を受容すること、そうした自己を肯定し受け容れることは、順風の下で得々とした存在それ自体を肯定する場合と異なり、そこに示される「勇気」には、打ち消しがたい「存在」の本性を照らし出す啓示力が含まれているのではないでしょうか。即ち、その「勇気」には、何を肯定し何を否定すべきか、何がこの世で持続されるべきか、そうした人間とその世界への理解が、即ち、人としての存在が何であるべきかを示す力が含まれています。即ち、その存在には、絶望にもかかわらず「希望なきところに救いを見る」

（魯迅）逆説の機会が、それ故、生の質に深さを刻み込む唯一度の転回点が含みこまれています。

そうした「存在」を示した人々が、かつて生きていたことを、書物や出会いを通して知ることは、自らの中にある再生の核を見失わないためにこそ必要であるように思います。少なくとも藤田さんは、最後には絶望にも絶望し、「母乳」のごときものが再生の核になること、人としての健全さに立ち返ることが最後の拠り所となるものであること、そうした、より深い洞察へと導く人の一人であったように思われてなりません。

「感覚」の人・藤田省三

昔、私がまだ若かった頃、或るお年寄りから次のような話を聞いたことがある。そのお年寄りの若い頃の話だが、たまたま朝、散歩をしていたら、川の中に一人の少女が立っていたという。しかし様子があまりに不審なので、話を訊いてみると、次のようなことを話し始めた。自分は近くの遊郭の者だが、近々店に揚げられることになっている。しかし店に出れば、悪い病気をうつされたり、肺を病むようになり、そうなると布団部屋に移されて死ぬのを待つばかりとなる。かといって私がここから逃げ出したり、死んだりすれば、代わりに妹が連れてこられる。逃げ出すこともならず、死ぬことも出来ず、こうして川の中に突っ立っていたんです、と。若かりし頃のそのお年寄りは、その話を聞いて、慰めることも立ち去ることも出来なかったという。

その話を聞いた時、お年寄りは既に八十歳を過ぎていたので、若い頃というと恐らくは昭和の初め頃の話かと思う。六十年経ってもつい昨日のことのように覚えているとは、かなり鮮烈な経験であったにちがいない。

「生きることもできず、死ぬこともできない現実が、かれに残された唯一の現実なのだ」(『復興期の精神』)と、戦後最大の批評家である花田清輝はかつて書いていたが、歴史が一巡した今、再び「生きることも、死ぬこともできない現実」が、こうした深刻な例ばかりではなくとも、そこここに現われているのではあるまいか。「生きることも、死ぬこともできない現実」を「働くこともできず、働かないこともままならず」といった失業者や、二十代三十代の「ひきこもり」世代、或いは何らかの病気をかかえている人びとに当てはめた場合、そうした現実は深く静かに日本社会に広がり始めているといえよう。「夢ナキ季節」が訪れているのだ。「グローバル化」や「市場」について語り、世の大勢を説いて追随することだけを考えている人々は、おそらくこうした「小さき者の声」を聞きもせず、見向きもしないであろう(かつて「小さき者の声」を問題にしたのが貴族院書記官長柳田國男であったのと何という違いであろう)。彼等は上から問いを入れると、下から自動的に答えが出てくる精神的自動販売機のような人びとであり、或る意味で言葉の自動回転の中で生きているような人びとなのだ。「苦しみへの共感性」「哀しみの通約不可能性」(ネグリ『ヨブ　奴隷の力』)をもとにして、再度根底から考えることなど及びもつかないことであるのだ。しかし、今必要なことは、そうした自明な言葉の自動記述ではなく、もう一度言説以前の大本の状況、経験に立ちかえってもう一度考え直す姿勢なのではあるまいか。現在流通している伝達本位のメールのような言説だけであれば、言葉は限りなく信号化してしまうだけである。正しい道を見つけるためには出発点に立ち返らねばならないのだが、そうした経験の痕跡を刻印し、経験の宿りとしての言葉であるものをもう一度潜りなおすこと、そうやって歴史をたどり直すことはもう一度大本へ帰り、深みに達し、底に達するということであり、根源を問題にすることはとりもなおさずより深い出発点に帰ることであるのだ。

実は、こうした言説以前の感受性のあり方、何に注目すべきか、そうした「感覚」の在り方について、藤田から学んだような気がする。思想というものを概念の配列や図式と考える向きもあるようだが、実は思想性とは最も「感覚」にこそ集中的に表現されうるのではあるまいか。一見、表面上の「反応」と見られやすい感覚だが、もっと奥深いものと包みあっており、むしろそうした感覚に含み込まれているものを言語的に分節化し、概念的に媒介した時に言説としての「思想」が立ち現われる。「感覚」の洗練された結晶体が「思想」となるのだ。それは、曖昧で多義的で原初的なものが、内側へ向けてヨリ厳密にヨリ焦点深度深く結晶してゆく過程である。同時に、その過程は感覚の「純粋化」に向けた洗練の過程でもあり、その「感覚」は「抽象性」として作品の背後に埋め込まれていく。したがって、作品の背後にそうした「抽象性」を感じさせない作品は駄目なのだ。戦後の優れた学芸上の作品の背後には必ずこの「抽象性」を感じさせるものがある。二十世紀初頭のフランスで、ヴァレリーやアラン、ベルグソンなどが一斉に「感覚」を問題にしたのも、その点を衝いていたからであり、そうでなければ「感覚」を問題にした意味がつかめないであろう（ジャンケレヴィッチ二十七歳の時の傑作『アンリ・ベルグソン』阿部一智・桑田禮彰訳を参照されたい）。ある意味で、ドイツのフッサールの現象学以前に、「感覚」をも含めた「生活経験」や「原初的なるもの」を問題にする現象学的思考が、体系的な形ではない「雑文」（チボーデ）という形でフランスにおいて誕生していたと言えないだろうか。もし学芸が、ただ単に事実を「調べる」ことだけであれば、本人自身も何かを「しているような」感じを持つようになるであろうが、しかし事実関係の詮索だけであれば、推理能力があるならば誰にでも出来ることであろう。しかし、人間や社会に関する学芸は、この「感覚」の鋭さにこそすべてが表わされるのだ。藤田は、そうした意味において「感覚の人」であった。

一見「理論派」と見做されている藤田から私が学んだものは、むしろそうした「感覚」や「感受性」にかかわる事柄であった。これまでの藤田省三論にしても、表面上の「言説」だけをきれいに区画整理して時系列に並べ替え、そこに何の内的葛藤の痕跡も読み取れないものがある。それ故、深さが感じられないのだが、おそらく「思想」を「言説」とだけ考えて、自己の「感覚」や感受性のあり方について、或いは両者の関係について無自覚であり、それ故何が問題かについてついぞ気がつかないためではなかろうか。自己の感覚的基礎——生活経験や葛藤の総体であるもの——について無自覚なままであるのだ。言い換えれば、「言説」というそれ自身の固有の領域でだけ「概念化」して、「思想」とは「感覚」と一つになって生成するものである、という視点が見失われているのだ。

その「感覚」を通してのみ、内部へと凝縮する結晶作用は初めて可能となり、意味を持つ。そこに藤田の、余人には及びがたい結晶度の高い作品群が生まれた。前提としてのその「感覚」を見落としてはならない。そうした感覚と概念の結びつきが見落とされ、或いは、感覚と概念は別ものとしてバラバラにされ、概念のみを小奇麗に料理してみても、それは通り一遍の「解釈」であって、藤田を形作っていた本質的なものへの「理解」からは離れるばかりであるのだ。むしろ「解釈」とは違うそうした「理解」があって、初めて藤田の中の本質的なものによって自己を形作る結晶作用が読む人の中で再生されてくる。

「解釈者」というものは一遍の「方程式」を作り上げるであろう。だが、藤田の作品の本質を「理解」するとは、自らの常識の範囲内で飼いならし、定義づけることではなく、自己の「感覚」の裡にあるものとの「照応」を見出すこと、その意味で作品の背後にある抽象性と向き合うことを意味する（抽象とは感覚の洗練の果実にほかならない）。「個」と「個」の内面的照応性なしに「理解」は生まれないであろうし、「個」とは外側へ向けた一般向けの「個人的」業績として何かに役立てるところに生まれるのではなく、それらの位階勲等や制度的藩屏の世界から切れた「孤独」の中でしか誕生しない。

「雑音のただ中にある一つの純粋な音」（ヴァレリー）を聞き分け、結晶体へと形作ること、「感覚」を精錬し結晶体とすること、藤田の作品にあるこの感覚の「純粋形」を、「解釈者」はしばしば自己の「整備形」という、論理的首尾一貫性や一般的なものを満足させる「整ったもの」と混同させている。「整備形」とは「言説」の論理的円環の中だけで閉じられる性質のものだ。そうした「解釈者」の文章にあっては、なまじ専門家であったために手続きの正確さと資料扱いの熟練とが平面上で「調和」してしまい、その静的な「構成」の中で、藤田にあった直接感覚の最初の動的な感覚の深み、しかもそれだけが藤田の作品に問題感覚の鋭さを刻印し、生き生きとした展開力を可能にしていたものであるもの、即ち、「純粋感覚」を見失わせる結果となったのだ。繰り返すが、「思想」とは概念の配列図式ではなく、したがって「言説」の中に閉じ込められるものではなく、「感覚」の水脈として絶えず現前してゆくものであろうし、その「感覚」の言語的結晶体である作品、或いは「純粋形」の背後には、体系的ではない抽象的「感覚」が生き続けてゆくものである、と思うのだ。

あとがき

私たちは日々を気ぜわしく過ごしているが、時に不意に立ち止まる時が訪れることがある。私にとっての学問や学芸は、そうして「立ち止まる」ためのものとしてあった。

「職業としての学問」ではない、一介の市井の勤め人として生活してきた私にとって、学芸に携わることの意味は「立ち止まる」こと、そうして「立ち止まる」ことは思考の小道の始まりであり、何かに気付くことの始まりでもあった。職業は日々の生活を支えるものとしてあったが、学芸はそうした日々の底にあるものを見つめ直すきっかけを与えてくれた。

勿論、学芸以外にも不意の訪れのように何かに気付かせてくれる瞬間というものが人生にはある。それはどちらかといえば、病気とか、失敗とか、喪失とか、別れなどの悲劇的経験や葛藤を含む経験の際に生じることが多いであろう。イエーツの言う「人生が悲劇だと心にわかった時にのみ、私たちは生きることを始めるのだ」は真なるものを言い当てている。「身に沁みる」経験はそれまでの人生総体を洗い出し、いちどきに「想起」の波となって胸に押し寄せるのだ。勿論それは、私たちの人生の表面を飾る時々の「感情」の流れや「反応」などといった、日常の延長線上にあるものではない。不意の「驚き」をもって迎えられるものであり、一瞬何かに気付かせ、再びすぐに閉じられてしまう性質《たち》のものであろう。それは、時に、生と死を貫く底にある根源的なものを啓示のように一瞬照らし出し、暗夜の世界を灯すほのかな温かみを与えてくれさえする。

そうやってふと何かの拍子で立ち止まる時に見えてくるもの、そこからしか始まらないもの、それは不意に「訪れるもの」であって意識的に仕組んだり「計画」することはできない。だからこそ「驚き」が生まれるのだが、しかし、私にとって学問や学芸は、そうしたものに「気づく」ことの手がかりとなることにおいて、私たちの生活に深さの次元を与え、感覚を研ぎ澄ましてくれるものであった。「職業ならざる学問」の意味は、人をしてそうやって「立ち止ま」らせ、何かに気付く力を与え、日々の生活に「流される」ことを少しでも押しとどめてくれることにあった。こうして「立ち止まる」ことは、新たな戸口の前に立つことであり、密度の違う時間の中へといざなわれることであった。

これが私の半生を形作ってきたものであり、おそらく若い頃から驚くほど変わらない一種の「宿痾」のようなものとしてあった。振り返ってみて、この三十数年の間にそうやって書いてきたものの貧しさには驚くばかりだが、しかしその過程とて一人で歩んできたと言えるものではなく、多くの師友に支えられて何とかここまで辿り着けたことも事実であろう。

最後に、支えとなった師友の名前を記して感謝しておきたい。

まず、藤田省三先生（「先生」と言うよりは、藤田さんの好きな言葉を使えば「年長の友人」として付き合ってくれたような気がする）。まだ私が若かった頃、その当時のご多分にもれず、「解放」の言説であり「社会を根底から一挙に説明する」理論体系としてのマルクス主義に惹かれていた。当時の私にとり「理論」は、ゲーテの命題を逆さにして「理論は緑で現実は灰色だ」といった気分をもたらすものであった（こうした「純化」された願望の社会的文脈についてはリチャード・セネットの傑作『無秩序の活用』（今田高俊訳、中央公論社）を参照されたい）。しかしマルクス主義の本に接したものの、私は絶えず下部構造や経済過程に還元するような一種の一元的思考方法、即ち、丸山眞男の言う「基底体制還元主義」に違和感を持たざるをえなかった。かつてサルトルがルカーチに対し「ヴァレリーが一個のプチブル・インテリがヴァレリーであるわけではない。しかし全てのプチブル・インテリがヴァレリーであるわけではない」（『方法の問題』平井啓之訳、人文書院）と鮮やかに切り返した、そうした何かに「還元」するのではない作品の個別性の意味や、全てを「反映」として考えるのではなく「表現」として読み解く方法について、生意気にもマルクス主義に対する違和感を抱いていたのだ。そんな時、たまたま兄の本棚にあった久野収・鶴見俊輔・藤田省三『戦後日本の思想』（勁草書房）を読んだことが機縁となって、その方法性に強く惹かれるものを感じ、思わず「この人につこう」と思い込んで藤田先生のいる法政大学を受験した。しかし、入学しても大学紛争華やかなりし頃で、「休講」の方が常態であった。その代わり、個人的にお宅にお邪魔し、また、他の友人諸氏と自宅での研究会に参加する機会に幸運にも恵まれ、多大の恩恵を知的にも人間的にも受けることができた。予期せざる僥倖に浴したと言えるかもしれない。私の今に至るまでの精神的骨格はそこで形作られたと言ってもよいと思う（その研究会の内容は雑誌『世界』に一部発表したが、いずれ機会をみて他の未発表分ともどもまとめてみたいと思っている）。

また、西郷信綱先生にも法政大学でお会いし、竹内光浩学兄のおかげでその古事記演習に参加する機会を得た。学問の面白さについて学んだのは西郷先生からであると言っても過言ではない。また、個別の「対象」だけでなく、その個別のものから人間と文化についてどこまで語れるか、人類学や言語学、哲学の広いフィールドに誘い出してくれたのも西郷先生であった。その後、『月刊百科』に私の佐藤春夫論が掲載され際、電話で過分に評価し励ましもしてくれたのだが、それは今でも温かな思い出として胸に残り、励みとなっている（ちなみに西郷先生は、古事記や源氏物語など古典学において卓越した業績を残したが、その大学時代の卒業論文は佐藤春夫論であり、それは今読んでも決して古びていない――『国語と国文学』十七巻八号　一九四〇年八月号所収――）。

友人諸氏としては、武藤武美、竹内光浩、川上栄司、高橋信一、金子正明の諸氏の名を挙げなければならない。中でも武藤学兄は、この本に収めた諸論稿を読み、的確に批評し、怠惰な私に少なからず刺激を与えてくれた。ゆるぎない方向感覚と絶えず根源に触れる批評精神は、今でも遠く私の及ぶところではない。会津八一の言う「素養」――古いところに着眼せよ、根源をつきとめる読書をせよ、それにより「素」を養うべし――というモットーは武藤学兄にこそふさわしいかもしれない。また、他の諸氏も大学時代以来の友人であり、研究会や、時に本のやりとりも含めて、いろいろなことを教えてくれたのである。今は異なる立場の方もいるが、天性偏屈なる私に温かく接してくれたことに変わりはない。お互いの良いところも悪いところも共に知り、この時代を共に生き、語り合い、勉強も遊びも共々積み重ねた諸氏に深く感謝したい。こうした友人諸氏によって私の拙い人生もまた支えられてきたのである。

地元の「たらば書房」の清水谷さんと志村さん。お二人とは二十代の頃からの縁になるが、品揃えの良い書棚から教えられるだけでなく、店先での立ち話からいつも言葉以上の温かさと思いやり、快活さを受け取ることが出来た。記して感謝したい。

影書房の松本昌次さんにもお礼を申し述べたい。戦後日本の出版を支え、数多くの代表的な書物を出版した編集者でありながら、今回私の拙い本の出版に漕ぎ着けてくれたことは、いくら感謝しても感謝しきれない。松本さんの『わたしの戦後出版史』（トランスビュー）をご覧いただければわかるとおり、本の「価値と尺度」に対する本質的な選択眼を持ち、著者と「語り合うこと」のできる、今や数少ない生粋の編集者である。

かつてノルベルト・エリアスがその『死にゆく者の孤独』（中居実訳、法政大学出版局）において述べたように、私たちの人生においては、「意味」というものは最初からどこかの山の端に物理的に転がっているのを見つければよいのでも、また、それ自体で「意味」の充足している実体的「個人」があるのでもなく、人とのつながりの中ではじめて「意味」あるものが生まれてくるのだ。その「つながり」なしには「私」もありえないことについて、これまで述べてきた人びとは実地に教えてくれたのである。深く感謝してやまないと同時に、甚だ出来の悪い私は、そのことを理解するのに六十余年の歳月を費やしてしまったわけである。

最後になるが、四十年近くの長きにわたって連れ添ってくれた妻に感謝したい。大学に所属するわけでもなく、研究職についているわけでもない私が、サラリーマン生活の傍ら、俗に言う「二足の草鞋」を履きながら、こうした勉強をすることを可能にしてくれた。十分な時間や整った環境があるわけでもない中で配慮を惜しまなかったのだ。家計の中から本代を捻出してくれたこと、幼い子供たちを育てる機会を設けてくれたことは、共に感謝しきれない。特に幼な子を育てる経験は、こんなにふがいない私でも無条件に信頼してくれた幼い生き物がそこにいる、というかけがえのない信頼の経験を私に与えてくれたのであり、その思い出だけでも一生分の宝物であると今でも思っている。誰かに必要とされ、誰かの役に立っているということ、それのみが人を内側から支える。一人で立てる範囲は足裏のわずかな面積だが、しかし、誰かに支えられていると思う時、二足分の面積以上に、つながり含んだ、人を支える大地の広がりの意識がもたらされるのだ。

〔あとがきのあとに〕

おしまいに、その「つながり」という点について、本のことに――本が読まれない時代であるだけに――ホンの一寸ふれてみたい。これもまた私の若い頃の話だが、当時、新宿駅の駅頭で、「私の詩集を買ってください」という小さな張り紙とともに、ガリ版刷りの小さな詩集を売っている女の人がいた。物好きにもそうした詩集を買う人がいたが、私もその一人だった。その女の人の名も詩集の名前も忘れてしまったが、中には良い詩もあって、その中の幾つかの詩を覚えた。もう、そのガリ版刷りの詩集もどこへいったのか、手元にも見当たらない。しかし、その中で、今でも記憶の底から鮮やかによみがえる何気ない詩の一片があるのだ。

空白のベンチに
ほのかな　あたたかみをうつした
未知な
こころと
こころの
距離

おそらく昼下がりの公園の、鳩が餌を食い満腹になって飛び立つといった何気ない情景を描いた詩であったと思ったが、しかしそんなことはこの際どうでもいい。もはや誰もいない「空白の」場に、「あたたかみ」をうつしているものがあるということ、それは人だけではなく本についてもあてはまるような気がするのだ。本もまたそうした「あたたかみ」の痕跡を歴史の中にうつし、その痕跡が読み取られることを待っている。それらを読み取ることにおいて、歴史の中で「耐え忍び行動する」人間の連綿とした持続する記憶に連なり、連なることにおいてそこに含まれる「あたたかみ」は凍結しかかっている人のこころを再び復活させる。「あたたかみ」とは人間が持っている「健康さ」のことに他ならない。その「健康さ」を圧迫するような時代や状況の中で、多くの文学者や哲学者や歴史家がその「健康さ」を守る言葉の砦を築き、「あたたかさ」とは何かについて考えてきた。花田清輝や魯迅の苛烈なユーモアあふれた作品であれ、中野重治の批評文であれ、石母田正の歴史研究であれ、リルケの小説であれ、それらは状況に流されまいとする内的感覚と人はどうあるべきかという「問い」に、即ち、人を成り立たせる「健康さ」を見失うまいとする方向感覚に満ちている。その「あたたかさ」の痕跡は「空白」のまま今でも残されている。

おそらく、自然的時間の流れは、かつてあった優れた作品をも忘却の彼方に流し去ってしまうかもしれない。したがって、「こころとこころの距離」を縮めることは難しいことも確かである。しかしながらかつて読まれた著者や本も含め、全てのものが忘れ去られてゆく中で、その「空白のベンチ」に座っていた人々、或いは「あたたかみをうつした」本のことを想い起こすことが、ともすれば流され見失いがちになる、現在という流亡と拡散の時代にこそ求められているのではなかろうか。本書もささやかながら、過去へ向けたそうした「想起」の一つの手立てにすぎないのである。

二〇一一年五月

著者

初出一覧

初期佐藤春夫・その側面――「放心」と「蛮気」の構造について
『月刊百科』360号，361号，平凡社，1992年
夢ナキ季節ノ歌――逸見猶吉「ある日無音をわびて」をめぐって
『月刊百科』412号，415号，平凡社，1997年
小熊秀雄・その断面――解体期における健康さへの意志
『季刊思潮』２号，思潮社，1988年
希望の微光は過ぎ去りしものの中に――小熊秀雄『焼かれた魚』について
『本の花束』４月号，生活クラブ生協，2001年
「銀ブラ」発生前史――都市における仮象性とモンタージュの精神
未発表原稿
現代都市への転換――「銀ブラ」発生後史・浮浪文化の全面展開と公的世界の消滅　未発表原稿
仮象性と虚無感覚　未発表原稿
彷徨の形姿――映画『霧の中の風景』は東欧革命を予言していたか・西井一夫氏の映画批評への批評　未発表原稿
女の「孤独」，かくも深く――アニータ・ブルックナー『英国の友人』
『Diy』３月号，生活クラブ生協，1993年
一億総日雇い化の時代――ロナルド・ドーア『働くということ』
『歴史評論』２月号，校倉書房，2006年
一人ぼっちでいることの力――エゴン・マチーセン『あおい目のこねこ』
『こどもに贈る本』第二集，みすず書房，2000年
少数派の精神形式とは何か――藤田省三の声の方位について（原題「藤田省三氏の声の方位について――独立精神とは何か――」）
『現代思想』２月号，青土社，2004年
全体主義と時――藤田省三断章（原題「藤田省三氏についての断章――全体主義と時，もしくは「精神の野党性」と今日の風景――」筆名：鱈場真史）　『現代思想』２月号，青土社，2004年
その精神の姿勢――理解の前提のために（原題「藤田省三雑感――その理解の前提のために――」）　日本社会文学会関東甲信越ブロック主催，講演とシンポジウム「藤田省三からのヒント」（会場：早稲田大学文学部）2004年４月24日開催での講演原稿（後半部分のみを収録）
「感覚」の人・藤田省三　未発表原稿

本堂　明（ほんどう　あきら）

1948年生まれ。法政大学法学部卒業。
専攻：日本近代思想史（知覚と文学の表現形式の思想史）
著書等：『サラリーマン読書人の経験――この苦しい20世紀的世界をしのぐ』同時代社　1992年，藤田省三「『野ざらし紀行』についての覚書」（講義ノート復元）『藤田省三著作集５　精神史的考察』みすず書房　1997年，「藤田省三著作目録」『藤田省三著作集８　戦後精神の経験Ⅱ』みすず書房　1998年，「語る藤田省三――ある研究会の記録から」『世界』３月号～９月号（全７回）岩波書店　2003年，『藤田省三対話集成』第一巻～第三巻注作成　みすず書房　2006～７年

夢《ゆめ》ナキ季節《きせつ》ノ歌《うた》
近代《きんだい》日本文学《にほんぶんがく》における「浮遊《ふゆう》」の諸相《しょそう》

二〇一一年一〇月七日　初版第一刷

著　者　本堂《ほんどう》　明《あきら》
発行所　株式会社　影書房
発行者　松本　昌次
〒114-0015　東京都北区中里三―四―五
ヒルサイドハウス一〇一
電　話　〇三（五九〇七）六七五五
ＦＡＸ　〇三（五九〇七）六七五六
E-mail=kageshobo@ac.auone-net.jp
URL=http://www.kageshobo.co.jp/
〒振替　〇〇一七〇―四―八五〇七八
本文印刷＝ショウジプリントサービス
装本印刷＝ミサトメディアミックス
製本＝協栄製本
©2011 Hondou Akira
落丁・乱丁本はおとりかえします。
定価　二、五〇〇円＋税

ISBN978-4-87714-417-3

武藤　武美　プロレタリア文学の経験を読む
――浮浪ニヒリズムの時代とその精神史　¥2500

藤田　省三　小論集　飯田泰三・宮村治雄編
戦後精神の経験　I　1954～1975　¥3000
戦後精神の経験　II　1976～1995　¥3000

廣末保著作集【全12巻】月報・付　各¥3500
編集顧問　藤田省三
編集委員　岩崎武夫・田中優子・日暮聖
森健・山本吉左右
①元禄文学研究　②近松序説　③前近代の可能性　④芭蕉
⑤もう一つの日本美　⑥悪場所の発想　⑦西鶴の小説・ぬけ穴の首
⑧四谷怪談（品切）　⑨心中天の網島　⑩漂泊の物語
⑪近世文学にとっての俗　⑫対談集　遊行の思想と現代

戦後文学エッセイ選【全13冊】月報・付　各¥2200
花田清輝集　長谷川四郎集　埴谷雄高集　竹内好集　武田泰淳集
杉浦明平集　富士正晴集　木下順二集　野間宏集　島尾敏雄集
堀田善衞集　上野英信集　井上光晴集

〔価格は税別〕　影書房　2011. 9現在